KB188728

십
자
가
의 괴
     이

십자가의 괴이

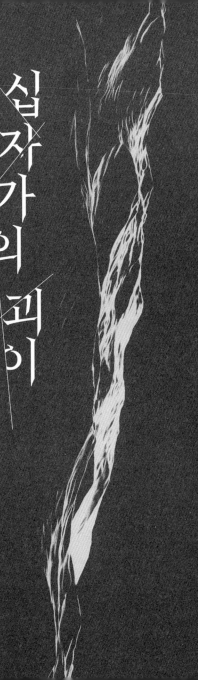

조영주·박상민·전건우·주원규·김세화·차무진

비채

서문

좋은 소설을 보면, 저도 좋은 소설을 적고 싶어집니다. 특히 좋은 장편소설을 적는 작가님들과 알게 되면, 함께 책을 내고 싶어집니다. 2022년 1월 처음 기획한 이 책 역시 그런 식으로 시작되었습니다. 제가 평소 읽고 좋았던 작가님들 다섯 분께 연락을 드려 "함께 책을 내주시겠어요?"라고 권하여 허락을 받은 후, 비채 편집부와 이야기를 시작했습니다.

어떤 이야기를 할 것인가 한참의 논의 끝에 '십자가'를 주요 테마로 잡았습니다. 여섯 명의 작가는 각기 특이한 이력이 있고, 발표한 소설에서 자신의 직업군을 등장시킨 바 있습니다. 작가들은 이러한 직업적 특이성을 반영하여 이야기를 창조해냈습니다. 그렇기에 본문 내 등장하는 이름과 사건, 단체, 장소 등은 작가의 개인적 특성에서 시작한 것이기에, 실제 사건과 일절 관련이 없음을 밝혀둡니다.

자, 그럼 이제 구체적으로 어떻게 이야기가 진행되었는가 첫 회의부터 이야기를 시작해봅니다. 이야기의 첫 시작은 기획자인 저, 조영주입니다. 이야기의 시작은 망원동의 한 이름 없는 카페이온데…….

조영주

차례

영감

조영주

경기도 평택에 산다. 사는 곳, 가는 곳, 만나는 사람들의
이야기를 듣고 모아 글로 쓴다. 세계문학상, KBS김승옥문학상
신인상, 대한민국 디지털작가상 등을 수상했다. 뜻이 맞는
작가들과 함께 책 내기를 좋아한다. 앤솔러지《당신의
떡볶이로부터》《환상의 책방 골목》《코스트 베니핏》등을 기획 및
출간하였으며, 이 중《환상의 책방 골목》은 러시아, 인도네시아,
터키 등 3개국에 수출됐다.

1

2017년 가을, 합정역에 위치한 ㄱ 출판사에서 A를 만났다. A는 나와 또래라 그런가, 말이 잘 통했다. 이 사람이라면 함께 작업을 해도 괜찮겠다는 생각이 들어 신간 협의에 들어갈 즈음, A가 말했다.

"작가님이 좋아하실 만한 카페가 있습니다. 나머지 이야기는 그곳에서 하시죠."

데뷔하기 전, 나는 카페에서 10년간 일한 전업 바리스타였다. 보통 그 정도 경력이 있는 바리스타라고 하면 커피에 일가견이 있다고 생각하는지, 이런 이야길 하며 자신이 추천하는 카페에 가자고 한다.

하지만 사실 나는 커피를 잘 모른다. 실상은 이렇

다. 서울에 있는 4년제 대학을 졸업한 후 직장을 구하지 않았다. 작가가 되겠다고 선언한 후 글만 썼다. 마음 같아서는 단숨에 등단을 하고 히트작을 낼 것 같았는데 현실은 달랐다. 연거푸 공모전에 떨어졌다. 그런 일이 2년간 반복되자 나는 '여자친구가 없고 모아놓은 재산은커녕 학자금 대출만 잔뜩 쌓인 데다 부모에게 용돈을 타는 20대 남성'이라는 정체성을 확립해가고 있었다.

상황이 나아지지 않자 엄마는 처음엔 은근히, 나중엔 대놓고 취업을 하라고 잔소리를 했다. 나는 그 말을 따를 수 없었다. 삼세판이란 말처럼 2년간 안 됐으니 3년째는 될 것 같았다. 하지만 집에서 눈치를 받으며 글을 쓰는 건 곤욕이었기에 아침에 일어나면 무작정 노트북을 들고 집을 나와 근처 카페에 가는 게 일상이 되었다. 그러다 시나브로 바리스타가 됐다. 이왕 카페에서 글 쓰는 거 차라리 카페에서 일하는 게 커피값도 줄이고 엄마의 잔소리도 없앨 수 있는 일석이조가 아닌가 싶었다.

출판 관계자들은 이런 속사정을 모른다. '우연히 바리스타가 됐다'보다 '경력 10년 바리스타가 전업작가로 변신했다'는 편이 있어 보이는 것 같아 관련 이야기를 들을 때마다 적당히 대꾸한 탓이다. 나는 이번에도 그렇게 했다.

"그것참 흥미롭군요. 한번 가봅시다."

A와 나는 차를 타고 문제의 카페로 이동했다. 그러자니 바로 떠오르는 곳이 있었다. 안 그래도 요즘 출판사 편집자들을 만날 때마다 듣는 카페가 한 군데 있었다. 나와 동명이인이라는 세계 바리스타 대회에서 우승을 한 실력자가 운영하는 곳이라는데, 어쩌면 또 그곳에 가는 것일지도 모른다.

A는 망원동 어느 골목에서 차를 멈췄다. 주변엔 카페 간판이 없었다. 나는 A가 이곳에 차를 세운 후 다른 곳으로 이동하려나 생각했다. 그런데 A는 바로 앞에 있는 3층짜리 약국 건물 옆의 자그마한 철문을 가리켰다.

"이쪽입니다, 작가님."

얼핏 보아 외부로 난 화장실 같은 철문. 그곳이 카페 입구였다. 철문을 열자 바로 2층으로 통하는 시멘트 계단이 나타났다. 약간 경사가 가파른 계단을 오를수록 지난 10년간 질리도록 맡아온 익숙한 커피 향이 새어 나왔다. 나는 주마등처럼 지나가는 바리스타 시절의 기억을 떠올리며 문을 열었다.

과연, 추리소설의 한 장면 같은 카페가 나타났다. 고풍스러운 목조풍의 인테리어에 중년 여성 바리스타가 서 있는 오픈형 주방은 일본의 유명 추리소설 시리즈와 닮은꼴이었다.

"탈레랑 시리즈를 떠올리게 하는 곳이군요. 그래서 제가 좋아할 거라고 하셨습니까?"

"아닙니다."

A는 앞장서 카페의 제일 안쪽으로 향했다. 나무벽으로 천장과 양쪽을 가로막은 공간, 딱 한 명만 지나갈 수 있을 정도의 틈으로 나를 인도했다.

"이쪽으로 들어오시죠."

그렇게 틈에 선 A의 모습은 모리무라 세이이치의 유명한 프로필 사진과 닮은꼴이었다.

국내 출간된 모리무라 세이이치의 증명 시리즈엔 그의 흑백 사진이 실려 있다. 자신의 양옆은 물론 위쪽까지 모두 나무 책장과 서랍장으로 짜인 곳에 비스듬히 기대서서 사진을 찍었다. 이곳은 그 사진에서 책장을 제외하고 서랍장만 남긴 듯한 분위기였다.

좁은 틈을 통해 가려진 공간으로 들어가니 더욱 사진과 비슷한 분위기의 공간이 나타났다. 서랍장 같은 느낌의 나무 벽은 알고 보니 책장의 뒷면이었다. 앞면의 천장까지 촘촘하게 들어선 책장에는 얼핏 보아 동서고금을 망라한 추리소설이 모두 모여 있는 듯했다. 그중에서도 내 시선을 사로잡은 건 한쪽 벽면을 가득 채운 셜록 홈즈의 나라별 판본과 그 사이에 꽂힌 내 데뷔작《홈즈가 보낸 편지》였다.

나는 내 책을 뽑아들며 말했다. "이게 제 꿈이었습니다. 다른 셜록 홈즈 책들과 함께 나란히 제 책이 꽂히는 거."

"꿈을 이루신 셈이군요. 오신 김에 작가님 사인 부탁드립니다."

"사인이요?"

"이 카페의 주인장은 저희 출판사 온라인 카페로 알게 된 사이입니다. 추리소설 덕후 동료랄까요. 워낙 컬렉션이 훌륭하시고 해서 계속 교제를 하게 됐습니다. 그런데 그분이 작가님을 뵙는다니까 사인을 부탁하셨습니다. 작가님의 작품을 정말 감명 깊게 읽었다면서요."

나는 A의 말에 무척 기뻐하며 사인을 했다.

이후 나는 종종 이 카페에 들렀다. 내 책의 사인을 부탁했다는 카페 사장을 만나고 싶었다. 하지만 처음 이 카페를 찾고 5년이 넘도록 사장을 만나지 못했다. 이 정도면 그가 날 피하는 걸까 싶은 의문이 들 정도였으나, 그건 아니었다.

가끔 카페의 중년 여성 바리스타가 그의 메시지를 전해줬다.

"이번 소설은 무척 좋았다고 하시더군요."

"최근에는 청소년 소설도 시작을 하셨던데, 세계관이 넓어지는 것 같아 반갑다고 전해달라 하셨어요."

그때마다 나는 답을 전했고, 그러면 다시 그에 대한 답이 바리스타를 통해 돌아오곤 했다.

언젠가부터 이 기이한 문답은 쪽지로 변했다.

작가님, 《귀문고등학교 미스터리 사건일지》에 실린 〈사이코패스 애리〉는 상당히 좋았습니다. 이건 혹시 연작을 염두에 두고 쓰시는 건가요?

영감

이런 질문을 받으면 나는 기쁜 마음에 바로 쪽지를 적었다.

맞습니다. 애리는 후에 선생님이 되어 귀문고등학교나 귀문중학교로 돌아오게 할 셈입니다. 사이코패스 선생님의 등장이죠.

나는 그와의 문답에 재미가 들려 이후 하루가 멀다 하고 더욱 자주 이름 없는 카페를 찾았다. 언젠가부터 그에게 다음에 쓸 소설의 내용을 의논하기도 했다. 예를 들어, 2018년에 발표한 장편소설 《반전이 없다》의 아이디어를 제공한 것은 그였다.

나는 그의 캐릭터에서 영감을 받아 이 소설 속 주인공 노년의 형사 이친전을 만들어냈다. 안면실인증이 발발하여 얼굴을 못 알아보는 일이 거듭되는 바람에 형사를 휴직한 이친전, 그런 그의 생활하는 공간이라던가 카페를 바로 이곳으로 꾸몄다. 그는 이 소설을 보자마자 또 장문의 감상문을 보내왔다.

작가님의 소설 속 이친전은 상당히 매력적이더군요.

얼굴을 못 알아보기 때문에 사람 만나기를 꺼린다는 게 저와 일맥상통하는 점이 있어 특히 좋았습니다. 또, 저는 혈혈단신이다 보니 그가 대가족의 수장이란 점이 부러웠습니다.

이 쪽지를 받기 전까지 나는 막연히 카운터의 중년 여성 바리스타가 그의 가족, 예를 들어 부인이 아닐까 생각해왔다. 그렇기에 그를 반영한 캐릭터를 노년의 형사로 정했는데 아닌 모양이었다. 나는 그의 신상에 대해 조금이나마 알게 된 후 더욱 그에게 친근감을 느끼게 되어 보다 자주 내 소설의 이야기를 하게 되었다.

그러던 중 작년에 A로부터 오랜만에 연락을 받았다. 그가 B 출판사로 이직하게 되었다며, 그곳에서 작품을 함께하면 좋겠다는 연락이었다. 나는 바로 앤솔러지를 제안했다. 마침 B 출판사에서 출간한《쾌 : 젓가락 괴담 경연》을 재미있게 본 터였다. 마음이 맞는 작가들에게 이야기를 건네 약속을 잡은 후, 문제의 카페에서 첫 만남을 하자고 제안했다.

"아, 그 카페요. 그러고 보니 한동안 안 갔네요."

뜻밖에도, A는 그간 카페에 들르지 않은 모양이었다. 생각해보니 지난 5년간 그와 한 번도 카페에서 만난 적이 없었다. 하지만 일단 그런가 보다 하고 넘겼다.

그로부터 일주일 후, 출판사에서는 B 출판사의 편집장과 A가, 우리 측은 작가 여섯 명이 한자리에 모였다. 자기소개를 겸한 잡담을 나눈 후 본격적인 앤솔러지에 대한 협의에 들어갔다.

"소재에 대해 괜찮은 아이디어 있으신 분?"

다들 조용했다. 각기 생각에 빠진 표정으로 서로 누가 먼저 말하나 눈치를 보는 것도 같았다. 나 역시 딱히 정해놓은 아이디어는 없었기에 잠시 생각에 빠졌다. 그러던 중 무슨 까닭인지 '무진 십자가 사건'을 떠올렸으나 바로 이야기를 꺼내진 않았다. 그 사건에 대해서는 '예수를 따라한 엽기적인 죽음'이라는 정도의 정보밖에 몰랐기에 좀 더 생각할 필요가 있었다.

그런데 전건우 작가가 먼저 입을 열었다. "무진 십자가 사건은 어떻습니까?"

나는 전건우 작가가 나와 같은 생각을 했다는 사실에 희한하다 싶었다. 그래서 마침 나도 그 생각을 하던 참이었다고 말하려고 했는데, 바로 차무진 작가가 "어?" 소리를 내며 맞장구를 쳐왔다.

"저도 그 아이디어를 떠올린 참이었는데요."

"사실 저도 그랬습니다."

차무진 작가가 말하자마자 거의 동시에 B 출판사의 편집장과 A를 포함한 모든 사람이 같은 말을 했다.

"편집자까지 동시에 받은 영감이라니 대박의 징조일까요?"

동시에 찾아온 영감을 놓칠 이유가 없었다. 계약은 단숨에 진행되어 바로 집필에 들어가는 일만 남았다.

나는 스스로를 캐릭터로 내세운 중단편을 적을 셈이었다. 셜록 홈즈 덕후이자 소설가인 40대 초반의 남성 윤해환이 인터넷을 검색하다가 우연히 '무진 십자가 사건'을 접한 후 망상 추리를 거듭한 끝에 자기 나름의 해답을 찾는다는 설정으로,《쾌 : 젓가락 괴담 경연》에 첫 단편을 수록한 미쓰다 신조가 즐겨 사용하는 메타픽션 스타일을 흉내 낼 작정이었다.

그런데 집필이 쉽지 않았다. 우선 2022년은 일이 많았다. 일단 집에서 독립했다. 결혼을 하라는 무언의 압박에 더는 참을 수 없어 무작정 망원동 부근의 작은 원룸으로 이사를 했다. 이후 예전보다 더 많은 일을 맡았다. 각종 앤솔러지며 장편소설의 계약과 집필, 출간 일정, 잊을 만하면 들어오는 강연 요청에 응하다 보니 순식간에 마감 날짜가 다가왔다. 허둥지둥 '무진 십자가 사건'에 착수했다. 모두가 있는 자리에서 동시에 떠올렸을 정도의 소재이니 금방 쓸 것 같았다. 하지만 진짜 작업에 들어서자 만만찮았다.

'무진 십자가 사건'이 미제 사건으로 남은 가장 큰 이유는 이것이 자살인지 타살인지 분명치 않다는 점이다. 드러난 점으로 볼 때는 자살이 확실하겠으나, 조금만 파고들어도 조력자가 있는 것이 아니겠는가 싶은 정황이 눈에 띄었다. 이야기의 재미를 생각한다면 타살로 정하는 게 옳았다. 하지만 구체적인 정황을 들여다보자면 자살이 훨씬 타당성이 있었다. 그렇게 몇 날 며칠을 전전긍긍하다가 카페로 향했다. SOS를 치기 위해서였다. 커피를 주문한 후, 카운터의 메모지를 한 장 찢어 쪽지를 적었다.

이번 소설은 영 풀리지가 않습니다. 연초에 이곳에서 회의를 했던 '무진 십자가 사건' 앤솔러지인데, 자살인지 타살인지조차 정하질 못하겠네요.

나는 그 쪽지를 바리스타에게 건넨 후 바로 비밀 공간으로 향했다. 노트북을 열어 문서 프로그램을 켠 후 잠시 눈을 감고 영감이 오길 기다렸다.

이곳에서 글을 쓸 때면 영감이 오는 일이 자주 있었다. 언젠가는 그 영감이 어찌나 뚜렷하던지, 누군가 내게 귓속말로 문장을 불러주는 걸 그대로 타자만 친다는 기분이 들 정도였다.

"커피 나왔습니다."

평소보다 늦게 커피가 나왔다. 그사이, 내가 기대한 영감은 찾아오지 않았다. 바리스타는 평소처럼 본차이나 세트에 담긴 커피를 내놓으며 낯익은 쪽지를 건넸다. 그러고는 살짝 고개를 숙여 인사하고 공간을 빠져나갔다.

나는 멍청한 표정으로 쪽지를 바라보다가 한 템포 늦게 바리스타의 말뜻을 깨달았다. 쪽지에 답장이 왔다. 그 말은 곧, 그가 카페에 있다는 뜻 아닌가! 나는 벌떡 일어나 비밀 공간 밖으로 뛰쳐나갔다. 그러나 카페엔 나 외에 다른 손님은 없었다.

나는 다급히 바리스타에게 물었다. "그냥 갔어요? 쪽지만 주고요?"

바리스타는 대답 대신 평소처럼 묘한 미소를 지을 뿐이었다. 더는 대답할 게 없다는 듯한 태도에 나는 허탈하면서도 섭섭한 감정을 느꼈다. 동시에 그가 이렇게 빠르게 남긴 답장에는 대체 무슨 내용이 적혀 있을까 흥미가 생기기도 했다.

나는 한 손에 꼭 쥐고 있던 쪽지를 폈다.

근처에 볼일이 있어 잠깐 들렀는데 작가님이 쪽지를 남기셨기에 답장을 적습니다. '무진 십자가 사건'은 10년 넘게 진상이 밝혀지지 않은 대표적인 미제 사건입니다. 이런 미제 사건을 잠깐 생각한 정도로 진상을 알아내 소설로 적을 수 있다면, 미제 사건이 될 이유가 없었으리라 사료됩니다.

그의 지적에 헛기침이 났다. 내가 너무 쉽게 소설을 쓰려고 한 속마음이 엿보인 것 같았다.

또 앤솔러지라면, 사건 자체를 이해하는 것을 넘어서

작가님만의 색깔을 넣는 게 중요할 것으로 보입니다. 제가 작가님이라면 문제의 사건을 직접 경험할 방법을 찾을 겁니다. 시간이 흘렀지만 당시 사건 자료 등을 보며 시간 순서대로 비슷한 경험을 해보신다면 어떨까요? 자살이냐 타살이냐는 그런 과정에서 자연스레 결정하게 될 것 같은데요.

그의 말에 영감이 찾아왔다. 과연, 중요한 건 나다운 개성이 드러나는 소설을 적는 것이었다. 나는 바로 문제의 사건이 일어나기까지 사건의 타임라인을 확인했다. '무진 십자가 사건'의 경우, 시작은 사건 1년 전이었다.

사건이 일어나기 1년 전, 최 씨는 아들에게 신장이식을 받았다. 이식은 성공했으나 아들은 죽었다. 이런 비극적인 상황은 최 씨를 상당히 침울하게 만들었다. 이후 최 씨는 가족과 모든 인연을 끊고 연고가 없는 C시로 갔다가 기이한 광기에 사로잡혀 십자가에 매달리기에 이른다.

그렇다면 내가 지금 가장 먼저 해야 할 일, 즉 최 씨에게 직접적으로 공감하려면 엄청난 충격을 받아야 한다는 결론이 된다. ……그건 아무래도 무리다.

　요즘 내 삶은 매우 안정적이다. 출간 일정이 계속 잡혀 있고 새 계약도 진행되고 있는 데다 강연 요청도 잦다. 그밖에 추가 인세며 2차 저작권 계약 등의 수입도 꾸준히 있어, 말 그대로 전성기에 접어든 느낌이다. 사치 부리지 않으며 꾸준히 작품 활동을 한다면 앞으로도 혼자 살기엔 부족함이 없는 수입이다. 이런 불안정한 상태에 빠져들어 자살인지 타살인지 알 수 없는 십자가에 매달리는 죽음에 휘말리기는 어렵다.

　나는 일단 생각을 멈추고 카페를 빠져나왔다. 이럴 때는 근처 한강 공원으로 산책이라도 다녀오는 편이 훨씬 낫다. 그렇게 카페를 나와 시멘트 계단을 내려가려는 순간 이변이 일어났다. 나는 무언가 보이지 않는 벽에 부딪힌 듯 비틀거리다가 발을 헛디뎠다.

2

　다시 눈을 떴을 때는 앞이 전혀 보이지 않았다. 나도 모르게 신음 소리를 내자, 낯익은 엄마의 목소리가 들렸다.

"장가도 못 간 내 아들이 어쩌다 이렇게 됐나."

엄마의 말에 짜증이 나면서도 연달아 들려준 이야기에 내가 처한 상황을 알 수 있었다. 나는 계단에서 굴러떨어져 어딘가의 병원 응급실로 실려왔다.

내가 깨어났다는 소식에 의사가 왔다. 의사는 내가 귀가 먹었다고 생각했는지 의학 드라마에서 본 듯한 말투로 같은 말을 되풀이했다.

"환자분 어디가 아프세요? 무슨 일이 일어났는지 기억나세요?"

"딱히 아픈 데는 없는데 앞이 안 보이네요."

이 말에 의사는 내 눈을 확인한다며 무언가를 했는데, 그 순간 나는 또 의학 드라마의 클리셰를 떠올렸다. 눈을 뜨고 있는데 보이지 않는 상황. 불길한 예상은 적중했다. 이대로 두면 눈이 멀 수도 있는 상황이었다. 처음 응급실에 실려왔을 때에 발견을 못 한 건지, 아니면 내가 쓰러진 사이 실명 위기에 빠진 건지까지는 알 수 없지만 아무튼 긴급한 상황인 건 확실했다.

각종 검사를 진행한 후 두 시간 반에 걸친 응급수술

을 받았다. 다시 의식이 돌아왔을 때, 엄마는 "장가도 안 간 내 아들, 아이고 아이고"를 외치며 곡소리를 냈고, 지금까지 있는지조차 몰랐던 아버지는 "괜찮니?"라는 한마디로 존재감을 드러냈다.

나는 나보다 더 놀라고 흥분한 부모님을 위로하느라 힘든 티를 낼 수 없었다. 하지만 사실, 엄청 아팠다. 오히려 수술하기 전 응급실에 있을 때가 훨씬 나았다. 그때도 온몸이 아프긴 했지만 이 정도 통증은 아니었다.

가장 괴로운 것은 자세였다. 수술한 이후 엎드린 자세를 유지해야 했다. 이런 상황에서 나는 엄마한테 자꾸 같은 질문을 반복했다.

"지금 몇 시야?"

이게 왜 그렇게 궁금했는지 모르겠다. 나는 비몽사몽인 상태에서 약에 취했다가 정신이 들면 다시 엄마에게 시간을 물어보았고, 결국 화가 난 엄마에게 "작작 좀 물어봐라 이 자식아" 소리를 듣고 나서야 질문을 멈출 수 있었다.

조금 시간이 지나자 전화가 미친 듯이 울려댔다. 내 눈에 변고가 생겼다는 사실을 알게 된 출판사와 주변 사람들의 전화며 메시지가 쏟아졌다. 나는 새삼 정보화 사회의 위대함을 깨달았다. 딱 한 명, 우연히 전화를 해온 편집자 A의 전화를 엄마가 대신 받아 내 상황을 전했을 뿐인데 순식간에 소문이 퍼졌다.

밤이 되자 침묵과 함께 다시 공포가 밀려들었다. 수술이 잘 되었다고 했지만 이대로 실명이 되는 건지 아닌지는 모호하게 답하는 의사, 양 눈이 안 보이면 앞으로 내 작가 생활은 어떻게 해야 할지, 위약금은 어떻게 지불해야 할지, 아니 이런 상황을 이용해서 더 유명해질지도 모른다는 기대 등 말 그대로 감정의 롤러코스터를 탔다. 이런 잡생각을 끊어준 건 불현듯 찾아온 영감이었다.

"최 씨가 아들을 잃었을 때 이런 기분이었을지도 몰라."

혼잣말 같기도 하고 누군가 귓가에 속삭이는 것도 같은 목소리. 나는 오랜만에 찾아든 영감 덕에 정신이 번쩍 들었다. 그래, 나는 이 상황이 되기 직전까지 '무진 십자가 사건'에 대해 생각하고 있었다. 그런 사건을 간접적으로나마 경험하고 싶다고 생각하면서도 한편으로는 내가 어떻게 그런 경험을 할 수 있겠나 의

심하고 있었다. 그런데 갑작스레 계단에서 밀려 떨어져 양 눈이 멀지도 모를 상황에 처했다. 이건 최 씨가 신장이식을 받을 수밖에 없는 상황에 처했을 때의 기분, 아들을 잃었을 때의 막막함과 비슷하지 않을까.

며칠 전까지만 해도 나는 이 의문에 대한 답을 알 수 없다고 생각했다. 하지만 아니었다. 이제 나는 충분히 알 수 있었다. 예를 들어 지금 이 순간, 엄마마저 잠들어 아무 소리도 나지 않는 순간이면 나는 진정한 고독이 무엇인지 알 수 있을 것 같았다. 그러자 문장이 떠올랐다.

"그는 칠흑 같은 어둠에 빠져 있었다. 신이든 악마든 부처든 아무나 그의 곁에 오기를 간절히 바랐다."

내 목소리가 아닌 듯 깊게 잠긴 목소리. 나는 그 목소리를 그대로 따라했다.

"그는 칠흑 같은 어둠에 빠져 있었다. 신이든 악마든 부처든 아무나 그의 곁에 오기를 간절히 바랐다."

"그런 그에게 누군가의 목소리가 들린 것은 우연이라고 여기기에는 너무나 공교로운 일이었다."

내가 혼잣말을 중얼거리자 기다렸다는 듯 다음 문

장이 이어졌다. 나는 이 목소리를 놓치고 싶지 않았다. 하지만 이 상황에서 어떻게 이 문장을 기록한단 말인가!

"잠깐만 기다려!"

나는 내면의 목소리에게 절박하게 매달렸다.

"녹음기! 녹음기를 가져올 테니 잠깐만!"

물론 그런다고 해서 영감이 내 의지대로 멈춰주지는 않았다. 영감은 잔혹하다 싶을 정도로 혼잣말을 이어갔고, 나는 어떻게든 이 모든 것을 듣고 잊지 않기 위해 발악했다.

그러는 사이 엄마가 깼다. 계속 고함을 지르니 그럴 수밖에 없었으리라. 거의 동시에 영감 역시 뚝 끊겼다. 나는 엄마에게 휴대폰의 녹음기 기능을 켜달라고 부탁해 방금 전 영감이 떠오른 것을 빠르게 녹음했다.

그는 칠흑 같은 어둠에 빠져 있었다. 신이든 악마든 부처든 아무나 그의 곁에 오기를 간절히 바랐다. 그런 그에게 누군가의 목소리가 들린 것은 우연이라고 여기기에는 너무나 공교로운 일이었다.

처음 그가 목소리를 들은 것은 택시 안이었다. 평소처

럼 목적지까지 손님을 모신 후 택시를 멈췄다. 다음 손님을 기다리며 라디오를 켰는데 기이한 목소리가 들렸다.

"……는 ……를 ……했다."

그는 늘 불교방송을 들었다. 오늘도 라디오의 주파수는 불교방송에 맞춰져 있었다. 지금 시간이라면 불경이 들릴 시간이었다. 그런데 라디오에서 낯선 목소리가 흘러나오고 있었다. 그는 자신이 라디오의 주파수를 제대로 맞추지 않아 끊기는 것이라고 생각했다. 하지만 다시 주파수를 조절해도 마찬가지였다.

"……는 부활을 ……했다."

부활이라면 기독교 이야기가 아닌가. 그는 불교에는 관심이 있었지만 다른 종교, 특히 기독교엔 관심이 없었다. 하지만 지금 이 순간만큼은 믿고 싶었다. 그의 머릿속에 늘 죽은 아들이 있는 탓이다.

작년, 그는 아들을 잃었다. 그것도 자신이 아들의 신장을 이식받은 후 일어난 일이었다. 다 늙은 자신은 살아나고 앞길이 창창한 아들이 죽어버리다니, 그는 모든 게 자신의 탓인 것만 같았다. 그 때문에 그는 고향을 등지고 아무 연고도 없는 이곳 C시로 왔다. 여생을 속죄하는 마음으로 살기 위해서였다.

그는 고독했다. 손님이 오길 기다리며 다른 운전기사들과 담소하거나 하는 시간을 제외하자면 대부분 혼자였다. 손님이 없어 텅 빈 택시, 혹은 집 안에서 잠들기를 기다리며 천장의 무늬를 세자면 자꾸만 망상에 빠졌다.

언젠가는 아들이 보조석에 탄 환상을 봤다. 가끔은 아내와 딸도 함께였다. 그럴 때면 그는 미친 사람처럼 웃었다. 택시 안에서 망상을 하다 손님이 오면 여느 때보다 더 비관적인 현실을 직면해야 했다. 아내도 없고, 아들딸도 없는 현실을. 라디오에서 부활의 메시지가 흘러나온 것은 이런 순간이었다.

그는 좀 더 귀를 기울이려 했다. 하지만 그 순간 손님이 택시에 타면서 기이한 소리가 뚝 끊겼다. 라디오는 다시 근엄한 불경 소리를 뱉었다. 그는 다시 그 소리가 나올까 싶어 조금 볼륨을 키운 후 차를 출발시켰으나 그것마저도 손님이 "다른 것 좀 들읍시다"라고 말하자 결국 꺼버릴 수밖에 없었다.

영감이 들려준 것과는 조금 다른 느낌의 글이 되었지만 마음에 들었다. 얼마나 흡족했느냐면, 엄마에게 시간을 물어볼 생각이나 누군가에게 전화가 오지 않을까 기대하는 일이 사라질 정도였다. 이런 내게 반드시 필요한 건 녹음기였다. 버튼의 위치를 외우는 것만으로 나 혼자서도 조작이 가능한 녹음기.

엄마에게 부탁해 저녁 무렵에는 녹음기를 받을 수 있었다. 나는 녹음기가 내 손에 들리기 전 영감이 찾아올까 봐 노심초사했다. 다행히 영감은 이런 내 사정을 다 알고 있다는 듯 기다려줬다. 녹음기가 손에 들리고 나서야 목소리가 들렸다.

몇 날 며칠을 기다렸지만 라디오에서 그 소리가 다시 들리는 일은 없었다. 그는 자신이 너무 고독한 나머지 헛소리를 들은 것이라고 생각하기로 했다. 그렇게 한 달하고 보름쯤 지났을까, 다시 한번 기이한 소리가 그를 찾아왔다.

"……는 부활을 ……했다."

이번에도 택시 안, 유치원생 정도로 보이는 딸아이와 함께 탄 30대로 보이는 엄마가 든 휴대폰에서 간헐적으로 같은 소리가 났다.

"저기 그거, 무슨 동영상입니까?"

"이거요?"

"아, 네. 궁금해서."

손님은 잠시 의아한 표정을 짓다가 룸미러에 비친 그의 얼굴을 보고는 배시시 웃으며 말했다.

"손주분 보여주려고 하시나 봐요."

손주.

그는 손님의 말에 또 한 번 가슴이 심하게 두근거렸다.

아들이 결혼을 했다면 손주가 있었을지도 모른다는, 또 한 번 자신이 빼앗은 아들의 미래를 떠올리고 만 것이다. 하지만 손님은 그의 심경의 변화를 전혀 눈치채지 못한 듯했다.

"제가 틀어준 거는 24시간 반복되는 노래 동영상이에요. 궁금하시면 기사님 휴대폰에 제가 찍어드릴게요."

"그럼 부탁드릴게요."

그가 휴대폰을 내밀자 손님은 능숙한 손놀림으로 유튜브 사이트 하나를 띄워주었다.

"유튜브 보는 법은 아시죠? 나중에 접속해보시면 최근 본 동영상에 뜨니까 손주분 같이 보여주세요. 그래서 손주분은 몇 살이에요?"

"올해 세 살 된 남자앱니다."

그는 뜻밖의 질문에 당황하면서도 대답했다.

"한창 귀여울 때네요."

"말도 마세요. 엄청나게 떼를 씁니다. 요즘은 마트 들어가서 원하는 거 안 사주면 그대로 바닥에 드러누워서 유모차 안 탄다고 난동을 부려요."

한 번 시작한 거짓말은 멈출 생각을 하지 않았다. 그는 정말 아들이 살아 있고 세 살배기 손주가 있는 것만 같다는 생각이 들었다. 손님 역시 그와의 대화가 상당히 재미있었는지 목적지에서 내리는 것을 아쉬워했다.

"손주분이랑 즐거운 저녁 시간 보내시길 바랄게요."

이때까지만 해도 그는 자신이 정말 손주가 있다고 믿고 있었다. 하지만 탁 소리와 함께 택시 문이 닫혀 혼자 남자 자신에 대한 혐오감이 밀려들었다.

대체 무슨 생각으로 그런 거짓말을 했단 말인가? 만에 하나 저 손님이 자신을 아는 다른 택시기사를 만나 자신에 대한 이야기를 한다면, 그때 자신이 거짓말을 했다는 사실이 들통난다면 얼마나 창피할까.

손님은 그를 정신 나간 노인네라고 생각할 것이다. 동료들 역시 그가 제정신이 아니다, 입에 거짓말을 달고 산다고, 매일 종교방송만 듣는 것도 이상하다고 할 것이다.

갖가지 안 좋은 상상이 머릿속을 맴돌았다. 그는 얼

마 남지 않은 머리카락을 양손으로 쥐어뜯으며 혼잣말을 중얼거렸다.

"다른 생각을, 다른 생각을 해야만 해……."

그는 이런 일이 일어날 가능성이 희박하다는 사실을 잘 알고 있었다. 하지만 아무리 해도 생각을 멈출 수 없었다.

아들이 죽은 후 그는 언제나 이랬다. 안 좋은 상상을 계속했다. 불행한 일이 반복될 것만 같은 기분에 휩싸였다. 불행은 자신뿐만 아니라 주변의 모든 사람을 휘두르게 할 것만 같았다. 그래서 그는 혼자 남는 것을 선택했다.

마침맞게 다른 손님이 택시에 탄다면 불행한 생각의 굴레를 끊을 수 있으리라. 하지만 도로엔 손님은커녕 걸어 다니는 사람조차 흔치 않았다. 그런 그의 생각을 멈추게 한 것은 손님이 아니라 휴대폰이었다. 휴대폰의 유튜브, 방금 전 손님이 내리기 전 손주에게 보여주라고 한 유튜브 동영상이 어찌된 영문인지 다시 켜져 있었다. 익살스럽게 생긴 악어 캐릭터가 사과를 으적으적 깨물어 먹었다. 꿀꺽 소리 내 삼킨 후 그를 똑바로 바라보며 말했다.

"예수는 부활을 실패했다."

"예수는 메시아가 아니다."

그는 너무 놀라 뱀에게 물었다. "그게 무슨 소리야? 부활이라니? 메시아라니?"

하지만 다음 순간, 뱀은 방긋 웃었다. 언제 그랬느냐는 듯 동요를 부르기 시작했다.

"사과는 맛있어 맛있으면 바나나 바나나는 길어 길으면 기차……."

이전과 마찬가지로 영감은 한밤중 모두가 잠든 시각에 왔다 갔고, 나는 정신없이 그의 목소리를 녹음했다. 밤을 새다시피 녹음을 하느라 곯아떨어졌다가 정신을 차렸을 때는 이미 의사의 아침 정기 회진 시각이었다.

의사는 평소처럼 내 양 눈을 가린 거즈면을 걷었다. 병실의 불을 끄고 안압을 잰 후 불빛으로 내 시야를 확인했다. 반복된 행동을 마친 후 의사가 방 안의 불을 켜자 희미하게나마 주변이 보였다.

"선생님, 저 보입니다. 보여요!"

"일시적인 것일 수도 있으니 너무 큰 기대는 하지

마십시다. 하지만 희망의 끈을 놓지도 마시고요."

의사는 또 모호한 말을 하며 내 양 눈을 다시 거즈로 가렸다. 그의 발소리가 멀어지면서 흥분과 기대, 긴장과 불안감이 몰려들었다.

순식간에 갖가지 문장이 떠올랐다. 나는 이 순간의 감동을 녹음하고 싶었다. 손에 꽉 쥔 채 잠들었던 녹음기를 다시 켜고 빠르게 문장을 내뱉었다. 이후 녹음된 내용을 확인했다. 하는 김에 간밤에 녹음한 내용도 확인할 셈으로 제일 앞부터 다시 들었다.

그런데, 녹음된 상태가 뭔가 이상했다.

"몇 날 며칠을…… 몇 날 며칠을…… 기다렸지만…… 기다렸지만…… 라디오에서 그 소리가…… 라디오에서 그 소리가…… 다시 들리는…… 다시 들리는…… 일은…… 일은…… 없었다…… 없었다……."

지난밤 녹음한 내 목소리가 마치 메아리처럼 이중으로 나고 있었다. 나는 녹음이 잘못된 건가 싶었다. 끝까지 듣는 대신 자꾸 앞으로 되돌려 들어보았으나 상황은 마찬가지였다. 세 번 네 번 연거푸 소리를 확인할수록 두 목소리가 따로 놀고 있었다. 그 정도가 아니라 점점 두 개의 목소리가 다른 사람의 목소리 같

영감

았다. 마치 누군가 내게 이야기를 들려주고 그걸 내가 그대로 따라 읊는 듯한 느낌이었다.

생각해보니 예전에도 이런 경험이 있었다. 카페에서 일할 때였다. 누군가 내 귓가에 '정말로 이야기를 들려주고 있다'는 기분. 영감이 아니라 누군가 진짜로 내게 이야기를 들려주고, 나는 그 이야기를 문장으로 옮길 뿐이라는 생각……. 예전에는 이런 게 다 내 기분 탓이라고, 원래 글에 홀리면 그렇게 되는 것이라 여겼지만 이 녹음은 뭔가 이상했다. 나는 이게 기분 탓인가 확인하기 위해 엄마에게 의견을 물었다. 엄마는 "또 헛소리를 한다"고 하면서도 일단 녹음기의 소리에 귀를 기울이더니 말했다.

"너 원래 혼잣말 많이 하잖아. 한 말 또 하고 또 하잖아. 마치 대화하는 것처럼."

글을 쓸 때면 자주 혼잣말을 했지만 그게 대화하는 것처럼 보였다고? 처음엔 반신반의했지만 생각을 곱씹자니 내가 무심코 혼잣말을 반복했고 그것이 이질적으로 들렸을 가능성이 높은 것만 같았다. 뭣보다 누군가 내 곁에 와서 한밤중에 꾸준히 귓속말을 했다면 아무도 모를 수가 없다.

하지만 목소리의 이질감은 영 찝찝했다. 확실히 하기 위해 다음 영감이 찾아왔을 때는 엄마가 깨어 있어 내가 혼잣말을 한다는 확실한 증거를 발견하기를, 그게 아니고 누가 있다면 그 사실을 확인할 수 있기를 바랐다.

3

영감은 내가 자신을 의심하고 있다는 사실을 눈치채기라도 한 듯 한동안 찾아들지 않았다. 그러는 사이 의사가 마침내 희망찬 이야기를 했다. 일주일 만의 일이었다.

"퇴원합시다. 예전만큼은 아니지만 양 눈의 시력이 정상 범위로 돌아오리라 예상됩니다만 어디까지나 예상입니다. 앞으로 두 달간은 조심하지 않으면 다시 안 보일 가능성도 있어요."

또 모호한 말을 해버리니 반신반의할 수밖에 없었지만, 확실히 눈이 좋아진 걸 느낄 수 있었다. 이제는 흐릿하지만 주변 사물들이 보였다. 엄마는 대놓고 방

방 뛰며 의사가 명의라고 예찬했고, 아버지는 별말이 없었지만 웃기는 했다. 내 흐릿한 시야로도 아버지의 치아가 보일 정도로 입을 벌렸으니, 분명 기쁘다는 뜻이리라.

당분간 엄마 집 신세를 지기로 했다. 그새 창고로 변한 내 방에 이불을 깔고 엎드려 있자니 또 글이 쓰고 싶어졌다. 하다못해 병원에 입원한 사이 녹음한 내용을 컴퓨터 문서 파일로 입력해놓기라도 하고 싶었다. 이런 생각이 든 건 퇴원하며 의사가 외출을 허락한 탓이다. 이제 잠깐씩 집 근처를 걷는 건 괜찮다고 했다. 실제로 그렇게 오랜 시간은 아니지만 5분 10분 걷는 건 가능했다. 하지만 컴퓨터 작업은 힘들었다. 잠깐만 모니터 앞에 앉아 있어도 어지럽고 두통이 몰려왔기에 불가능했다.

이러는 사이에도 '무진 십자가 사건 앤솔러지'의 마감일은 다가오고 있었다. 편집자 A는 마감을 늦춰주었다. 천천히 쓰라고, 출간이 좀 늦어져도 상관없다고 했지만 마음이 편치 않았다. 내가 이 프로젝트를 처음 제안한 장본인이다. 그런데 나 때문에 늦어지면 어쩌자는 건가?

나는 갑갑한 마음에 A에게 전화를 걸었다. "구술로 쓴 소설을 파일로 옮기고 싶다, 그렇게 한다면 후에 시력이 돌아온 후 소설 쓰기가 용이할 듯하다"라고 말하자, A는 당장 집에 들르겠다고 했다.

A는 과일 바구니를 들고 나타나 짤막하게 담소를 나눈 후 녹음기를 갖고 돌아갔다. 그것만으로 한시름 놓은 기분이었다. 더불어 녹음기가 없으니 정말 푹 쉬어도 되겠다는 기분이 들었다.

그런데 얼마 지나지 않아 A에게 전화가 걸려왔다.

"선생님, 정말 대단하세요! 구술로 원고를 완성하시다뇨! 환청에 따라 살인을 저질렀다는 건 요즘 사회적으로 문제화되고 있는 조현병에 대한 이야기지요? 게다가 그걸 사이비 종교단체와 엮다니! 진짜 탁월하십니다!"

나는 A의 말을 이해할 수 없었다. 마지막으로 기억한 녹음 내용은 택시에서 탄 승객이 우연히 유튜브 동영상을 보여주었고, 그 동영상에서 악어가 기이한 소리를 하는 장면까지였다. 그런데 A는 내가 그 후의 이야기를 썼다고 말하고 있었다.

그런 일이 가능할 리 없었다. 내가 혼란스러워하는

사이에도 A는 계속해서 원고의 내용을 들려주었다. 그의 이야기를 들을수록 나는 기이한 기분에 사로잡혔다. 정말 내가 그 원고를 적기라도 한 게 아닐까 싶은 기분이 들 정도로 A가 들려준 내용은 내가 어렴풋이 생각한 줄거리와 일치했다.

택시기사인 최 씨는 환청을 자꾸 듣는다. 그러는 사이 같은 손님을 반복하여 자꾸만 태운다. 이 손님은 언젠가부터 최 씨에게 친근함을 표하더니 기독교 종교와 부활에 대한 이야기를 들려준다. 결국 최 씨는 손님에게 설득당해 사이비 종교단체에 가게 된다. 그곳에서 최 씨는 사이비 종교단체의 교리가 자신이 원하는 아들의 부활 조건에 부합한다는 사실을 깨닫고 그곳에서 알려준 방법대로 십자가에 매달리기에 이른다.

최 씨가 죽은 후 10여 년의 시간이 흐른다. 우연히 이 사건을 소설로 쓰게 된 작가(나)가 최 씨에 대해 취재하던 중 수상한 메모를 발견한다. 작가(나)는 이 메모에 적힌 '손님'의 정체를 알아내기 위해 안간힘을 쓰다가 최 씨가 속했던 한 사이비 종교단체에 대한 정보를 얻는다. 작가(나)는 종교단체의 취재를 끊임없이 시도한 끝에 종교단체에서 도망친 인물의 증언을 확보한다.

그런데 이 증언이 이상하다. 그에 따르면, 최 씨가 처음 나타났을 때 동행인은 없었다. 그는 혼자 택시를 타고 교단에 나타났다.

작가는 이런 그의 증언에 따라 최 씨의 행적을 추적해가면서 대체 문제의 '손님'이 누구인지, 그가 사건의 드러나지 않은 조력자인지에 대해 끈덕지게 파고든다. 그 결과, '손님'의 정체가 투명인간일지도 모른다는 결론에 도달한다.

"투명인간이라니! 좀 황당하긴 하지만 그래도 처음부터 다시 읽어보니 납득이 되더군요."

나는 뭐라 말해야 할지 몰랐다. 이런 걸 구술한 기억이 없다. 이런 사실을 A에게 말하면 날 미쳤다고 생각하지 않을까? 동시에 말해보고도 싶었다. 제3자의 입장에서 녹음테이프를 들었다면, 만에 하나 '정말 그 목소리가 내가 아닌 것도 같다'는 대답을 들을 수도 있을 테니까.

나는 한참의 고민 끝에 가까스로 입을 열었다. "그걸 녹음한 건 제가 아닙니다……."

가까스로 용기를 내 그간의 일을 이야기하자, 이번엔 A가 말수가 없어졌다.

"……."

"아무래도 너무 말이 안 되는 소리죠? 저도 그렇게 생각합니다. 그래서 고민 끝에 이야기한 겁니다."

"아, 네. 작가님. 듣고 있습니다. 그런데 그게 사실…… 저도 좀 이상하다고 느낀 게 있었습니다. 뒤쪽 이야기를 들을 때 말입니다. 녹음된 부분 뒤로 선생님의 목소리가 에코처럼 나는 부분이 있었거든요."

나는 A에게 그 부분을 들려달라고 부탁했다.

"제가 확인 후 다시 전화드리겠습니다."

얼마 후, A가 다시 전화를 해서 문제의 녹음된 부분을 찾아내 들려주었다. 그건 사이비 종교단체의 정문에 택시기사 최 씨가 도착한 부분의 묘사였다.

손님이 그를 데리고 간 곳은 D산이었다. 손님은 그를 짐승길이라고 부를 수밖에 없는 곳으로 차를 몰게 했다. 하지만 얼마 안 가 짐승길이 끊기며 차가 다닐 법한 흙길이 나타났다.

"외부인들이 함부로 오지 못하게 길을 숨겨둔 것입니

다. 아무나 부활의 방법을 알면 곤란하니깐요."

그는 손님의 말에 고개를 크게 끄덕였다. 손님의 말은 들으면 들을수록 다 옳은 것만 같았다.

그는 흙길의 끝에 위치한 커다란 문에서 얼마 떨어지지 않은 곳에 차를 세웠다. 그러자 손님이 먼저 뒷문을 열고 내렸다. ……양 눈의 시력이…… 손님은 그가 운전석에서 내리길 기다렸다가…… 정상 범위로 돌아올 것…… 말했다…… 같군요……. "여깁니다." (환호) "정말입니까? 정말 시력이 돌아온다고요?" "이제 선생님의 부활의 여정도 얼마 남지 않았습니다." …….

나는 A가 들려준 녹음의 내용을 듣자마자 바로 당시 상황을 떠올릴 수 있었다. 아침 회진 시간, 의사가 처음으로 희망적인 이야기를 한 순간의 기억이었다. 당시 병실에는 나와 엄마, 옆 침대의 환자와 그 보호자, 그리고 아침 회진을 도는 의사와 간호사들만 있었다. 다른 사람은 없었다. 당연히 나는 의사와 대화를 하고 있었으니 소설의 내용을 녹음할 틈은 없었다. 나는 흥분해서 A에게 이 사실을 말했다. A는 또 잠시 답이 없었다. 그러더니 조금 지나서 아주 조심스럽게 다시 입을 열었다.

"작가님과 함께 이 녹음본을 듣다 보니 떠오른 게 하나 있습니다. 앤솔러지 협의를 위해 다 같이 카페에서 만났을 때 기억나세요?"

"물론 기억하죠."

"그때 왜, 작가님들하고 저희가 거의 동시에 '무진 십자가 사건'을 떠올리지 않았습니까."

"그랬죠."

"작가님들이 동시에 찾아든 영감이라며 워낙 흥분하셔서 말씀을 못 드렸는데, 실은 그때 저 좀 찝찝했습니다. 사실 저는 그 영감이라는 게…… 마치 누군가의 목소리를 듣는 듯한 기분이었거든요. 처음엔 소설가의 영감이라는 게 뭔지 몰라서 나만 기분이 이상했나 싶었는데, 지금 작가님 이야기랑 이 녹음본을 듣고 나니 그때 제가 느꼈던 게 사실인 건 아니었을까 싶은 생각이…… 아, 그러고 보니."

"뭔가 또 떠올랐습니까?"

"아, 아닙니다. 뭔가 좀 이상한 게 떠올랐는데…… 일단 확인 후 다시 연락드리겠습니다."

그렇게 말한 후 A는 전화를 끊었다. 나는 A가 말

꼬리를 흐리는 것이 영 마음에 걸렸지만 일단 전화를 끊었다. 전화 통화를 하는 사이 안구 통증이 심해지다 못해 두통으로 번지고 있었다. 나는 두통을 진정시키기 위해 약을 먹었다. 그랬다가 또 한 번 실신해버렸다.

4

다시 정신을 차렸을 때는 다음 날 아침이었다. 그사이 A가 부재중 전화를 두 번 한 기록이 있었다. 문자도 한 통 와 있었다. 그것은 A가 아닌 그의 가족이 보낸 부고였다.

"A가 죽었다고……?"

대체 뭐가 어떻게 된 건지 알 수 없었다. 그렇다고 장례식에 가는 것은 지금 상태로는 무리였다. 하지만 대체 A에게 무슨 일이 일어난 건지 상황을 알고 싶었다.

함께 앤솔러지를 하는 작가들과 출판사에 전화를 걸어봤지만 다들 통화가 되지 않았다. 장례식에 갔거나, 가는 중인 듯했다. 나는 그들에게 연락이 오길 기다렸다. 그러는 사이 나는 몇 번이고 잤다가 깨어나길 반복하다가 꿈을 꿨다.

꿈속의 나는 택시기사였다. 어두운 밤이었다. 나는 손님이 없는 길을 한참 달리다가 저 멀리서 한 남자를 발견했다. 하드보일드 흑백필름에나 등장할 법한 트렌치코트에 모자를 푹 눌러쓴 차림의 남자였다. 남자는 얼굴이 보이지 않도록 선글라스에 머플러를 두른 채, 손에는 검은 장갑을 끼고 있었다.

나는 남자를 태웠다. 뒷자리에 앉은 남자는 목적지로 어딘가를 가자고 말했고, 나는 바로 택시를 출발했다.

30분 후, 목적지에 도착했다.

"다 왔습니다, 손님."

"잔돈은 필요 없습니다."

남자의 대답과 함께 뒷문이 열렸다. 그런데 남자는 뒷문을 닫아주지 않았다. 나는 뭔가 싶어 뒷자리를 돌아봤다가 뜻밖의 광경을 목격했다. 뒷좌석엔 남자가 입었던 옷가지 등이 널브러져 있었다.

나는 옷가지를 멍청히 바라보다가 잠에서 깨어났

다. 그사이 다른 작가들에게서 부재중 전화가 몇 통인가 걸려와 있었다. 나는 그들 중 가장 최근 전화를 걸어온 흔적이 있는 전건우 작가에게 전화를 걸었다. 뭐가 어떻게 된 거냐고 묻자마자 전건우 작가가 말했다.

"저야말로 작가님께 묻고 싶습니다. 뭐가 어떻게 된 겁니까?"

나는 전건우 작가의 말에 의아해졌다. 오히려 나에게 상황을 묻다니, 무슨 소리인가 싶어 되물으니 이해할 수 없는 답이 돌아왔다.

어제, A는 퇴근하고 몇 시간이 지난 후 우리 집 근처 계단에서 발을 헛디뎌 넘어진 후 그대로 사망했단다. 나는 전건우 작가의 말을 곧이곧대로 받아들일 수 없어 몇 번이고 "그게 정말입니까?" 하고 되물었고, 우리는 서로 "믿기지가 않는다"는 말을 반복하다가 전화를 끊었다.

A와 전화 통화를 했을 때, 우리는 카페에서 있었던 기이한 경험을 이야기했다. 그 후 A는 뭔가를 확인해 봐야 한다고 했다. 어쩌면 퇴근 후 A는 카페에 갔던 것은 아니었을까? 그러고는 카페에서 '무언가를 알아내' 내게 그 사실을 전하려 했지만 여의치 않아 우리

집으로 오던 중 사고를 당한 것이라면 어떨까.

문제는 그가 당한 사고의 종류다. 왜 하필 또 계단에서 굴렀단 말인가.

거의 동시에 떠오른 것은 방금 전 꿈의 장면이었다. 내가 모는 택시 뒷좌석에 타고 있던 수상한 남자. 목적지에 도착하자 옷가지를 남긴 채 사라진 그 남자. 마치 투명인간과도 같았던……

"설마, 그럴 리가 있나." 나도 모르게 혼잣말을 중얼거렸다.

하지만 그렇게 한 번 떠올리고 나자 여러 가지가 동시에 떠올랐다. 카페에 갈 때마다 영감을 느꼈던 사실, 쪽지를 주고받으면서도 지난 5년간 단 한 번도 마주친 적이 없는 카페의 사장, 특히 마음에 걸리는 것은 내가 사고를 당한 일의 기억이었다. 나는 카페를 나선 후 '무언가 벽에 부딪히는' 느낌을 받았다. 그러고는 발을 헛디뎌 계단에서 굴러떨어졌다. 그 '벽'이 투명인간이라면…… 말도 안 되는 소리 같았지만 지금 상황에서 가장 그럴듯한 이야기였다.

하지만 사장이 투명인간이라면 왜 이런 짓을 저지른단 말인가? 그가 귓속말로 우리에게 '무진 십자가 사건'을 쓰라고 꼬드겨놓고, 소설을 쓰기 시작한 타이밍에 나를 다치게 하고, A를 사망하게 만들어야 했단 말인가? ……잠깐만, 혹시 소설과 관련된 건가?

사고가 일어난 것은 내가 소설에 대한 고민을 시작한 직후다. 아니, 정확히 말하자면 '비슷한 불행을 경험해보라는 조언'이 적힌 쪽지를 받은 후, 나는 계단에서 굴러떨어졌다. A는 내게 일어난 일련의 기이한 경험을 들은 후 '무언가를 확인해보려다가' 사고를 당했다.

나는, 상상해보았다. A가 카페에 간다. 그곳에서 사장의 정체에 대해 중년의 바리스타에게 묻고 '일종의 진실'을 알아낸다. 그 진실은 사장이 투명인간이라는 것 이상의 무언가…… 어쩌면 그것은 '무진 십자가 사건'과 관련이 있는 무언가는 아니었을까? A는 그런 사실을 내게 전해주기 위해 집으로 오다가 사고를…… 아니, 투명인간에게 쫓겨 살해당했다면 어떻게 될까?

"투명인간이 조력자였다……? 그리고 그 투명인간이 바로 카페 사장이다?"

나는 새삼 셜록 홈즈의 말을 떠올렸다. 불가능한 것

영감

을 제외하고 남은 것, 그것은 아무리 믿기 힘들지라도 진실인 법이다. 하지만 이 진실을 증명하기 위해선 증거가 필요했다. 그리고 그 증거를 찾을 수 있는 건 A가 비명횡사한 지금, 나밖에 없었다.

5

나는 허둥지둥 옷을 갈아입고 집을 나섰다. 문을 여는 것과 동시에 현기증과 메스꺼움, 두통이 몰려들었다. 등 뒤에서 엄마가 놀라 소리 질렀다.

"자꾸 또 어딜 가려고? 그러다 큰일 나려고 그래!"

물론 무시했다. 지금은 내 눈의 문제보다 투명인간을 잡는 게 급했다. 집을 나서면서 휴대폰 앱으로 택시를 불렀다. 얼마 안 가 아파트 바로 앞에 택시가 나타났다.

30분 후, 문제의 카페에 도착했다. 카페는 처음 내가 그곳을 찾았을 때와 마찬가지로 고요했다. 나는 욱신거리는 머리를 잡은 채 계단 옆 손잡이에 몸을 기대 시멘트 계단을 한 걸음, 한 걸음 천천히 올랐다. 그럴 때마다 어디선가 누군가의 속삭임 같은 것이 들렸다.

"가면 안 돼……."

"그곳에 가면 모든 게 무너질 거야……."

"……엉망진창이 될 거야."

마침내 내가 2층 현관문 앞에 도착해 문을 열었을 때, 그 목소리는 그 어느 때보다 집요하고 애절하게 내게 소리쳤다.

"……안 돼!"

"문을 열어서는 안 돼!"

"……절대로 이 문을 열어서는 안 돼!"

나는 머리를 울리는 목소리를 견딜 수 없어 결국 한쪽 손으로 머리를 콱 쥔 채 잠시 서 있었다.

그랬더니 2층 카페 문이 열렸다.

"괜찮으십니까?"

한 남자가 모습을 드러냈다. 30대로 보이는 키가 큰 남자였다. 호기심 넘치는 커다란 눈에 윤곽이 뚜렷한 얼굴이 어딘지 모르게 셜록 홈즈를 떠올리게 했다. 그는 내가 반쯤 쓰러진 모습을 보고는 매우 염려하며 나를 부축해 카페 안으로 들였다. 카운터와 가까운 자리에 앉힌 후, 중년의 바리스타에게 다가가 무어라 대화를 나눈 후 내게 다가왔다.

"작가님이셨군요. 제가 바로 이 카페 사장입니다."

그가 자신의 이름을 밝혔다.

"A 씨의 부고를 듣고 급히 귀국했습니다. 어머니 이
야기를 들어보니 카페를 나선 후 작가님 댁을 찾아가
다가 사고를 당하셨다고요. 아무래도 마음이 편치 않
더라고요."

나는 혼란스러웠다. 카페에 도착하기 직전까지 나
는 그가 투명인간이라고, 이것은 투명인간에 의한 살
인이라고 확신하고 있었다. 하지만 그의 이야기를 듣
자면 이것은 모두 내 착각인 것만 같았다. 그렇다면
대체 A는 왜 하필, 이곳을 나선 후 나를 찾아오다가
그런 사고를 당했단 말인가?

내가 혼란스러워하는 사이 중년의 바리스타가 두
잔의 커피를 들고 다가왔다.

"아, 어머니께 이야기 들었습니다. 제가 없는 사이
서재가 작가님의 비밀 공간으로 활용되었다고요. 때
로는 재미난 놀이도 하셔서 어머니가 꽤 즐거웠다고
하시더군요."

"놀이, 라니요?"

"쪽지 놀이 말이에요." 중년의 바리스타는 부드럽게 웃으며 내게 말했다. "저에게 늘 쪽지를 주셨잖아요. 질문을 적은 쪽지를 제게 주고 나면, 잠시 후 다시 오셔서 답이 적힌 쪽지를 주셨죠. 그러고는 다시 와서 답이 적힌 쪽지를 받아가시는 놀이. 추리소설가다운 놀이라고 생각했어요."

"이게, 무슨 소리지? ……제가, 뭘…… 했다고요? ……내가 혼자, 쪽지를 주고받았다고? ……제가 쪽지를, 혼자 주고받아요? ……내가 쪽지를 혼자?"

"또 그렇게 혼잣말을 하시네요."

"중년의 바리스타가 웃었다."

"지금 내가 말한 건가?"

"꼭 그렇게 혼잣말을 하시면서 제게 쪽지를 주곤 하셨죠. 마치 서로 다른 사람이 이야기하는 것과 같은 억양으로."

"……그렇게 말한 후 중년의 바리스타는 카운터로 돌아갔다. 나는 혼란스러웠다."

"……그럴 리가 없는데, 이게 지금 내가 말하고 있는 거라고?"

"A가 목소리가 겹쳐 들렸다는 부분, 생각해보니 그

때 녹음기는 내 손에 들려 있지 않았나? 정말 A는 나를 만나러 오다가 사고를 당한 것인가? 아니, 어쩌면 그는 나를 만나고……."

"그러고 보니 엄마는 나에게 자꾸 또 어디를 나가느냐고 하지 않았나? ……나는 그때 나갔던 것이 아니었나?"

"A를 만난 것은, 어쩌면 계단에서 만나서 이 일을 추궁당했고 당황한 나는 A를 그대로 밀쳐서……."

"작가님?"

나는 한참 중얼거리다 놀라 고개를 퍼뜩 들었다. 내 반대편에 앉은 카페 사장은 염려스러운 표정으로 나를 바라보다가 이렇게 말했다.

"뭘 그렇게 한참 '혼잣말'을 하세요."

그가 나를 향해 손을 뻗었다. 기이한 미소를 지으며 내 어깨에 손을 올리는 것만 같았다. '같았다'라는 표현을 쓰는 이유는, 그런 그의 손이 내 눈엔 조금씩 투명해지는 것만 같아 보였기 때문이다……. 하지만 나는 이제 나를 믿을 수 없다.

작가 후기

조영주

첫 번째 이야기 재미있게 보셨습니까? 이야기 속 작가가 혹시 조영주 본인이 아닌가 하는 의심이 드시던가요? 그렇다면 바로 보셨습니다. 실제 저는, 이 소설을 쓰며 으스스한 경험을 했거든요.

2023년 1월, 저는 한창 〈영감〉을 쓰고 있었습니다. 처음에는 저라는 캐릭터를 그대로 갖다 넣어서 40대 여성 추리소설가 조영주가 주인공인 이야기를 적을 셈이었습니다. 그런데 결국 그만두고 다른 이름, 지금의 작가 윤해환으로 바꿨습니다. 소설을 적던 중 기이한 일이 생긴 탓입니다.

하필이면 소설 속 작중 작가 조영주가 '뭔가 사건이라도 터지지 않는 한 사건을 저지른 당사자의 마음을 알 수 없지 않을까,

난 지금 너무 행복하지 않은가'라고 생각하는 부분을 적은 직후, 망막박리라는 눈 사고가 실제로 생겼습니다. 이후 급히 수술을 받고, 몇 달간은 꼼짝도 않고 엎드려 지내는 등의 고생을 하면서 녹음해서 글을 적기도 했는데요, 그렇게 지내는 동안 찝찝함이 말도 못 했습니다.

'작가 조영주를 주인공으로 해서 불길한 사건이라도 터지지 않는 이상, 이라고 적자마자 내가 이런 사건을 겪다니…… 본명으로 적으면 더 무시무시한 일이 터지는 것은 아닐까……?'

이런 기분이 들자 저는 으스스해져서 주인공의 이름을 40대의 남성 추리소설가 윤해환으로 바꾼 후 이야기를 마저 적었습니다. 그러자 더는 이상한 일이 일어나지 않았습니다. 당시엔 무시무시한 경험이라고 생각했는데, 책의 출간을 앞두고 다시 원고 교정을 보자니 어쩌면 이것은 일종의 형체를 띤 '영감'이 아니었을까 싶은 기분이 드네요.

이렇게 첫 번째 이야기는 끝났습니다. 이제 두 번째 이야기의 막이 오르는데…….

그날 밤 나는

박
상
민

한림대학교 의학과를 졸업하고 가톨릭대학교 은평성모병원
내과에서 근무했다. 2016년 단편 〈은폐〉로 한국추리작가협회
신인상을 수상하며 데뷔, 2020년 《차가운 숨결》로
한국추리문학상 신예상을 수상했다. 이외에도 《위험한
장난감》을 출간했고, 단편 〈잊을 수 없는 죽음〉 등이 KBS
라디오문학관에서 드라마로 방영되었다. 계간 《미스터리》
편집위원으로 활동했고, 《소맥거핀의 인체 친구들》《의사가 되기
위한 첫 의학책》을 감수했다.

당신이 이 글을 읽는다는 것은 내가 더는 세상에 존재하지 않음을 의미한다. 기분이 묘하다. 1년이 될지, 50년이 될지 알 수 없는 미래를 향해 편지 쓰는 꼴이라니. 누군가는 나를 보고 헛짓거리 한다고 비웃을지 모르겠다. 하지만 이런 번거로운 작업을 하는 데는 나름의 절실한 이유가 있다. 처량했던 그날 밤 이후로 나는 하루하루를 지옥 속에서 구르고 있다. 보이지 않는 하늘 저편에서 루시퍼가 가시로 점철된 채찍을 사정없이 휘두르는 것이 느껴진다. 눈을 감으면 어둠 속이고 눈을 뜨면 생지옥이다. 누구에게도 속 시원히 털어놓지 못하는 갑갑함이 열대 지방의 태양처럼 나를 피 말리게 한다. 이대로라면 미라처럼 말라비틀어지는 것도 시간문제다.

어려서부터 나는 거짓말이라는 것을 할 줄 몰랐다. 적당히 남의 기분을 맞춰주기 위해 선의의 거짓말이 필요하다는 걸 머리로는 알아도 현실에 적용하기가 어려웠다. 오죽하면 정치인들이 나를 본받아야 한다고 고등학교 은사님이 말씀하셨을까. 한때 원인에 대해 생각해본 적 있는데 결국 찾기를 포기했다. 평생 담배를 피워보지 않은 사람에게 담배 한 개비를 물게 하는 것이 얼마나 어려운가. 일종의 본능적인 거부감이라고 이해하면 되겠다.

신용이 중요한 사회에서 정직함은 무기가 되어주었지만 여러 사람에게 상처를 주기도 했다. 대표적인 예가 집사람이다. 결혼하고 다섯 번째 기념일에 마음이 완전히 식었다는 것을 털어놓은 뒤로 우리를 연결해주었던 동아줄은 서서히 썩어 들어갔다. 몇 달 뒤 혈액암 판정을 받았을 때는 나 때문인 것만 같아 투병하는 내내 죄책감에 사로잡혔다.

개인사를 두서없이 늘어놓아 죄송하다. 다만 앞으로 털어놓을 이야기가 누군가에게는 허황하게 들릴 수도 있다는 노파심에 언급했다. 강조하고자 하는 것은 내가 이런 글을 올림으로써 대중의 관심을 받으려 용을 쓰는 부류가 아니라는 점이다. 나에게 사후에까지 악명을 떨치고자 하는 변태적인 욕망 따위는 없다. 살아 있는 동안 모두의 앞에서 범죄를 고백할 용기가 부족한 것뿐이다.

사건은 석 달 전으로 거슬러 올라간다. 오랜만의 외출은 30분도 안 되어 허무하게 막을 내렸다. 편의점에 들렀을 때만 해도 괜찮았다. 먹음직스러운 샌드위치와 과자, 음료수를 바구니에 집어넣을 때는 왠지 모르게 마음이 가벼워져서 휘파람을 불기도 했다. 연극은 거기까지였다. 모퉁이를 돌자 나타난 거대한 물결을 마주한 순간 주체할 수 없는 공포가 몸을 집어삼켰다. 과거는 뒤로하고 오늘부터 새로운 인생을 시작하겠다고 집을 나서기 전에 한 각오는 허공으로 날아갔다.

열기를 받아 반짝이는 물결을 무력감에 휩싸여 응시했다. 아무 일 없다는 듯 제 갈 길을 가는 강물이, 자연의 무심함이 두렵게만 다가왔다. 한때는 대낮에도 취할 정도로 황홀하다고 생각했던 한강이 사악한 음모가 도사리는 늪처럼 보였다. 홀린 듯 물가로 흐느적흐느적 걸어가다 말고 제자리에 멈춰 섰다. 그 이상 갔다가는 돌이킬 수 없는 일이 일어나리라는 예감 때문이었다. 산책로를 따라 활기차게 달리는 많은 사람들. 개중 몇이 나를 이상한 시선으로 힐끔 보고는 스쳐 지나갔다. 남들에게 이런 내가 어떻게 비칠지는 잘 알고 있다. 인간이 아닌 유령. 생명력이라고는 찾아볼 수 없는 스스로의 모습은 거울 속에서 익히 봐왔다.

한강이 수십 년에 걸쳐 선사한 아름답고 달콤한 기억을 나는 하루 만에 박탈당했다. 유나를 집어삼킨 가을 이후 한강은 어떤 희망의 말도 귓가에 속삭여주지 않았다. 녀석의 고요한 얼굴을 갈기갈기 찢어버리고 싶은 충동이 밀려올 때도 많았다. 바지춤을 내리고 몸 안에 쌓인 노폐물을 마구 갈겨도 위안은 잠시였다. 그 따위 소심한 복수로는 딸아이를 돌려받을 수 없다는 부동의 현실이 나를 허무감에 젖게 했다.

집으로 돌아가는 길은 고문이었다. 번잡한 일상에서 빠져나와 자연의 품에서 휴식을 취하기 위해 각지에서 몰려드는 남녀들, 그중에서도 유나 또래의 여자

그날 밤 나는

아이가 지나갈 때마다 고개를 돌려 망연히 쳐다보기를 반복했다. 숨결을 들이 내쉬며 걸음을 옮기는 그들의 생기발랄한 모습이 유나를 연상시킨 탓이다. 물끄러미 보는 나를 여자들은 질색했고 곁에 선 남자들의 눈에서는 불길이 뿜어져 나왔다. 여자 꽁무니나 쫓는 추잡한 중년으로 치부하는 건 그들 입장에서 당연했다. 처음 만나는 여자를 그토록 애절하고 회한 어린 눈길로 보는 이는 없을 테니 말이다.

아파트 단지에 들어서다 말고 골목 어귀에서 멈춰 섰다. 전봇대에 붙은 한 장의 사진이 시선을 낚아챘다. 한강변에서 한 여학생을 목격한 사람을 찾는 전단지로 내가 붙여둔 것이었다. 교복 차림의 유나는 사진 속에서 햇빛에 눈이 부신지 찡그린 얼굴로 앞을 응시하고 있었다. 부녀끼리 간 나들이에서 사소한 일로 토라진 유나의 기분을 풀어주려 찍은 사진이었다. 딸아이의 가장 예쁜 모습을 남들에게 보여주고 싶은 것이 아비의 마음이라지만, 죽음을 목전에 둔 유나가 평소의 발랄하고 귀여운 얼굴이었을 리 없다는 이유에서였다.

기존 버전에는 옆에 또 다른 여학생의 얼굴이 있었

다. 그 사진들은 무고한 이의 명예를 훼손한다는 이유로 떼어졌다. 한순간에 물귀신의 밥이 되어버린 유나의 억울한 죽음을 밝혀내려는 노력은 벌금 300만 원을 남겼을 뿐이다. 판사 앞에서 유나와 마지막까지 함께 있었던 동석자 김모 양의 수상한 행적에 대해 프레젠테이션까지 했건만 돌아온 건 벌금을 납부할 계좌번호였다. 유나를 잃고 울부짖는 내게 국가는 명예훼손범의 낙인을 찍었다. 그 결과가 전봇대에 붙어 있는 사회적으로 허용된 전단지인 셈이었다.

일주일 넘게 방치된 우편함에는 종이 뭉치가 수북이 쌓여 있었다. 예전에는 그 앞에서 살다시피 했지만 이제 부질없다는 걸 잘 알았다. 사고 당일 유나를 목격한 이들로부터 제보받기 위해 지면 광고에 주소를 올린 것이 발단이었다. 날마다 쏟아지는 투서들 속에 파묻혀 보낸 밤들이 떠올랐다. 봉투를 뜯을 때면 가슴속을 휩쓸고 지나가는 전율은 잠시라도 나를 꿈에 젖게 해주었다. 그러나 하염없는 기다림은 실망과 좌절만 안겨줬을 뿐이다. 세상에는 타인을 진정으로 도와주고 싶어 하는 선량한 사람만큼이나 타인을 농락하는 데서 삶의 보람을 찾는 악의적인 인간이 많다. 그들이 찍은 사진을 갖고 경찰서로 갔다가 며칠 후면 위조라는 소리를 듣기 일쑤였고 전화를 걸면 엉뚱한 사람이 받는 경우도 허다했다. 우편함을 찾는 빈도가 줄어드는 건 당연한 일이었다.

편지를 한 움큼 손에 쥐고 집에 들어서자 안에 있을 때는 느끼지 못한 고약한 악취가 콧속에 달라붙었다. 불을 켜자 거실 한가운데를 가로지르는 조형물이 어둠 속에서 드러났다. 집 앞을 흐르는 강과 주변 아파트를 본뜬 축소본. 눈을 뜨고부터 감기까지 대부분의 시간을 함께하는 삶의 터전이었다. 강가를 바라보고 선 엄지만 한 소녀는 생전의 유나가 아끼던 인형이었다. 바둑판의 돌을 옮기듯 생각날 때면 그날 밤 유나의 동선을 재구성했다. CCTV의 부재는 억울한 죽음이라는 의혹만 부채질할 뿐이었다. 화면 속에 잡히지 않은 세 시간의 간극을 메우려는 노력은 갈수록 빛이 바랬다. 일어난 일과 일어나지 않은 일이 교묘하게 뒤섞이며 나는 현실과 상상의 경계를 방황했다. 머릿속에서 유나와 친구는 손을 맞잡고 강변에서 즐겁게 수다를 떨고 있기도, 둘이서 머리를 끄집어 잡고 싸우기도 했다. 잠자는 친구를 두고 유나 혼자 강물에 들어가 수영을 하다 중심을 잃고 쓰러지기도, 몸부림치는 유나의 머리를 친구의 두 손이 눌러대기도 했다. 술에 취해 기억을 잃었다며 발뺌하는 친구 때문에 나는 밤마다 유나가 울부짖는 소리를 들어야 했다.

소파에 몸을 파묻고 건성으로 종이 뭉치를 하나씩 넘겼다. 밀린 세금 고지서, 홍보용 팸플릿. 건성으로 한 장씩 넘기던 손길이 멈춘 것은 중간쯤이었다. 지금도 생생하게 기억난다. 까끌까끌한 촉감의 회색 빛깔 봉투였다. 보낸 이의 이름부터가 눈길을 끌었다. 진실을 위해 사는 사람들. 식상한 단어로 이루어진 것이 어딘가 하나쯤 있음 직한 단체 같았다. 편지를 열면 위험이 닥치기라도 할 듯 유심히 앞뒤를 살피고 만져도 보았다. 악의는 언제 어디서 모습을 드러낼지 모를 일이었다. 한순간도 긴장의 끈을 놓쳐서는 안 된다는 것은 지난 일로 익히 체득했다. 증거를 확보할 수 있다는 기대감에 앞뒤 가리지 않고 열어젖힌 봉투에서 죽은 바퀴벌레 다섯 마리가 나온 적이 있었다. 인간에 대한 신뢰가 밑바닥부터 흔들린 순간이었다. 그때부터였다. 편지의 표면을 집요하게 손

그날 밤 나는

으로 더듬어대기 시작한 것은. 그날도 마찬가지였다. 나는 특별한 이물질이 없는 것을 확인하고서야 봉투를 뜯었다. 당시 받은 편지는 아직 간직하고 있어 첨부한다.

유나 양이 우리 곁을 떠난 지도 어느덧 반년이 되었네요. 최근 우리는 따님의 사건을 놓고 토론을 벌였고 어젯밤 정기 총회에서 아버님을 우리 클럽의 새로운 멤버로 초청하기로 결론 내렸습니다. 그 말은 유나 양의 사건은 전면적인 재수사가 필요하다는 의미이기도 합니다.

유나 양이 동석자 A와 한강으로 간 것은 밤 11시, A가 비틀거리며 출구로 빠져나온 것은 새벽 2시 32분이었습니다. 강변을 비추는 CCTV가 없어 문제의 장면은 포착되지 않았지만, 동석자가 유나 양을 물속으로 떠밀었다는 정황 증거가 있었습니다. 젖은 청바지 밑단과 신발이었습니다. 이틀 후 경찰을 찾아갔지만, 바지와 신발이 더러워서 버렸다는 어처구니없는 이야기를 해주었습니다. 정상적인 사고와 판단을 하는 이라면 즉시 동석자를 피의자로 전환해서 수사를 했겠지만, 우리나라에서 그런 일은 사치였습니다. 국립과학수사연구원은 유나 양의 양말에 묻은 흙의 성분이 강가에서 5미터 떨어진 지점의 토양과 일치하고 폐에서 발견된 플랑크톤을 이유로 익사로 결론 내렸습니다. 융통성 없는 경찰은 그 말을 곧이곧대로 받아들이고 자살로 종결지었습니다.

시민들 누구나 의문을 가졌을 동석자의 행동에 대해 경찰과 국과수는 눈뜬 장님처럼 의아한 행보를 보여 공분을 사기도 했습니다. 한강에 설치된 CCTV를 아버지인 당신에게 보여주기를 꺼렸다가 억지로 공개하는 만행을 저지르기도 했습니다.

저희는 이대로 유나 양을 보낼 수 없다는 데 전원 합의하고 진실을 바로 세우기로 했습니다. 남은 것은 아버님의 선택입니다. 저희가 이루고자 하는 대업에 동참하기를 원하신다면 13일 오후 6시, 종로3가역 2번 출구에서 뵙겠습니다.

뚫어져라 글씨를 바라보던 나는 겨울잠을 자다 깨어난 곰처럼 사방을 두리번거리다 휴대폰을 집어 들었다. 날짜를 확인하고는 욕설을 내뱉었다. 이미 이틀이 지난 뒤였기 때문이다. 세상과 단절해 폐인처럼 지내는 동안 초대장의 유효기한은 만료되고 말았다. 봉투까지 뒤져 전화번호가 적혀 있는지 살폈지만 허사였다. 허탈한 마음에 머리카락을 쥐어뜯다 말고 포털 사이트를 연 것은 한참이 지나서였다. 오랜만에 찾아온 기대감은 순식간에 싸늘함으로 변했다. 겉봉투에 적힌 단체의 이름을 검색해봐도 그물망에 걸리는 건 시시껄렁한 블로그의 글뿐이었다. 너도 나도 자신을 광고하는 세상에 단체에 대한 어떤 정보도 나오지 않는다는 점이 의구심을 키웠다. 사기라고밖에 생각할 수 없었다. 나는 수상한 냄새가 잔뜩 밴 그 종이를 찢어 바닥에 흩뿌렸다.

편지에서 언급된 장소가 특정 건물이었다면 찾아갔겠지만 지하철역이라 가볼 마음이 생기지 않았다. 다음 날 갑작스러운 명치 통증과 함께 피를 토해 응급실로 갔고 위내시경을 받은 후 입원해 시간을 날린 탓에 그날의 일은 기억 속에서 희미해져갔다. 그 기이한 단체를 다시는 볼 일 없으리라 생각한 것은 착각이었다. 일주일 후 우편함에서 다시 그 이름을 발견했을 때는 소름이 돋다 못해 전율이 일었다. 일종의 계시처럼 느껴진 것은 그날따라 누군가가 내미는 구원의 손길을 간절히 기다리고 있었기 때문일까. 문구는 처음 받은 것과 동일했고 날짜만 달랐다. 볼드체로 강조된 검은 글자에서 나를 향한 집요한 의지가 느껴졌다. 마침 이번에는 시간도 적절히 남아 있어 고민 없이 역으로 향했다.

한 조각의 의심도 없었다고 한다면 거짓이다. 떠날 채비를 하면서도 마음 한구석에서는 마지막까지 제지하는 손길이 있었다. 타인의 악질적인 장난 또는 불순한 목적을 지닌 이들의 짓이라는 생각이었다. 사람과 사람 간에는 무슨 일도 일어날 수 있다는 걸 생각하고 부엌에서 서성이던 끝에 식칼 하나를 점퍼에 꽂아 넣었다. 이를테면 최후의 수단이었다. 지금 생각하면 과도한 경계심이라 실소가 나오지만 그때는 그럴 수밖에 없었다.

종로3가역은 시위가 한창이었다. 한 노동자의 억울한 죽음에 대한 구청의 책임을 묻는 입간판이 눈에 띄었다. 나 역시 경찰청 앞에서 시위를 해본 적이 있음에도 일말의 동정심조차 일지 않았다. 유나를 위해 다른 누군가가 저렇게 피켓을 들어주지 않은 것에 대한 원통함 때문이었다. 6시까지 시간이 얼마 남지 않았는데 역에서는 쉴 새 없이 새로운 얼굴이 튀어나왔다.

불길한 마음이 스쳐갔다. 그들은 나의 얼굴과 이름, 주소를 알지만 나는 그들에 대해 사소한 정보도 모르는 데서 비롯된 공포였다.

한쪽으로 기울어진 지렛대에 균형을 잡기 위해 인파에서 빠져나와 바깥이 훤히 내다보이는 카페로 몸을 숨겼다. 몸이라도 숨겨야 서로 공평한 게임이라는 생각에서였다. 여가수가 흥얼거리는 전원풍의 음악에 파묻혀 알지 못하는 이를 기다리는 건 기묘한 경험이었다. 만남의 광장답게 출구는 누군가를 기다리는 이들로 붐볐다. 그들 가운데 진실이니 뭐니를 떠들 것 같은 비장함을 풍기는 이는 없고 청춘을 남김없이 즐기는 자들 특유의 생기가 넘쳐흘렀다.

주문한 커피로 목을 축이던 그때 누군가 옆자리에 착석했다. 파란색 모자를 눌러쓴 중년 남자였다. 말을 나누거나 눈짓을 주고받지 않아도 본능적으로 그 사람이라는 것을 직감했다. 유리 너머를 보며 딴청을 피워도 그가 곁눈질로 힐끔거리는 느낌이 들어서였다. 아니나 다를까 일어서서 나가려는 몸짓을 하자 내 이름을 불렀다. 그제야 상대의 얼굴을 똑바로 바라보았다. 음침하다는 말이 누구보다 어울리는 자였다. 구부정한 등과 깊게 팬 왼쪽 뺨이 그간 살아온 험한 인생을 드러냈다. 따라오라는 말만 내뱉고 나서는 동작이 어찌나 거침없던지 기세가 한풀 꺾여 졸졸 뒤따라갔다. 그가 상냥하고 나긋한 목소리로 말을 걸어왔다면 확신이 없어 따라가지 않았을지도 모른다. 하지만 걸음걸이에 밴 당당함이 의혹을 거둬주었다.

예상과 달리 그가 향한 건물은 남들의 눈에 띄는 번화가에 위치했다. 베이커리와 태권도장이 딸린 건물의 지하였는데 300미터를 걷는 동안 서로 나눈 대화라고는 날씨 이야기뿐이었다. 나나 그자나 통 말을 하지 않았다. 여러분 중 누군가는 내가 언급한 장소를 눈치챌지도 모르겠다. 종로3가역 근처에 태권도장도 거의 없을뿐더러 빵집까지 딸려 있는 곳은 하나뿐이니까. 하지만 이 글이 공개되는 시점에 그 단체는 더 이상 존재하지 않을 테니 소용없으리라.

지하로 통하는 계단을 걸어 내려가자 기분 나쁜 인상을 주는 허름한 철문이 앞을 가로막았다. 그 앞에서 기다리는 시간은 초조함 그 자체였다. 뭔가 잘못된 게 아닌지, 이대로 소위 인신매매 조직에 끌려가는 게 아닌지 두려웠다. 하다못해 조그만 명패라도 앞에 붙어 있을 줄 알았는데 표식이라고는 눈을 씻고 봐도 없었다. 주머니 안의 손은 집에서 가져온 식칼을 바짝 움켜쥐고 있었다.

사내는 내가 묻는 말에는 얼버무리고 답답한 자세로 일관했다. 걱정은 기우였다. 호출 벨에 이어 문이 열리자 다른 세계가 펼쳐졌다. 외관의 허름한 느낌과 반대로 화려한 무늬의 장식이 새겨진 타일들이 바닥을 수놓았다. 벽에 걸린 등불에서 일렁이는 불길이 온화하면서도 음울한 기운을 주위에 흩뿌렸다. 주인 없는 카운터에 두 개의 방이 마주 보는 구조였다. 방마다 문은 없고 잿빛 커튼이 쳐져 있었는데 완벽히 방음은 안 되는지 수런거리는 소리가 들렸다. 들리는 것만으로 짐작하면 족히 열 사람이 대화를 나누는 듯했는데 속삭이는 말들 중 몇몇 단어가 털끝을 곤두서게 했다. 경찰, 시체 같은 단어가 아무 거리낌도 없이 들려온다면 누구라도 뒷걸음질 치게 마련이다.

지금이라도 늦지 않았다는 마음에 주춤거리는데 조금 전의 남자가 온화한 미소를 입가에 띠고 다가왔다. 표정을 보고 불안해하는 것을 알아차린 모양이었다. 그가 큰 소리로 내 이름을 불러대자 발이 얼어붙은 듯 움직이지 않았다. 커튼 너머에서 들려오던 속삭이는 목소리가 뚝 그쳤다. 정적 속에서 커튼을 젖히고 나오는 이들이 있었다. 여덟 명 정도였는데 겉보기에는 머리카락도 단정하고 얼굴에 윤기가 나지만 눈가에 드리운 고통의 그림자를 지울 수는 없었다. 왠지 모를 낯익음에 의문을 가졌던 나는 뒤늦게야 그들의 눈이 매일 거울에서 보는 내 눈빛과 닮았다는 걸 깨달았다.

잘 왔다는 말과 함께 반갑다며 손을 내민 코가 큰 남자가 모임의 수장이었다. 결연함이 새겨진 날카로운 미간이 돋보이는 이였는데 목소리나 태도에서 우러나오는 기품이 듣는 사람을 압도했다. 적어도 무고한 사람을 포획하는 짐승 같은 일을 벌일 사람이라는 생각은 들지 않았다. 이곳을 나가려던 초기의 계획을 수정하고 그들이 안내하는 방으로 순순히 따라갔다. 은은한 어둠에 잠긴 방의 한쪽 벽면은 커다란 슬라이드가 내려져 있고 중앙은 커다란 테이블이 차지하고 있었다. 그들이 일사불란하게 착석하고 남은 자리가 내 것이었다. 햇빛 한 줄기 비치지 않는 어둑한 방에서 통성명을 했다. 나를 포함해 열 명이었는데 모두 나처럼 소중한 사람을 불의의 사고로 잃은 이들이었다.

나중에 이들이 말해준 정보의 파편을 단서 삼아 검색해보니 네티즌들의 입에 오르내리는 사건이 많았다. 하나같이 타살이 의심되고 유력한 용의자가 있음에도 형편없는 경찰 수사와 국과수의 감식으로 단순 사고, 자살로 종결되었다는 공통점이 있었다. 처음 세 사람은 덤덤하게 자신들의 이야기를 읊었지만, 뒤로 갈수록 목이 잠기더니 울먹이며 말하는 이들도 있었다. 작년 여름부터 온라인을 통해 알게 된 피해자 두 사람이 총대를 메고 모임을 결성했고 지금의 규모로 세력을 불렸다고 했다. 그들도 나처럼 한때 누군가의 아버지이자 어머니, 형제자매였다.

이쯤 되면 그들이 누군지 궁금해할 분들이 있겠지만 알려드릴 수 없음을 양해 바란다. 신상이 드러나는 것은 나 하나로 족하다. 이 글에서는 그들의 이름이나 세세한 사연 등 개인 정보는 언급하지 않을 생각이다.

간략한 소개가 짧은 시간 동안 이뤄졌고 이어서 한강 일대를 배경으로 한 모식도가 띄워졌다. 그걸 보는 순간 본능적으로 허리가 곧추섰다. 하루에도 수백 번 머릿속에 그렸던 그림이었기 때문이다. 그들은 해명이 제대로 안 된 세 가지 포인트를 들어 유나가 단순히 물속으로 걸어 들어간 게 아니라는 지극히 상식적인 논리를 펼쳤다. 길거리를 지나다니는 시민을 붙잡고 물어보면 십중팔구는 당시 유나와 마지막까지 함께했던 동석자를 의심할 정도로 수상쩍은 사건이었다. 그럼에도 경찰은 무혐의로 결론 내리고 검찰에 불기소 의견으로 송치했다. 골든타임을 한참이나 넘겨서 벌어진 일이었다. 검찰 측에서 자체 조사에 들어갈 즈음에는 동석자를 기소할 수 있는 증거들은 모두 재로 변한 뒤였다.

그날 건물 안에서 훈제 오리를 맥주와 곁들여 먹으며 친목을 다졌다. 깊은 이야기를 하다 보니 처음의 생각이 틀렸음을 깨달았다. 그들이 사건을 원점에서부터 조사해 진상을 밝혀줄 거라고 여긴 건 오산이었다. 사정을 털어놓은 것은 아들을 잃은 중년 여자였다. 그들 모임의 목적은 개별 사건의 진상 규명이 아니라는 것이었다. 이미 사건 수사는 미궁에 빠져버렸고 확실한 물증이 될 만한 건 진즉 사라져버린 후였

그날 밤 나는

다. 아마추어끼리 머리를 맞댄다고 해서 경찰과 국과수를 상대로 이미 내려진 결론을 뒤집는 건 불가능하다고 회의적인 어조로 말하던 기억이 난다.

그럼 대체 여기서 죽치고 앉아 뭐하는 거죠. 분명 그런 식으로 말했다. 시간 낭비를 했다는 생각에 나도 모르게 언성이 높아졌다. 무의미한 공감보다 문제의 해결을 추구하는 내게는 피해자 가족이라는 작자들끼리 술 먹고 친목을 다지는 자리는 필요 없었다. 이별을 고하고 자리를 뜨려는 내게 다가온 이가 있었다. 피부 아래로 푸른 혈관이 비칠 정도로 창백한 그는 아직 이번 모임의 진짜 의도를 밝히지 않았다며 속삭이고 나를 다시 앉혔다. 고위 공무원이라는 소개에 걸맞게 나를 대하는 그의 행동에는 거만하고 억압적인 데가 있었다.

슬라이드가 바뀌고 한 장의 사진이 떴다. 천장에 목을 매달고 죽어 있는 여자의 시체였다. 혀가 튀어나오고 밑에 배설물이 있는 것이 구역질 나올 정도로 사실적이었다. 나로서는 당연히 드라마나 영화 속 한 장면인 줄만 알았다. 극도로 디테일이 살아 있었기 때문이다. 어디서 가져온 거냐고 묻자 어둠 속에서 키득거리

는 소리가 들려왔는데 온몸의 털이 설 만큼 으스스한
광경이었다.

조금 전의 남자가 일어나더니 본인의 작품이라고
소개했다. 두 달 전 텅 빈 물류 창고에서 자살로 위장
한 타살 사건이라고 어찌나 차분하게 설명하는지 국
어 교과서를 읽는 듯한 무심함이 나를 충격에 빠뜨렸
다. 아무리 억울한 사정이 있다고 해도 실제로 사람을
죽이는 데까지 다다른 그들의 행위는 선을 넘었다고
볼 수밖에 없었다. 옆의 남자가 말하기를 타살인 사건
을 경찰과 국과수가 자살로 결론 내기를 기다렸지만
일이 뜻대로 진행되지 않은 케이스라고 했다.

그제야 이 단체의 진정한 설립 목적을 파악했다. 세
계에 대한민국 수사기관의 형편없는 실력을 폭로하
고 묻혀버린 사건들의 진상 규명도 한꺼번에 요구하
는 것이 그들의 목적이라고 했다. 그들은 실패로 돌아
간 그간의 행적을 언급하며 새롭게 설계 중인 사건도
보여주었다. 개중에는 목욕탕에서 화재 사고를 가장
해 수십 명을 몰살시키는 것도 포함되어 있었다. 자식
을 잃은 부모들이 어디까지 잔인해질 수 있는지 깨닫
게 되는 순간이었다. 그들의 집착은 어딘지 소름 끼치

그날 밤 나는

는 구석이 있었다. 그들은 우리나라 수사기관의 무능을 증명하는 것에 태생적인 사명감을 가진 것처럼 보였다.

의문이 든 게 사실이었다. 이런다고 우리의 사건이 재조명받을 수 있는지 말이다. 특별히 말을 한 건 아닌데 생각이 표정에 드러났던 것 같다. 나보고 들으라는 듯 본인들이 집단으로 재수사를 요청한 일화를 얘기해주었다. 경찰과 검찰에서는 콧방귀를 뀌고 국과수는 법의학 전문가가 행한 부검에 한 치의 오차가 있을 수 없다는 입장만 고수했다고 한다. 재수사라는 건 우리 같은 평범한 국민에게는 꿈만 같은 이야기였다. 있는 집 자식이라면 눈에 불을 켜고 사건을 파헤칠 국가 기관으로서는 개미와도 같은 서민 하나하나의 억울한 사정을 처리할 여력이 없었다. 그들에게 유나의 죽음은 수천 수백 개의 하잘것없는 죽음 중 하나에 불과했다. 세월에 묻혀 희미해진 그날의 설움이 다시 몰려온 탓에 한동안 말을 잇지 못했다. 어둠 속에서 나를 감싸는 손길이 느껴졌다.

그날은 그것으로 모임이 종료되었다. 그들은 오늘 있었던 일을 외부에 발설하지 않을 것을 맹세하는 각서를 받고는 선택의 기회를 주었다. 대의를 위한 여정에 동참할 생각이면 일주일 후 같은 시각 같은 장소에 오라고 했다. 한순간의 감정에 휩쓸려 결정하기에는 앞으로 짊어져야 할 위험 부담이 크다는 일종의 배려였다. 한 번 들어온 이상 탈퇴는 불가능하니 고심해서 결정하라고 했다. 모임의 비밀스러운 성격처럼 따로 밖에서 뒤풀이 같은 건 없이 한 명씩 뿔뿔이 흩어졌다. 집으로 돌아가는 발걸음이 가벼웠다. 아무리 둘러봐도 꽉 막힌 줄만 알았던 길이 뻥 뚫린 기분이었다. 일주일을 기다린다는 것이 고역이었지만 누구의 연락처도 얻지 못했기에 뾰족한 수가 없었다.

그날 밤 오랜만에 유나의 영정 앞에서 희망의 목소리를 냈다. 매번 지켜주지 못해 미안하다는 말뿐이었던 내가 처음으로 그 말을 하지 않은 날이기도 했다. 혼자만의 힘으로 거대 세력과 맞서는 것은 계란으로 바위치기지만, 그들과 함께라면 다를 것이라는 묘한 확신이 나를 이전과 달리 활력에 넘치게 했다. 몇 달 만에 술을 입가에 대지 않고 밤을 지새웠다. 맑은 정신을 유지한 채 매진해야 할 문제가 생겼기 때문이다. 그 자리에서 오갔던 대화를 복기하고 그들이 설계 중인 사건들을 검토했다.

다음 모임이 있기 전 일주일은 나에게 소생의 시간이었다. 지저분하게 자란 머리카락도 정리하고 돼지우리 같던 집 안도 깔끔하게 청소했다. 눈을 뜨고 나서 잠들기까지 내내 어떤 사건이 적당할지 고민했다. 하다못해 생전 보지 않던 범죄수사 프로그램도 몰아서 봤다. 그러면서 깨달은 건 모임에서 언급된 방안들이 성공 가능성이 낮다는 것이었다. 경찰은 그들 생각만큼 어린아이 수준이 아니었다. 설령 계획이 맞아떨어져 경찰과 국과수가 실수를 한다고 해도 그들이 의도한 치명적인 효과를 내기는 어려워 보였다.

국민들은 미제 사건에 열광하는 경향이 있었다. 개구리소년 실종 사건, 오대양 사건은 10여 년이 지나도 사그라지지 않고 언론과 방송에서 잊힐 만하면 수면 위로 끌어올려지고 다양하게 재생산되었다. 사람들의 이목을 끌기 위해 필요한 것은 평범한 사건 여럿보다 기존의 범죄와 차별화되는 지점을 가진 특별한 사건이었다. 그런 면에서 내게 주어진 역할이 있으리라는 예감이 들었다. 범죄를 창조하는 데는 미술 작품을 만들 때만큼이나 예술가로서의 자질이 필요하다고 생각했기 때문이다.

이제야 밝히지만 나는 건축가다. 한강변을 따라 줄지어 선 아파트들 가운데 여럿이 내 손에서 태어났다. 상상 속에서만 존재하는 거대한 구조물을 도면으로 옮겨와 생명력을 불어넣는 것이 내가 하는 일이다. 건축가는 과거에 없던 새로운 것을 창조한다. 기존에 세상에 나온 건물을 만드는 것은 하등 쓸모없는 행위고, 다른 이들은 상상도 못 한 기발한 구조를 머릿속으로 조립하는 것만이 나를 희열에 잠기게 한다. 그들이 추구하는 목표에 나의 재능이 조금이나마 보탬이 될 수 있을 거라고 생각했다.

두 번째 모임이 있던 날 그들이 보는 앞에서 입회 각서에 서명했다. 이 순간부터는 모두가 운명 공동체로 추후 벌어질 사건으로 일어나는 책임은 전원에게 있으며 외부로 비밀을 유출할 경우 생명이 위태로울 수 있다는 경고가 있었다. 보물섬을 찾아다니는 꼬마들이나 만들 법한 유치한 문구가 우스웠으나 환풍기 소리만 들릴 정도로 엄숙하게 진행되는 의식에 나도 모르게 자세를 고쳐 앉았다.

입회 절차기 마무리되고 각자 연구해온 것을 발표

그날 밤 나는

하는 자리가 마련되었다. 가스 폭발 사고 등 경찰과 국과수를 눈속임할 수 있는 장치들을 떠들어댔는데 특히 섬뜩한 외모를 지닌 고위 공무원이 모임을 이끌었다. 그는 어려서부터 추리소설을 많이 읽었다고 했는데 확실히 그런 쪽 분야를 섭렵해서인지 생각하는 게 보통 사람과는 달랐다. 그는 밀실 살인을 일으키고 자살로 위장하는 아이디어를 냈지만 소설에서나 가능하지 현실에서는 교묘하게 실현하는 것이 어려워 보였다. 문을 잠근 채 죽어 있으니 발견하는 시점이 지체될 위험이 있기 때문이었다. 오랜 시간에 걸쳐 침을 튀겨가며 자신이 고안한 밀실의 독창성에 대해 떠들어댄 그는 나의 거센 반대에 부딪혀 결국 백기를 들 수밖에 없었다. 새로 들어온 회원이 지나치게 나선다며 그가 불쾌해했다는 것은 이후에 다른 사람을 통해 들었다.

그날의 모임은 별다른 수확 없이 끝났다. 사람들의 얼굴에서 하나둘씩 초조함이 엿보이기 시작했다. 한 달간 제자리걸음을 하고 있다는 사실이 그들을 불안하게 한 것이다. 마지막으로 착수한 것이 내가 오기 3주 전이었으니 한 달째 이렇다 할 작업에 돌입하지 못한 셈이었다. 그 자리에 있던 나도 두 시간에 걸친 격론의 장에서 무력감을 느꼈다. 우리는 각자의 사건 전에는 범죄의 '범' 자도 모르고 안락한 삶에 젖은 채 살아왔다. 그런 우리가 범죄의 천재도 아니고 어떻게 대중들의 마음을 끌어당길 수 있는 사건을 고안해낼 수 있을까, 하는 당연한 의문도 들었다.

적적한 마음을 달래는 데는 소주만 한 게 없었다. 마침 집으로 가는 지하철에서 멤버 하나를 만나서 같이 포장마차에 들어갔다. 아들을 약물 중독 사고로 잃은 남자였다. 국과수의 사망 추정 시각으로 인해 자살로 결론 난 사건이었는데 정작 약은 여자친구가 구입한 여러모로 수상쩍은 정황이 있었다. 가깝다고 생각한 이가 죽음을 유발했다는 점이 유나와 닮은 면이 있어 더욱 마음이 갔다. 우리는 나른한 조명 아래에서 술잔을 기울이며 유가족만이 겪을 수 있는 감정들을 서슴없이 털어놓았다. 마치 이날만을 기다려온 사람처럼 그간 겪은 설움을 뱉어냈고 끝내는 눈물을 보이고 말았다. 포장마차에 있던 이들이 눈살을 찌푸릴 정도로 서럽게 우는 바람에 주인이 난처해하는 기색이 역력했다. 뻗어버린 나를 집으로 부축해주는 길에 우

그날 밤 나는

리는 세상에 대한 복수를 멋지게 끝마치기로 의기투합했다.

다음 날이 토요일이었던 것으로 기억한다. 새벽 늦게 겨우 눈을 붙인 나는 쩌렁쩌렁 울리는 초인종 소리에 일어났다. 나를 찾아올 사람이 없다는 걸 알기에 다급히 옷을 걸치고 문으로 달려갔다. 어제 헤어진 모임 멤버가 찾아왔을지 모른다고 생각해서였다. 열린 문틈으로 자애로운 얼굴의 남자를 본 순간 밀려든 부끄러움에 눈길을 떨어뜨렸다. 내가 다니던 교회의 권사였다. 예배에 가지 않은 지도 반년이 흐른 무렵이었다. 유나의 장례를 치른 뒤로는 한동안 발길조차 하지 않았기에 마음속은 양심의 가책으로 들어찼다. 집으로 들어온 그는 거실을 둘러보며 내 근황과 떠나간 유나에 대한 이야기를 했다. 진심으로 위하는 말투에 나는 하릴없이 흘려보낸 무수한 시간들을 풀어냈다. 그는 거칠지만 온기 넘치는 손으로 내 손을 감싸 쥐고는 다독여주었다.

하소연이 끝나고 그가 가방에서 꺼내든 책은 두말할 것 없이 성경이었다. 그 사건이 일어난 뒤로는 한번도 펼쳐본 적이 없었다. 신앙심이 떨어져서가 아니라 마음의 여유가 부족해서였다. 유나를 생각하는 것만으로도 벅차 그 외의 다른 사람은, 그게 하나님이든 누구든 내게 들어올 수 없었다. 권사는 책장을 펄럭이며 하나님의 말씀을 읊기 시작했다. 언제나처럼 듣는 이의 마음을 경건하게 하는 목소리였다. 예전 같으면 그의 말을 경청하며 죄를 고하고 하늘에 계신 아버지의 거룩한 이름을 읊조렸겠지만, 그때는 공허한 감정이 가슴을 가로지를 뿐이었다. 이런다고 달라질 게 없다는 것을 잘 알아서였다. 주기도문을 외우고 자리에서 일어난 그는 주일 예배에 나오라고, 거기서 유나를 위한 기도를 같이 하자는 말을 남기고 떠났다.

그날 내내 스스로와의 싸움을 했다. 대의를 위해서라도 사람을 죽이고 그것으로 딸아이의 복수를 하려는 것이 옳은 일이냐 하는 물음이 나를 주저하게 만들었다. 살인하지 말라, 주일을 거룩하게 보내라. 따지고 보면 나는 십계명을 두 개나 어기는 셈이었다. 주일에도 아랑곳하지 않고 어떻게 하면 국민들의 시선을 끌 사건을 일으킬지 궁리하는 꼴이라니 나 자신이 혐오스럽게 여겨져 온몸을 박박 문질러 때를 벗겨내고 싶을 정도였다.

다음 날, 날이 밝기가 무섭게 동네에 하나 있는 교회로 향했다. 한동안 발길을 끊어서인지 입구에 들어설 때부터 어색했다. 오랜만에 본 이들과 악수하는 와중에 유나에 대한 이야기가 나왔다. 전부 하나님의 뜻이다, 지금쯤 평온한 나날을 보내고 있을 거라는 말들이 나왔다. 나였어도 그런 무의미한 말 외에 해줄 것이 없었을 테지만 분노의 화살이 그들을 향하는 건 어쩔 수 없었다. 내가 붙인 전단지까지 봐서 사건의 전말을 알면서도 누구 하나 동석자에게 책임을 돌리지 않았다. 그저 용서하고 받아들이는 것이 주님의 뜻이라는 말을 들으며 이곳에 온 걸 뼈저리게 후회했다. 어렸을 때부터 부모님의 손을 잡고 교회를 다녔던 신자로서 용서의 미학을 모르는 바 아니었지만 동석자에 대한 감정만큼은 누그러지지 않았다. 그날 밤 유나에게 술을 먹자며 불러내지만 않았더라면, 유나를 내버려두고 홀로 집으로 가지 않았더라면 유나가 지금쯤 찡그린 얼굴로 잠에서 깨어나 투덜거리고 있을 거라 생각하니 가슴이 찢어질 것 같았다. 그런 내게 하나님의 말씀 같은 건 겉치레에 지나지 않았다.

찬송가를 듣고 있자니 탁하고 더러운 것으로 덮인

마음이 정화되는 느낌이었다. 어디에 있는지조차 망각할 만큼 아름답고 황홀한 노래에 그 순간은 유나의 일이 생각조차 나지 않았다. 정신을 차리고 현실을 직시한 것은 봉헌기도 무렵이었다. 우르르 앞으로 몰려가 봉헌함에 돈을 집어넣는 이들의 대열에 나는 합세하지 못했다. 오랜만에 와서일까, 그 당연한 절차를 잊고 현금도 없이 온 것이다. 그런 나를 몇몇 사람이 물끄러미 쳐다보며 왜 안 나가냐고 눈치를 줬다. 뒷자리에 남은 나는 벽에 걸린 십자가만 멍하니 바라보았다.

불경스럽게도 그 순간 어떤 생각이 머릿속을 스치고 지나갔다. 예전 같으면 예수 그리스도가 전 인류의 죄를 덮어쓰고자 행한 숭고한 희생에 눈시울을 붉혔을 내가 원한이 사무친 눈길로 그를 노려보았다. 수십 년간 십일조를 내고 사랑과 경의를 바쳤으나 돌아온 건 집사람과 유나의 싸늘하게 식은 시신뿐이었다.

당신은 제게 뭘 해주셨나요?

제가 공들여 당신에게 바친 시간과 돈은 무엇을 위한 것이었나요?

내내 그 말을 입속에서 중얼거렸다. 돌이켜보면 교

회에 발길을 끊게 된 것도 그런 이유에서였다. 하나님의 영광을 노래하고 타인에의 용서와 사랑을 부르짖는 그 자리가 도저히 견디기 어려웠다. 유나를 물에 빠뜨린 인간이 사과 한마디 하지 않는 상황에서 그리스도의 가르침은 무의미한 설교에 지나지 않았다. 가만히 생각해보니 모든 것이 한 편의 우스운 연극처럼 느껴졌다. 골고다 언덕에서 십자가에 못 박힌 건 예수가 잘못된 선동을 해서 나라에서 마땅한 벌을 내린 것인데 그것을 부활이니 인류에 대한 공헌이니 미사여구를 써가며 떠받들고 있다는 사실이 해학적이기까지 했다. 우리 가족에 들이닥친 불행을 단 하나도 막지 못한 그자를 향한 노골적인 원망의 말이 흘러나왔다. 몰랐다면 무능력했고 알면서도 막지 않고 방치했다면 무책임했다.

한동안 불타오르는 적의를 가라앉히지 못했다. 못과 망치를 자유롭게 다룰 수 있는 기회가 주어진다면 예수의 손과 발뿐만 아니라 심장에도 말뚝을 박아 넣었을 정도로 분노는 주체할 수 없이 광적으로 변했다. 충격적인 이미지가 떠오른 것은 그때였다. 예수가 아닌 다른 이가 십자가에 못 박힌 장면이었는데 나를 전

율로 떨게 할 만큼 강렬한 이미지였다. 나는 벽에 걸린 예수의 얼굴에 증오해 마지않는 동석자의 얼굴을 그려 넣으며 유쾌한 시간을 보냈다.

예배가 끝났을 때는 온몸이 땀으로 흥건해져 사람들이 놀라서 다가왔다. 내가 무슨 생각을 했는지 안다면 어떤 표정을 지을지 상상하는 것만으로도 스릴 넘쳤다. 오랜만에 커피 한 잔 나누는 자리에서 나는 오랜 방황을 끝내고 돌아온 탕자 취급을 받았다. 그들의 말에 따르면 유나를 데리고 간 것은 주님의 뜻이고 이럴수록 우리는 그분의 품 안에서 고귀한 뜻을 헤아려야 한다는 것이었다. 누구 하나 동석자에 대한 처벌을 이야기하는 이가 없다는 것이 나를 폭발 직전에 이르게 했다. 무의미하게 오가는 위로와 하나님의 말 속에서 분노는 출구를 못 찾고 몸부림쳤고 결국에는 터질 게 터졌다. 그들 앞에서 하나님에게 맺힌 서운하고 야속한 감정을 터뜨리자 다들 벙어리처럼 입을 다물고 눈이 휘둥그레져서 나를 쳐다봤다. 만만하게 봤던 인간이 감히 하나님에게 반기를 들었다는 사실이 놀라웠으리라.

그길로 카페를 뛰쳐나와 집으로 돌아왔다. 가장 먼

저 책상 서랍에 들어 있던 성경을 갈기갈기 찢어버렸다. 사탄에 씌어서가 아닌 온전하고 확고한 나 자신의 의지로 행한 일이었다. 본인을 하나님이라고 칭하는 자가 자신을 오랜 시간 섬긴 이의 가정을 파탄에 이르게 하고도 책임을 지지 않는다면 그보다 역겨운 일이 어디 있을까. 그날 나는 예수의 이름 뒤에 입에 담기도 혐오스러운 욕설들을 붙이며 하루를 보냈다. 인류의 구세주 행세를 하는 그자를 구름 위에서 땅바닥으로 내리꽂을 방도를 생각하는 것은 즐거운 일이었다.

구체적인 계획은 그려지지 않았지만 대강의 그림은 머릿속에서 가지를 뻗어 나갔다. 하잘것없는 인간이 예수를 본떠 십자가에 못 박혀 있고 그를 둘러싼 군중이 절을 하며 숭배하는 장면은 머릿속에 들어온 순간부터 나를 놓아주지 않았다. 예수의 재림이라며 흥분할 신자들은 물론, 종교를 믿지 않는 이들에게도 그 광경은 이전에 접해보지 못한 신선한 충격이 될 것이 분명했다.

내가 제안한 아이디어는 단숨에 회원들의 마음을 사로잡았다. 국민의 시선을 끌기에는 역시 종교만 한 것이 없다는 점에서 모두가 공감했다. 천주교 신자가

소수 있었는데 그들도 자신이 숭배하는 예수를 욕보이는 게 꺼림칙하지만 세계적으로 화제가 될 사건이라는 것에는 동의했다. 문제는 희생자 선정과 수사기관의 눈을 속일 수 있는지 여부였다. 아무리 이미지가 강렬해 국민들의 뇌리에 남아도 범행 방법이 간파되면 무의미했다. 화제성에 집착해 본령을 잊어서는 안 됐다. 누가 봐도 타살인 사건이 실제로는 자살이었다는 식의 전개가 필요했다. 희생자를 구하는 것이 관건이었지만 부랑자 중 한 사람을 돈으로 홀리는 것은 해볼 만하다고 여겼다.

마지막까지 투덜거리며 반대한 사람이 한 명 있었는데 추리소설 애호가인 고위 공무원이었다. 설계도까지 그려가며 고안해온 트릭이 퇴짜를 맞고 나의 아이디어가 채택되자 몹시 기분이 상한 눈치였다. 그자는 십자가에 못 박혀 죽은 시체 설정이 엘러리 퀸이라는 미국 작가의 추리소설을 표절했다면서 불쾌함을 드러냈다. 그러나 그를 제외한 모두는 한낱 마니아의 자격지심 정도로 생각했다. 오히려 해외 추리소설의 설정을 한국에서 본떴다는 사실만으로 해외에까지 유명세를 떨칠 것을 고려하면 더 유리하다고 판단

그날 밤 나는

했다.

그날 우리는 늦은 밤까지 이마를 맞대고 계획의 세
세한 부분을 논의했다. 모임에 참석한 이래 가장 오래
도록 이어진 날이었다. 사건을 일으킬 시기와 범행에
사용할 도구는 빠르게 합의에 이르렀지만 장소와 희
생자, 범행 수법에 대해서는 빙빙 돌기만 했다. 아무
래도 십자가라는 거대한 도구가 동원되는 만큼 실내
보다는 실외가 적합한데 서울은 CCTV가 많아 외진
지역으로 의견이 모였다. 나는 예수가 처형당한 골고
다 언덕과 유사한 느낌을 주는 곳을 배경으로 해야 한
다고 주장했다. 그래야만 종교에 광적으로 집착한 이
들이 일으킨 범죄 느낌을 짙게 줄 수 있다는 것이었
다. 수십 년간 보고 들은 성경 구절들이 이번 계획에
도움된다는 것이 아이러니했다. 가장 중요한 사안인
희생자는 면밀히 조사하되 외부로 우리 행적이 흘러
나가지 않을 것을 강조했다. 대상자를 접촉할 때도 계
획에 대해서는 발설하지 않고 적당한 구실을 붙이기
로 했다.

바로 다음 날부터 본격적으로 작업에 착수했다. 종
로3가의 작업실은 일주일 내내 불이 밝혀졌다. 우리

는 모든 세부 사항을 분업화했다. 한 그룹이 희생자를 선정하는 동안 다른 쪽에서는 무대 설계, 도구 준비를 담당하는 식이었다. 거리의 부랑자 중 하나를 적당히 돈으로 구슬린다는 계획은 곧 좌초되었다. 우리가 의도한 자살이 수월하게 이루어지려면 최소한의 종교적 신념을 가져야 하기 때문이었다. 이 작업에는 나를 비롯해 기독교, 천주교 신자가 투입되었다. 종교에 광적으로 집착하는 이를 찾아야 하는 만큼 그들의 정신세계를 들여다볼 수 있는 이들이어야 했다. 돌이켜보면 다소 비인간적이고 냉혹한 처사라는 생각도 든다. 그날 모인 많은 이들 가운데 누구도 거사를 위해 소모될 자에 대한 동정의 말 한마디 하지 않았으니 말이다. 모두가 추구하는 공동의 목표 앞에서 일개 한 사람의 생명 따위는 고려 대상이 아니었다.

우리는 독실한 기독교도와는 거리가 먼 사이비가 모인 커뮤니티를 타깃으로 조사 활동을 벌였다. 각자 닉네임을 만들고 우리의 입맛에 맞는 이들을 선별해 개별적으로 접촉했다. 세상에는 자기 자신을 예수와 같은 반열이라고 믿는 인간이 많았다. 아무래도 그런 이들이 목적에 부합하니 좋은 먹잇감이 되었다. 우

그날 밤 나는

리는 그들이 어디에 있든 상관하지 않고 접촉을 시도했다. 종교에 대한 글을 쓴다는 식으로 접근해 융숭한 대접을 한 뒤 본심을 털어놓는 식이었다. 당신에게는 구세주가 될 자질이 엿보인다, 전세계는 당신을 중심으로 새롭게 태어날 것이라는 식으로 말이다. 일반인에게는 씨알도 먹히지 않는 헛소리지만 달콤한 속삭임에 혹하는 이들이 꽤 있었다.

그런 유의 인간이 정상적인 가정의 품 안에 속하지 못한다는 것쯤은 예상 가능하리라. 우리는 그런 이들 중에서도 가족이나 친구라는 이름으로 끈끈하게 묶이지 않은 외톨이 아홉 명을 솎아냈다. 나중에 뒤탈이 생길 위험을 미연에 방지하기 위함이었다. 뽑아놓고 보니 우리네와 같은 처지의 사람이 많았다. 소중한 사람을 잃고 종교에 집착하게 되었고 인생이 던지는 비관적인 농담에 맞서는 과정에서 자신에 대한 믿음이 지나치게 커진 것이다. 부인과 사별한 남성부터 정신병원에서 탈출한 듯 덜 떨어진 인상의 노파까지 다양했다.

그들은 지하실이 딸린 주최자의 집으로 초대됐고 그곳에서 앞으로의 거사를 위한 사전 작업이 이루어졌다. 기적의 인물이 되기 위해서는 예수가 겪은 수난을 재현할 정신력이 있어야 한다는 말을 그들은 순순히 받아들이고 적극적으로 시험에 임했다. 우리가 원하는 인물은 단순히 종교에 미친 외톨이가 아니었다. 뼈를 가르는 고통에도 연연하지 않고 인류를 위한 숭고한 희생을 보여줄 인물이었다. 준비물은 우리 쪽에서 마련했다. 칼과 쇠못, 채찍 등 수천 년 전의 느낌을 고스란히 살린 무기들이었다. 아홉 중 하나만이 예수가 될 자격이 있다는 말에 모두 각오를 단단히 다지는 모양새였다. 회유에 필요한 거금의 자본을 미리 준비해두었지만 돈주머니를 꺼낼 필요조차 없이 그들은 자발적으로 임했다.

그들이 알지 못하는 사이 지하실 위에서는 분주한 움직임이 있었다. 탈락하는 이들을 처리할 작업반이었다. 시험을 통과하지 못하고 외부로 나간 그들이 이번 일을 발설하지 않는다는 보장이 없는지라 거사를 치르기 전 사회로 복귀하도록 방치할 수 없었다. 그렇다고 우리의 손을 피로 더럽히려 한 것은 아니다. 사건이 대중에 드러나고 우리 의도대로 흘러갈 때까지만 잡아둘 계획이었다.

지하에서 울부짖는 목소리가 곳곳에 울려 퍼졌다. 손바닥을 못으로 뚫어 가장 깊숙하게 넣는 사람이 선발되는 방식이었다. 맨 정신으로도 문제없다고 자신만만해하던 이들도 머뭇대더니 나중에는 옆에 비치된 소주를 몇 병씩 들이켰다. 그들 가운데 돋보이는 인물이 하나 있었다. 일렬로 길게 늘어선 이들 중 오른쪽에서 두 번째에 위치한 남자였는데 한 치의 망설임도 없이 손을 관통시키는 것이 예사롭지 않았다. 주위의 다른 이들은 고통에 일그러진 얼굴로 머뭇거리는 반면 그는 구멍 난 손을 담담하게 내려다보고 있었다. 술 한 잔 걸치지 않고 실행한 정신력이 옆에서 지켜보던 우리를 소름 끼치게 할 정도였다. 더는 두고 볼 것도 없었다. 우리는 나머지 이들을 퇴장시킨 후 남자에게 큰절을 올렸다. 퀭한 눈빛으로 추종자를 둘러보는 그는 열두 제자를 이끌던 예수의 현신처럼 보였다.

가족이라고는 없이 홀로 택시기사로 일하는 남자였다. 그가 아들에게서 신장이식을 받았고 이후 아들이 세상을 떠난 죄책감에 아내와 이혼한 것은 나중에 뉴스로 알게 된 사실이고 당시엔 우리 중 누구도 세세한 내막을 알지 못했다. 그에게는 평생을 따라다녔을 족쇄이기에 털어놓지 않았을 거라고 추측 가능할 뿐이다. 이제 와서 돌이켜보면 그가 왜 우리의 계획에 고분고분하게 응했는지 이해가 가는 부분이 있다. 그런 개인적인 비극을 혼자 힘으로 감당해내기는 어려웠을 것이다. 스스로 예수와 같은 고통 속에서 죽어가며 세상 모든 이를 구원하는 데서 생의 의미를 찾으려 했을지 모른다. 물론 그가 숨긴 사연을 일찌감치 알았다고 해도 결과가 바뀌지는 않았을 거다. 우리가 진행할 프로젝트를 가로막기에 동정이나 연민이라는 감정은 하등 쓸모없었으니 말이다.

이후의 일은 순조롭게 진행되었다. 장소는 몇 차례의 투표로 무진시라는 생소한 곳으로 정해졌다. 모임 회원 중 하나의 처갓집이 그곳에 있었는데 예수가 처형된 골고다 언덕을 연상시키는 채석장이 있다는 정보를 입수했기 때문이다. CCTV도 인파도 없는 동네라 시신 발견이 늦어질 수 있지만, 그만큼 경찰이 진상을 추적할 단서를 최소화할 수 있다는 것이 명백한 장점이었다. 준비 작업을 거치는 동안 우리는 남자의 일거수일투족을 관찰했다. 언제 마음이 바뀌어 도주

할지 모르는지라 그가 거주지인 창원으로 내려갔을 때도 동행이 따라붙었다. 거사 전까지 호위한다는 명분을 그는 별다른 의문 없이 받아들이는 눈치였다. 구멍 뚫린 왼쪽 손바닥은 우리 가운데 의사가 있어 적절한 소독이 주기적으로 이루어졌다. 만에 하나 손바닥이 괴사되기라도 한다면 향후 계획에 차질이 생길 수도 있었다.

남자는 우리에게 자신을 십자가에 못 박아줄 것을 요구했다. 그것이 예수의 죽음을 완벽히 재현할 방법이라는 이유에서였다. 우리는 그의 말에 동의하면서도 그렇게 되면 살인을 저지르는 셈이 되어 경찰 수사를 피할 수 없으니 현대적으로 예수의 희생을 변주해야 한다고 주장했다. 몇 시간에 걸친 설득 끝에 그는 우리의 논리를 받아들이고 자신의 손발에 직접 구멍을 뚫겠다고 했다. 손발을 못으로 관통해 판자에 고정시키기는 현실적으로 어려우니 드릴을 동원하면 수월하겠다는 의견을 개진한 것은 그였다. 모든 계획을 수립하고 무진으로 떠나는 길에 동행한 것은 나를 포함해 넷이었다.

이후의 일은 당신이 익히 아는 대로다. 2011년 4월

17일 무진시의 채석장에서 면류관을 쓴 남자의 시신이 발견되면서 일명 무진 십자가 사건은 전국에 명성을 널리 떨쳤다. 이 글을 읽는 당신은 우리의 계획이 실패로 돌아갔음을 알 것이다. 국과수와 경찰에서 사인을 자살로 발표했기 때문이다. 우리는 일상의 무료함에 젖은 국민들을 열광의 도가니로 몰아넣는 데 성공했으나 본래 목적한 바는 이루지 못했다. 십자가에 자발적으로 매달린 남자는 예수가 되지 못하고 국민들에게 종교에 빠진 미치광이로 조리돌림당했다. 경찰과 국과수에 결정적 한 방을 먹일 수 있는 기회로 여겼던 우리로서는 최악의 결말이 아닐 수 없었다. 더욱이 무진으로의 여정에 동참했던 남자가 홀연히 모습을 감추면서 조직은 와해의 길을 걷게 되었다. 마지막 모임 날 우리는 눈물을 삼키며 잠정 해산을 결정했다.

내부자의 배신을 인지한 것은 뉴스 보도가 나온 직후였다. 십자가 옆 천막에서 자살 순서를 상세히 기록한 메모가 발견된 것이다. 인간으로서는 불가능해 보이는 처참한 사건 현장에도 경찰이 초기에 자살로 방향을 잡고 수사한 것이 그 때문이었다. 기괴한 형상의

그날 밤 나는

건축물을 곁에서만 보고 설계도를 그리는 것은 어렵지만, 설계도를 바탕으로 건축물을 떠올리는 것은 어린아이라도 할 수 있다. 메모는 우리의 계획에 존재하지 않는 물건이었다. 마침 무진으로 갔던 이들 중 하나가 연락 두절되어 그가 메모를 남겨두고 행적을 감춘 것으로 추정되었다. 정확한 동기는 밝혀진 바 없으나 사람들은 고위 공무원인 그가 자신의 제안이 받아들여지지 않은 것에 대한 분노와 자격지심으로 우리를 물 먹였다고 생각했다.

누구도 그가 죽었다고는 생각하지 않는다, 아직까지는. 무진산 능선 한복판에 묻힌 남자의 시신과 카메라가 발견되는 날 소위 무진 십자가 사건은 새로운 국면을 맞을 거라고 생각하지만 내 생전에 그런 날이 오기란 불가능하리라. 경찰에게는 두 사건을 연결 지어 수사할 만한 능력이 없기 때문이다. 그를 죽인 것은 결코 사전 계획에 따른 행동이 아니었다. 한순간의 위기를 모면하기 위한 행동이었을 뿐이다.

하나님은 당신을 배반하고 능욕하려는 자에게 마지막 순간 비수를 꽂았다. 유나의 동석자가 사망했다는 문자를 받은 것은 무진으로 향하는 차 안이었다.

유나와 절친했던 학생에게서 온 연락이었다. 남자친구가 모는 차가 3중 추돌 사고에 휘말려 그 자리에서 즉사했다는 것이다. 동석자가 유나를 죽인 천벌을 받았다며 속 시원해하는 문자가 어쩐지 고약한 장난처럼 느껴졌다. 유나 사건으로 좋든 싫든 질긴 인연을 이어가던 형사에게 확인받고서야 그것이 진실임을 받아들였다.

동석자에게 변고가 일어나기를 간절히 바라왔던 나지만 막상 그것이 현실로 다가오자 착잡한 기분이었다. 기쁨의 눈물은커녕 막막한 감정이 먹구름처럼 가슴을 뒤덮었다. 내 손으로 숨통을 끊어도 모자랄 판에 사과 한마디 듣지 못하고 떠나보냈고 그날 밤의 진상은 결국 미궁에 빠졌다. 유나가 마지막 순간 어떤 말을 남겼는지 영영 알아낼 길이 없게 되었다. 고속도로를 달리는 차 안에서 나는 당장이라도 뛰어내리고 싶었다. 더는 계획에 동참하는 것이 아무런 득이 없는 상황이었다.

변화를 알아차린 동료가 물어왔지만 별일 아니라고 얼버무렸다. 동기가 사라진 이상 더는 그들과 같은 무리라고 할 수 없었다. 그들에게는 여전히 남아 있는 복수의 대상이 내게는 없다. 그들처럼 간절히 계획을 수행해야 할 이유가 남지 않은 것이다. 그런 사실이 까발려진다면 그들이 나를 이전과 같은 시선으로 보지 않을 공산이 컸다. 털어놓기보다 숨기는 쪽이 유리하다고 직감이 일러주었다. 일찌감치 예수의 후보들을 생매장해 입단속하는 것을 지켜봐온 나로서는 아무 일도 일어나지 않은 듯 태연함을 가장하는 것이 최선이었다. 이번 사건이 대중에 널리 알려지고 조직 구성원의 명단이 공개되는 순간 내 인생은 완전히 다른 방향으로 흘러가게 될 터였다. 최악의 경우 개인의 이익을 위해 타인을 죽음에 이르게 한 살인방조죄로 형사처벌을 받을 수도 있었다.

묘안이 떠오른 건 톨게이트에 들어서면서였다. 회원들에게 사정을 털어놓지 않고도 위기를 모면하는 방법 하나, 수사기관이 진상을 일찌감치 파악하도록 유도하는 것이었다. 기괴한 몰골로 발견된 시신이 대중의 관심을 끈다고 해도 경찰이 자살이라고 발표한다면 세계에 대한민국 수사기관의 허술함을 폭로하고자 한 계획이 수포로 돌아가는 셈이었다. 우리는 경찰에 고난도 문제를 출제하는 입장이었다. 출제 이후 두어 개의 결정적인 힌트만 던져준다면 그들을 올바른 길로 인도하는 데 문제없었다. 휴게소에 들른 참에 나는 노트와 손수건을 구입했다. 무진에서 접선한 희생양에게 간단하게 몇 글자 적어달라고 해서 필체를 확인했다. 손수건은 사후 공작에 쓰기 위한 도구였다.

현장에서의 작업은 의외로 수월하게 이루어졌다. 남자는 카메라가 담아내는 네모난 화면 속에서 소리한 번 지르지 않고 손발에 구멍을 뚫고, 십자가에 박아둔 못에 스스로의 몸을 시계처럼 걸었다. 우리가 한 것은 빈사 상태에 빠진 그가 앞으로 넘어지지 않도록 매듭지은 끈으로 뒤에서 묶은 게 전부였다. 한 시간 후 카메라를 회수하는 것은 나의 몫이었기에 옆에 마련한 천막에서 홀로 시간을 더 보내기로 하고 나머지 인원은 천천히 하산했다. 무진으로 올 때와 같이 집으로 돌아가는 것은 각자 가기로 했다. 한적한 산골에서 한꺼번에 많은 인원이 움직이는 것은 경찰을 도와주는 꼴이었다.

천막에 있는 동안 그의 필체를 모방해 자살 순서를 써내려갔다. 땅거미가 산자락에 내려앉을 무렵 천막을 나섰다. 희생자는 온몸의 피가 빠져나간 듯 거적때기 같은 몸을 끈에 걸치고 무너져 내린 상태였다. 들리지 않는 숨소리로 죽음을 확인한 나는 장갑을 끼고 본격적으로 업무에 착수했다. 공구들에 묻은 여러 지문을 닦아낸 다음 그의 손바닥으로 감싸 지문을 남기는 식이었다.

한창 순조롭게 작업하던 그때 인기척이 가까이에서 느껴졌다. 잠시 후 쏟아진 불빛에 당황한 나머지 들고 있던 전동 드릴을 떨어뜨렸다. 한 남자가 손전등을 내게 고정하고 있었다. 몇 시간 전 하산했던 멤버인 고위 공무원이었다. 살벌한 얼굴을 비추는 불빛이 사방으로 출렁였다. 그가 뭐하는 짓이냐며 한껏 격앙된 표정과 몸짓으로 다가오더니 멱살을 잡고 흔들었다. 해명하겠다는 나의 말에도 그는 머리 뚜껑이 열려서 온갖 비속어를 격하게 내뱉었다. 그간 내게 쌓여 있던 반감이 폭죽처럼 터지는 듯했다. 그는 내 말을 들을 생각도 않고 씩씩거리며 천막 안으로 들어가더니 채찍을 쥐고 나왔다. 드릴을 쥔 손에 나도 모르게 힘이 들어갔다. 이대로 물러섰다가는 몹쓸 꼴을 당할 거라는 예감이 들었다.

무기를 갖고 돌아온 그가 처음부터 내가 마음에 안 들었다며 한 말이 아직도 귓가에 맴돈다. 유나는 술에 취해 제 발로 한강에 걸어 들어간 흔한 술주정꾼에 불과하다는 폭언을 들은 순간 나를 지탱하던 이성의 끈이 단숨에 끊겼다. 고성이 몇 번 오갔고 정신을 차렸을 때는 온통 피바다로 변해 있었다. 인파가 많은 거리였다면 피가 뿜어져 나오는 그를 병원으로 이송했겠지만 단둘만 남은 야산이라면 이야기가 달랐다. 고통에 몸부림치는 그를 체격으로 제압한 순간 그에게 남은 선택지는 오직 죽음뿐이었다. 내 혈관을 흐르는 핏속에 끔찍한 짐승의 악취가 배어 있다는 것을 그전에는 몰랐다. 어둠 속에서 마지막으로 본 그의 경악에 찬 얼굴은 지금도 망막에 맺혀 있다.

　사건 현장이 발견되기까지 수일간 폭우가 무진을 적셨다. 빗물은 자연뿐 아니라 내가 남긴 추악한 흔적도 함께 정화해주었고 초기에 경찰은 한 공간에서 벌어진 살인사건을 인지조차 못하는 오류를 범했다. 이것이야말로 그들의 무능함을 증명해줄 유력한 근거이나 일생 동안 나는 그날 밤의 이야기를 누구에게도 털어놓지 못한다. 나 하나쯤이야 세상이 어떻게 생각하든 알 바 아니다. 유나가 잔혹한 살인마의 딸 취급을 받는 것이 살아 있는 동안 견디기 어려울 뿐이다.

죄책감이라는 감정에는 강력한 발톱이 있는지 아무리 마음속을 단단한 껍질로 두르더라도 후벼 파고 튀어나온다. 거리를 거닐 때 눈을 마주치는 모두가 세상에 죄를 털어놓으라 하고 거실에 걸린 사진 속의 유나는 밤마다 흐느끼며 아버지의 살인 행위를 비난한다.

물론 내게는 죄를 용서받는 간단하고 편리한 방법이 있다. 교회에서의 고해성사다. 십자가 아래에서 참회의 눈물을 흘리는 나를 예수가 언제나처럼 자비로운 눈길로 내려다볼 것은 자명하다. 그간 나보다 흉악한 범죄를 저지른 이들도 용서해온 그이기에 내 말을 듣고도 그는 나를 향해 어떤 질책도 하지 않고 있는 그대로 받아들이리라. 하지만 이미 그를 배반하고 능멸한 나로서는 그의 앞에 서는 것이 내키지 않는다. 절정의 순간 그가 예고 없이 비수를 꽂은 것처럼 이번에는 어떤 식으로 나를 골탕 먹일지 모를 일이다. 그것이 내가 글로써 자초지종을 고백하는 이유다. 이 글

이 공개되는 날 유나와 재회해 못다 한 이야기를 나누
고 있으리라 생각하니 벌써부터 설렌다.

가족의 품으로 영영 돌아가지 못하게 된 그자의 영
혼은 내가 죽는 순간까지 기려줄 것이다.

그날 밤 나는

박
상
민

책의 기획 아이디어를 접했을 때부터 무궁무진한 상상이 머릿속에서 촉수를 뻗어나갔습니다. 십자가에 못 박혀 죽은 사람이라니, 중세 시대 유럽도 아니고 21세기 대한민국에서 어떻게 그런 일이 벌어질 수 있을지 나름대로의 가설을 세워보는 과정은 추리소설 마니아로서 대단히 흥미로운 작업이었습니다. 제가 알기로 십자가와 관계된 불가사의한 사건을 테마로 한 추리소설은 없었거든요. 엘러리 퀸의 《이집트 십자가 미스터리》를 떠올리는 분도 있겠지만, 목이 잘린 시체가 매달려 있었던 것은 T자형 도로 표지판이니 엄밀히 말하면 십자가는 아니었죠.

십자가라는 것은 오랜 역사와 상징성으로 인해 종교적 의미가 두드러지는 물건입니다. 신성한 십자가를 불가사의한 죽음과 엮어서 글을 쓰고 세상에 내보이는 것이 천주교를 믿는 저로서는 망설여지기도 했습니다. 하지만 어디까지나 허구의 세계를 다룬 추리소설인 만큼 저는 이 흥미롭고 신선한 도전을 끝까지 해보기로 마음먹었습니다. 결국, 소설일 뿐이니까요.

예수님에 대한 분노와 경멸로 똘똘 뭉쳐 기이한 계획을 세우는 화자를 그려내는 것도 그랬지만, 딸을 잃은 아버지를 1인칭화자 시점으로 서술하는 것은 미혼인 저로서는 어려운 부분이었습니다. 이제껏 제가 써왔던 소설과 비교해서도 스타일이 많이 달라서 작가 입장에서는 굉장히 적응하기가 힘들었는데, 이때문에 슬럼프에 빠져 원고를 마무리하기까지 석 달이 넘게 걸리기도 했지요.

작품의 배경을 무진으로 설정한 것이 문학도들의 마음을 상하게 하지 않을까 걱정이 되기도 했습니다. 《무진기행》《도가니》등의 국내 작품에서 영원한 안식처와 같은 느낌을 주는 무진에서 이런 기상천외한 사건이 벌어지다니요. 누군가는 당장 무진산에 꽂아놓은 불결한 십자가를 제거해버리고 싶을 것 같기도 합니다. 하지만 아무리 아름다운 나라와 도시에서도 살인을 비롯한 기이한 사건은 늘 벌어진다는 점을 고려하면 오히려 이번 앤솔러지가 무진이 보다 현실적인 삶의 공간으로 변모하는 계기가 되지 않을까 싶어 내심 흐뭇합니다.

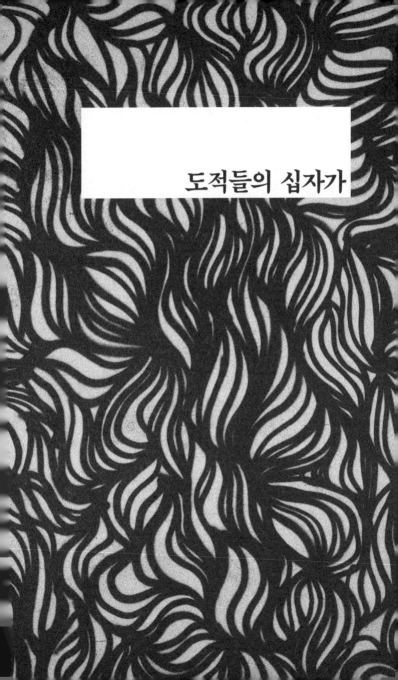

도적들의 십자가

전건우

2008년 단편소설 〈선잠〉으로 데뷔한 후 지금까지 여러 권의
장편소설과 다수의 단편소설을 발표했다. 대표작으로 《밤의
이야기꾼들》《소용돌이》《고시원 기담》《살롱 드 홈즈》《마귀》
《뒤틀린 집》《안개 미궁》《듀얼》《불귀도 살인사건》《슬로우
슬로우 퀵 퀵》《어두운 물》이 있다.

"이르되 예수여

당신의 나라에 임하실 때에 나를 기억하소서 하니

예수께서 이르시되 내가 진실로 네게 이르노니

오늘 네가 나와 함께 낙원에 있으리라 하시니라."

누가복음 23장 42-43절(대한성서공회 개역개정판)

1

"그 사건에서 가장 이상한 게 뭔지 알아요?"J 작가는
특유의 부산 사투리가 섞인 억양으로 그렇게 물었다.

나는 모르겠다고 고개를 저었다. 물론 J 작가가 말한 그 사건이 얼마나 괴이한지는 잘 알고 있었다. 그리고 그 사건 안에는 '가장'이라는 부사를 붙여도 아깝지 않을 이상한 요소가 수없이 많다는 것도 알고 있었다. 스스로 십자가에 올라 자기 발과 손에 못을 박고 자살한 사건이라니…… 이상하지 않다면 그게 이상할 노릇이었다. 호러 미스터리 계열의 소설을 쓰면서 관련 지식도 상당히 쌓은 J 작가가 그 사건에서 꼽은 가장 이상한 게 무엇인지 나도 궁금했다.

"디스마스와 게스타스가 없다는 거지요!"

그 말과 함께 레몬에이드를 단숨에 마신 J 작가는 작고 가느다란 눈으로 내 반응을 살폈다.

나는 솔직히 물을 수밖에 없었다. "저…… 디스마스가 뭔가요? 게스타스는 또 뭐고요?"

J 작가는 그럴 줄 알았다는 듯 빙긋 웃더니 설명을 시작했다. 작가들의 잘난 척에는 익숙했기에 딱히 거부감이 들지 않았다. 작가가 편집자에게 잘난 척하지 않으면 도대체 누구에게 그럴 것인가.

"디스마스는 사람이에요. 예수가 십자가에 매달렸을 때 그 좌우로 두 명의 도적 역시 같은 십자가형을 받고 매달려 있었죠. 그중에서 오른편의 죄수는 예수를 보며 회개했고 참회의 눈물을 흘렸어요. 그러자 예수가 이렇게 말하죠. 오늘 네가 나와 함께 낙원에 있을 거라고. 그 죄수의 이름이 디스마스라고 전해져요. 가톨릭에서는 성인으로 인정할 정도죠. 또 한 명, 왼편의 죄수는 회개하지 않았고 그자의 이름은 게스타스라고 하죠."

"그러면 작가님 말씀은 예수님과 함께 처형당한 두 죄수가 없다는 게……."

"네. 죽은 남자는 예수의 십자가형을 고증하기 위해 엄청난 노력을 기울였어요. 예수가 한 번도 사람을 태운 적 없는 당나귀를 타고 예루살렘에 입성한 걸 재연하기 위해 새 차를 뽑아 무진으로 향했을 정도니까요. 그런데 예수와 세트처럼 따라붙는 두 도적이 없다? 이건 상당히 이상하죠. 아니, 상당히 이상한 정도가 아니라 가장 이상하죠, 가장."

잔뜩 힘을 줘 '가장'을 발음하는 J 작가에게 내가 물었다. "하지만 그 남자 입장에서는 두 도적 역할을 해줄 사람을 구할 수 없지 않았을까요?"

"바로 그겁니다! 사실상 고립된 생활을 오래 해왔

던 그가 동료, 아니 동조자가 더 어울리겠네요. 아무
튼 그런 사람을 둘이나 구하기는 어려웠을 거예요. 그
랬기에 임시방편을 쓴 거겠죠."

"임시방편이라면……."

"이건 잘 알려지지 않은 사실이긴 한데, 죽은 남자
양옆으로 거울이 달린 작은 십자가 두 개가 꽂혀 있었
어요. 나름 그걸로 두 도적을 대신하려 했던 것 같은
데 실제 사람이 매달린 것과는 천지 차이였겠죠. 그런
탓에 결국 실패한 게 아닐까 생각합니다."

"뭘…… 실패했다는 거죠?"

의아했다. 남자는 기묘하고도 불가사의한 자살에
결국에는 성공했으니까.

"남자가 원했던 게 과연 단순한 죽음이었을까요?
그랬다면 십자가형 같은 번거로운 방법을 택할 필요
도 없었겠죠. 그 남자는 분명한 목적을 가지고 죽음의
의식을 치렀을 겁니다. 원래 예수의 죽음 자체가 목적
성을 띠고 있잖아요."

성경을 제대로 읽어본 적 없는 나도 그 사실은 알고
있었다. 예수 그리스도가 죽음을 받아들인 이유는 인
간의 죄를 대속하기 위함이었다고, 기독교에서는 가

르친다. 어떻게 보면 예수야말로 인류 역사상 가장 유명한 희생 제물인 셈이다.

"그 목적이 뭐였을까요? 저는 아무리 생각해봐도 모르겠네요." 나는 솔직하게 말했다.

물론 가감 없이 다 표현한 건 아니었다. 목적이 무엇인지 모르겠다는 것보다 과연 목적이 있었는가 하는 의문이 먼저 들었기 때문이었다. 내가 결론 내린 그 사건 속 남자는 종교에 너무나도 심취해 정신을 놓아버린 광인에 지나지 않았다. 그런 이가 무언가를 노리고 엽기적인 행위를 했다는 사실에 나는 회의적이었다.

"제가 밝혀내려는 게 바로 그거예요. 여태 이 사건을 조사한 이들은 남자의 불가사의한 죽음 그 자체에만 집중했어요. 하지만 전 완전히 다른 방향에서 이걸 다시 바라보려고 합니다. 남자가 뭘 이루기 위해 그런 의식을 벌였는지, 그리고 그 자리에 두 도적이 있었다면 결과가 어떻게 됐을지 그걸 파보려고 해요. 그러다 보면 새로운 이야깃거리가 나오지 않을까요?"

"흥미로운 접근법이긴 하지만 꽤 어렵기도 하겠는데요?"

"실은⋯⋯." J 작가는 그렇게 말하며 내게 손짓했다.

가까이 오라는 뜻이었다. 나는 맞은편에 앉은 J 작가 쪽으로 상체를 내밀었다.

그는 내 귀에 대고 속삭였다. "결정적인 정보 하나를 얻었거든요."

"정보라면?" 나도 덩달아 목소리를 낮추었다.

"사건 현장 근처에 종교 시설 하나가 들어섰는데 그곳 이름이 디스마스의 집이라고 해요. 게다가 거기를 이끄는 사람, 그러니까 교주는 자신이 디스마스라고 주장한다죠."

"네? 그럼 그 사건과 관련이 있는 사람인 겁니까?"

"쉿, 이건 일급비밀이니까 편집자님도 제가 원고 완성하기 전까지는 입 다물고 있어야 합니다. 아시겠죠?"

나는 엉겁결에 고개를 끄덕였다. J 작가는 무척 흥분한 듯 보였다. 좀처럼 감정을 드러내지 않는 그였기에 그 모습이 내게는 인상적으로 다가왔다. 한편으로는 조금 오싹하기도 했다. 번득이는 눈빛 속에서 얼핏 광기를 엿보았기 때문이다. J 작가가 그 사건에 집착해왔다는 건 그와 친분이 있는 사람이라면 누구나 아는 사실이었다. 여러 차례 현장에 다녀올 정도였고 차기작은 그 사건을 모티프로 하리라고 여러 번 떠들고 다녔으니까. 그런 점에서 보자면 J 작가의 반응을 이해 못 할 것도 아니었지만……

"비밀은 지키겠습니다. 대신에 조금만 더 이야기해주세요, 작가님."

내 말에도 J 작가는 빙긋 웃기만 했다. 그러고는 한참 후에야 잠긴 목소리로 입을 열었다. 그때는 이미 레몬에이드의 얼음이 다 녹은 뒤였다.

"기다리세요. 제가 곧 무시무시한 작품을 들고 나타나 모든 걸 설명할 테니."

하지만 그런 날은 오지 않았다.

J 작가와 계속 연락이 되지 않았다. 메시지에 답이 없는 건 물론이고 전화도 받지 않았다. 메일을 몇 통이나 보냈지만 확인조차 안 했다. 그렇게 거의 한 달이 흘렀다. 물론 처음에는 그리 심각하게 생각하지는 않았다. 작가들이, 소위 말해 잠수를 타는 건 별로 드문 일도 아니었기에.

뭔가 이상하다고 느끼게 된 건 한 달 동안 J 작가의

SNS가 업데이트되지 않았다는 걸 발견하고부터였다. J 작가는 중독이라 불러도 좋을 만큼 SNS에 열중했다. 하루에도 열 건 넘게 게시물을 올리는 건 물론이고 자신의 일거수일투족을 SNS를 통해 다 공개했다. 편집자의 연락은 받지 않더라도 SNS는 끊지 못할 사람이었다, J 작가는.

"신고라도 해야 하지 않을까요?"

내가 편집장에게 묻자 이런 대답이 돌아왔다.

"그렇게 걱정되면 한 번 가보던지."

J 작가는 가족 없이 혼자 살았다. 괴팍하고 까칠한 성격 탓에 연락하고 지내는 동료 작가도 몇 명 되지 않았고 출판사와의 관계도 좋은 편은 아니었다. 그나마 내가 친한 편에 속했다. 그렇다는 건 결국 신변에 이상이 생겼다 해도 신고해줄 사람이 없다는 뜻이었다.

"네. 가보기는 해야겠어요."

아무래도 마음에 걸렸다. 담당 편집자로서도, 그리고 인간적인 관계에 있어서도. 내 말에 편집장은 고개를 끄덕였다.

"그럼 말 나온 김에 지금 들렀다가 바로 퇴근해."

"알겠습니다."

나는 그길로 가방을 챙겨 들고 출판사에서 나왔다. J 작가가 어디 사는지는 이미 알고 있었다. 몇 달 전 딱 한 번 그의 집에 초대받아 간 적이 있었기 때문이다. J 작가와 나는 그날 제법 늦게까지 술잔을 기울였다. 그때 J 작가가 했던 말을 나는 기억하고 있었다.

"그거 알아요? 편집자님이 여기에 온 첫 손님이라는 거."

J 작가는 낡고 오래된 방 두 개짜리 빌라에서 혼자 살았다. 빌라는 서울의 끄트머리 동네에 있었는데, 거기까지 가려면 지하철을 세 번이나 갈아타야 했다. 나는 지하철에서도 몇 번이나 J 작가에게 전화를 걸었지만 역시 받지 않았다. 그래도 혹시 몰라 메시지까지 남겼다.

'지금 작가님 댁에 잠깐 들를게요.'

메시지 앞의 숫자 '1'은 내가 J 작가 동네에 도착할 때까지도 사라지지 않았다.

나는 운명이니 인연이니 하는 건 믿지 않았다. 그럼에도 J 작가가 사는 빌라 앞에 섰을 때는 묘한 느낌을 받을 수밖에 없었다. 빌라 이름이 '구원'이었기 때문이다. 딱히 기독교에 관심 없는 나 같은 사람이라도 '십자가'와 '구원' 사이에는 떼려야 뗄 수 없는 관계가 있다는 것쯤은 알았다.

구원 빌라에는 엘리베이터가 없었다. 나는 계단을 올라 J 작가의 집인 302호 앞에 섰다. 그러고는 초인종을 눌렀다. 목이 잔뜩 쉰 새가 그악스레 울어댔지만 안에서는 아무런 반응도 없었다. 몇 번 더 눌러봐도 마찬가지였다.

그냥 돌아설까 하다가 그래도 여기까지 온 게 아까워 나는 문까지 두드리며 외쳤다.

"작가님, 저예요. 안에 안 계세요?"

그때였다. 기다리던 대답 대신 '철컹' 하는 작은 쇳소리가 들렸다. 그건 문이 닫히는 소리였다.

"어?"

잠깐 멍하니 서 있던 나는 애초에 문이 아주 조금 열려 있었다는 사실을 깨달았다. 그 가능성을 떠올린 즉시 손잡이를 돌려봤다. 아무런 저항 없이 스르르 돌아갔다. 문은 잠겨 있지 않았다.

"작가님?"

다시 J 작가를 불렀지만, 역시 대답은 없었다.

살며시 문을 열자 찐득하게 농축된 어둠이 서늘한 기운과 함께 스멀스멀 기어 나왔다. 그때부터 나의 심장은 불규칙적으로 뛰기 시작했다. 최악의 상황이 머릿속에 떠올랐다. 쓰러진 J 작가가 그대로 방치된 채······.

거기까지 생각이 미치자 더는 망설일 수 없었다. 나는 문을 활짝 열고 안으로 들어갔다. 현관 센서등은 작동하지 않았다. 신발을 벗고 거실로 올라선 뒤 벽을 더듬었다. 곧 스위치를 찾았지만 아무리 눌러도 불은 켜지지 않았다. 나는 어둠 속에 서서 거실을 둘러봤다. 창문을 가린 커튼 틈 사이로 저물어가는 햇살 몇 줄기가 가냘프게 비쳐들고 있었다. 텅 빈 거실은 썰렁하기만 했다. 애초에 누구도 살지 않았다는 듯 생활의 흔적이 지워진 채였다. 소파도, 텔레비전도, 그리고 그 사이에 놓인 작은 탁자 역시 일전에 방문했을 때 그대로였다. 다만 J 작가만 사라졌을 뿐이었다. 그림 속 배경에서 J 작가만 쏙 지워낸 것 같았다. 방문 두 개는 모두 열린 상태였고, 그 덕분에 J 작가의 부재를 더 쉽게 확인할 수 있었다. 그는 여기 없었다.

"어쩌지?" 나는 허공에 대고 중얼거렸다.

J 작가가 모두와의 연락을 끊고 잠적한 건 맞는 것 같았다. 아니면 사고를 당해 실종되었거나. 후자라면 경찰에 신고해야 하는 게 아닐까 싶었지만 담당 편집 자일 뿐인 내가 너무 오지랖을 부리는 게 아닌가 하는 생각에 주저할 수밖에 없었다.

잠시 거실에 서 있던 나는 혹시 뭐라도 찾아낼 게 있을까 싶어 J 작가가 작업실로 쓰는 작은 방으로 들어가봤다. 그곳의 풍경 역시 변한 건 없었다. 책상과 의자가 전부였다. 노트북은 J 작가가 가지고 갔는지 보이지 않았다. 비어 있는 책상 위를 손으로 쓸어봤다. 먼지가 제법 쌓여 있었다. 나는 책상 서랍을 열었다. 무질서하게 들어 있는 볼펜과 메모지 위에 노트 하나가 놓여 있었다. 보통의 다이어리 크기에 해당하는 노트였다. J 작가가 작품 완성 전 노트에 초고를 쓴다는 건 익히 알고 있었다.

그 노트를 집어 들고는 조심스레 첫 장을 열었다. 제일 먼저 눈에 들어온 건 십자가였다. 검은색 펜으로 몇 겹이나 거칠게 선을 그어 그려낸 십자가는 왠지 모르게 섬뜩한 분위기를 풍겼다. 다음 장을 넘겼다. 그 순간 나는 얼어붙은 듯 굳고 말았다. 그 장에는 온갖 낙서가 가득했다. 무슨 말인지도 알 수 없는 단어들이 종이를 찢을 듯 새겨져 있었다. 보는 것만으로도 눈이 어지러워질 정도로 난잡하고 정신없는 낙서였다. 그 중에 한 단어만이 눈에 들어왔다.

무진

빨간색으로 진하게 적어놓은 '무진'은 J 작가의 목적지가 어디인지 말해주고 있는 것만 같았다. 나는 조용히 그 단어를 발음해봤다.

"무진."

그때였다. 안 그래도 어두컴컴한 방 안에 더욱 짙은 어둠이 드리운다 싶더니 수첩 위로 시커먼 그림자가 맺혔다. 나는 흠칫 놀라 고개를 들려고 하다가 그대로 멈췄다. 시선이 느껴졌다. 무언가가 나를 내려다보고 있었다. 그 사실을 깨닫는 순간 목덜미에서부터 소름이 쫙 돋았다. 손이 떨렸다. 수첩을 꽉 쥐었다. 무진이라는 단어에서 눈을 뗄 수 없었다. 보이지 않는 손 두개가 내 목을 움켜쥔 채 점점 힘을 줬다. 숨쉬기가 힘들었다. 이대로라면 선 채로 정신을 잃을 것 같았다. 노려보는 시선은 갈수록 또렷해져 정수리가 따갑게 달아오를 지경이었다. 그것은…… 아주 거대한 무언가…… 감히 짐작도 하지 못할 정도의 존재처럼 여겨졌다. 등허리를 타고 식은땀이 줄줄 흘러내렸다. 도저히 견딜 수 없게 된 찰나, 눈앞이 흐려졌고 나는 기절을 하리라 예감했다. 바로 그 순간이었다, 전화가 걸려온 건.

지이잉.

주머니에서 휴대폰이 진동하는 걸 느끼자마자 정신이 돌아왔다. 온몸에 힘이 쭉 빠져 털썩 주저앉기는 했지만 기절로 이어지지는 않았다. 나는 숨을 몰아쉬면서도 주머니를 더듬어 휴대폰을 꺼냈다. 액정에 편집장 이름이 떠 있었다.

나는 간신히 전화를 받았다. "여보세요?"

"J 작가 집이야?" 편집장은 대뜸 물었다.

"네. 그, 그렇기는……."

"빨리 거기서 나와. 괜한 일에 엮이지 말고."

"괜한 일이라니 그게 무슨 말씀이세요?" 나는 어리둥절해서 물었다.

도적들의 십자가

"J 작가 그 양반, 실종도 뭐도 아니야. 방금 뉴스에 나왔는데 무진에 있는 어떤 교회 건물에 무단 침입하고 난동을 피운 혐의로 경찰에 체포됐대."

"네?"

그야말로 깜짝 놀라고 말았다. 나는 휴대폰을 귀에 댄 채 서둘러 거실로 향했고 그길로 곧장 현관문 밖으로 빠져나갔다. 그동안에도 편집장은 계속 떠들었다.

"아직 본명까지 나온 건 아닌데 이것저것 뉴스 찾아보니 J 작가가 틀림없어. 제법 심하게 난리를 쳤나 봐. 그러니 긴급 체포돼서 유치장에 갇힌 거겠지. 도대체 어떻게 된 일인지……."

"그럼 지금 J 작가님은 무진경찰서에 있는 건가요?"

"그렇겠지. 근데 자네는 관심 꺼. 괜히 우리 출판사와 엮이게 하지 말란 말이야. 무슨 말인지 알지?"

"네, 알겠습니다."

편집장이 어떤 뜻으로 하는 말인지는 나도 이해했다. 안 그래도 좁은 장르 소설 시장에서 작가에게 나쁜 소문이 붙기 시작하면 그건 치명적이었다. 우리만이 아니고 다른 출판사에서도 하나둘 J 작가와 관계를 끊으려 할 것이다.

"오늘 거기 갔었다는 것도 비밀로 해. 자넨 어서 퇴근하고. 월요일에 보자고." 편집장은 날 선 목소리로 말했다.

나는 대충 대답하고 전화를 끊었다. 그러고는 J 작가에 대해 골똘히 생각하며 지하철역까지 걸었다. 도대체 무슨 이유로 그런 짓을 벌인 걸까? 그 교회라는 게 '디스마스의 집'인 건 아닐까? 생각이 거기에 미쳤을 때에야 깨달았다. 내가 J 작가의 노트를 그대로 가지고 나왔다는 것을. 나는 들고 있던 노트를 내려다봤다. 돌려놓기에는 이미 늦었다. 그 어둡고 서늘한 집에 다시 돌아가고 싶지도 않았다. 결국 나는 노트를 가방에 넣고 지하철에 올랐다. 지하철은 해가 저물어 캄캄해진 밤을 향해 천천히 속도를 높였다. J 작가의 집에서 확실히 멀어진다는 사실을 깨닫자 나도 모르게 안도의 한숨이 새어 나왔다. 동시에 지독한 피로감이 몸을 휘감아왔고, 나는 머리를 기댄 채 눈을 감았다.

집으로 돌아와 제일 먼저 한 일은 샤워였다. 오래오래 씻으면 찜찜한 기운이 모두 사라질 것 같았지

도적들의 십자가

만 딱히 그렇지는 않았다. 아무리 비누 거품을 많이 내 문질러도 마음 한구석을 물들인 불안감은 그대로 였다.

샤워를 끝낸 후에는 컴퓨터 앞에 앉아 뉴스 검색을 했다. J 작가에 관한 기사는 어렵지 않게 찾을 수 있었다. 기사들은 비슷했다. 유명 장르 소설가 J모 씨가 무진의 종교 시설에 침입해 기물을 파손한 혐의로 체포되었다는 게 주된 내용이었다.

"도대체 무슨 생각으로 이렇게 했을까?"

모니터를 보며 중얼거려봐도 딱히 떠오르는 생각은 없었다. 멍하니 앉아 있던 내 머릿속에 퍼뜩 노트가 떠올랐다. 나는 가방을 뒤져 J 작가의 노트를 꺼냈다. 불길해 보이는 십자가 그림과 낙서를 건너뛰고 바로 다음 장을 펼쳤다. 거기에 이르러서야 비로소 알아보고 이해할 수 있는 문자가 적혀 있었다.

3월 29일

무진을 다시 찾았다. 남자는 이 채석장을 골고다 언덕으로 생각했을 것이다. 지금은 사건 당시의 흔적은 찾아볼 수 없다. 그래도 채석장 전체를 감싸고 도는 을

씨년스러운 기운은 지워지지 않았다. 남자가 십자가에 매달린 곳 근처에 나도 텐트를 쳤다. 이 일기는 텐트 안에서 쓰고 있다. 근처 주민이 이곳에 귀신이 떠돈다는 소문을 들려줬다. 죽어서 부활하지 못한 남자의 영혼이 돌아다니는 건 아닐까?

3월 30일

방금 이상한 일을 겪고 와서 이 일기를 쓴다. 나는 종일 '도적들의 십자가'를 구상하며 디스마스라는 자와 만날 순간만을 엿보고 있었다. '디스마스의 집'은 의외로 찾기가 힘들었다. 주소도 없고, 아는 사람도 없었다. 그러다가 밤이 되었고 나는 잠자리에 들었다. 소리가 들려온 건 설핏 의식이 멀어지려던 참이었다. 쿵, 하는 거대한 무언가가 떨어지는 듯한 소리였다. 놀라서 벌떡 일어나 앉았다. 처음에는 채석장에서 바위라도 떨어진 게 아닐까 생각했다. 하지만 그 소리가 다시 들렸을 때 뭔가 이상하다는 걸 깨달았다. 소리는 바닥이 아닌 하늘에서 들려왔다. 나는 호기심에 텐트 밖으로 나갔다. 그러고는 휴대폰 조명을 켜고 텐트 주위를 훑었다. 물론 하늘도 올려다봤다. 천둥이라도 친 게 아닐까 싶어서였다. 구름이 잔뜩 끼어 있긴 했지만 천둥이 칠 날씨는 아닌 것처럼 보였다. 소리는 다시 들리지 않았다. 할 수 없이 텐트로 돌아가려는 찰나, 나는 우뚝 서 있는 십자가를 발견했다. 그 남자가 죽었던 바로 그 자리였다. 심장이 멎는 것 같았다. 동시에 깨달았다. 저 십자가를 박아 넣느라 쿵 하는 소리가 울려 퍼졌다는 것을. 나는 주춤주춤 십자가를 향해 다가갔다. 그때 서늘한 기운이 등허리를 훑고 지나갔다. 나도 모르게 고개를 돌렸다. 아무것도 없었다. 그러고 다시 정면을 봤을 때…… 십자가는 사라진 상태였다. 일기를 쓰는 이 순간, 내 정신은 어느 때보다 맑다. 그렇다면 내가 들었던 소리, 똑똑히 봤던 십자가는 어떻게 설명해야 하는 걸까?

4월 1일

어제는 종일 앓았다. 오늘 오후가 되어서야 기력을 좀 찾았다. 채석장 주위를 둘러봤지만 디스마스의 집을 찾기는커녕 그 어떤 사람과도 마주치지 못했다. 산 중턱의 양봉장까지 내려가봐도 마찬가지였다. 양봉장은 이미 오래전에 문을 닫은 것 같았다. 더는 이곳에 머물 이유가 없다. 집으로 돌아가 처음부터 다시 조사하며 '도적들의 십자가'를 완성하는 게 현실적일 것이다.

4월 2일
디스마스를 만났다.

4월 2일의 일기는 한 문장뿐이었다. 그러고는 페이지가 끝났다. 여기에서의 디스마스는 J 작가가 말했던 그 교주라는 인물일 것이다.

나는 뒷이야기가 너무나 궁금했다. J 작가가 그토록 만나고 싶어 했던 디스마스는 과연 어떤 인물일까? 그가 사건의 열쇠를 쥐고 있는 걸까? 그런 의문을 품으며 다음 페이지를 넘기려 할 때였다. 거실에서 소리가 들렸다. 끼이익, 하는 귀에 거슬리는 소리였다. 나는 그것이 어디서 나는 소리인지 금세 알아챘다.

오래된 다세대주택인 이 집은 거실 창문이 낡고 녹슬어 여닫을 때마다 끔찍한 소리가 났다. 나는 서둘러 거실로 나갔다. 분명 닫아놓았던 창문이 반쯤 열려 있었고, 그 틈으로 서늘한 밤바람이 불어왔다. 4층이라 방범 창살 같은 건 설치되어 있지도 않았다. 그저 방충망이 달린 게 다였는데 그것마저 열린 상태

도적들의 십자가

였다.

열린 창문을 보고 처음 든 감정은 당혹감이었다. 저절로 창문이 열렸다는 걸 받아들이기 어려웠다. 그렇다고 누군가가 일부러 열었다는 건 더 말도 안 되는 일이었다. 이 집에 사는 건 나 혼자니까.

바람 때문일 거야, 바람 때문.

애써 그렇게 생각하며 창문을 향해 다가갔다. 그 순간이었다. 집 안의 불이 모조리 꺼졌다. 내가 있던 안방의 형광등은 물론이고 컴퓨터 모니터까지 깜깜하게 변했다. 어둠은 삽시간에 나를 감쌌다. 그것만이 아니었다. 소리가 사라졌다. 오래된 냉장고의 소음도, 바람이 불어 들어오는 소리도 자취를 감췄다. 심장이 격렬하게 뛰었다. 하지만 굳은 듯 몸은 움직일 수 없었다. J 작가 집에서 겪었던 상황과 비슷했다. 뒤쪽, 그러니까 현관문 근처에서 무언가가 점점 몸피를 불려가고 있었다. 고개를 돌리지 않고도 느낄 수 있었다. 지독하게 어둡고 차가우며 동시에 사악한 어떤 존재가 점점 거대하게 변해 내 등 뒤에 붙어 섰다는 것을. 그것은 J 작가 집에서부터 따라왔다는 사실 역시 나는 알아챘다. 그것의 정체는 중요하지 않았다. 아니, 무엇인지 짐작조차 할 수 없었다. 다만 한 가지는 확실했다.

그것은…… 나를 **알고** 있었다.

단순히 내 이름과 사는 곳을 아는 정도가 아니었다. 내 삶 전체를 관통해 모든 것, 약점이나 강점, 밝은 면이나 어두운 면까지 속속들이 꿰뚫어 보고 있었다. 그것은 까마득히 높은 곳에서 기나긴 세월 동안 나를 내려다본 것만 같았다. 피부가 벗겨지고, 근육이 갈라지고, 뼈가 으스러지고, 마침내 내 안의 모든 것이 피를 뚝뚝 흘리며 드러나 보이는 기분이었다.

나는 더 버티지 못했다. 눈앞이 하얗게 변했다. 온몸에 힘이 빠진다고 느낀 순간, 나는 의식을 잃고 쓰러졌다.

소리가 들렸다. 여러 사람이 중얼거리는 듯한 소리였다. 나는 방문 앞에 서 있었다. 실내는 어두웠지만, 칠흑 같은 어둠도 소리를 감춰주지는 못했다. 그 소리는 수천 마리의 개미가 기어오르듯 발끝부터 머리끝까지 내 전신을 더듬었다. 소름이 돋는 한편 도대체 무슨 소리인지 궁금해 방문을 향해 한 발 다가갔다.

순간, 소리가 뚝 끊겼다. 촘촘하게 짠 어둠과 적막

이 나를 옥죄어왔다. 나는 엉거주춤 서서 주위를 쓱 훑었다. 낯선 공간이었다. 시멘트로 된 벽은 서늘한 기운을 내뿜었다. 휴대폰 조명을 켰다. 아무런 장식 없는 벽에 커다란 십자가가 달려 있었다. 그 십자가에서 붉은색 액체가 뚝뚝 떨어져 내렸다.

그때였다. 다시 그 소리가 들리기 시작했다. 일정한 톤과 리듬으로 중얼거리는 소리. 한두 명이 아니었다. 여러 사람의 목소리가 뒤섞여 있었다.

나는 방문에 가만히 귀를 가져다 댔다. 처음에는 무슨 소리인지 알아듣기 힘들었지만 이내 몇 마디가 귀에 들어왔다.

"……그분은…… 이기셨다."

'그분'과 '이기셨다' 사이에 어떤 단어가 들어가는지 그게 확실히 들리지 않았다. 귀를 더 바짝 댔다. 문이 벌컥 열린 건 바로 그 순간이었다. 무방비 상태였던 나는 방 안으로 넘어지듯 들어갔다. 간신히 균형을 잡으며 고개를 들었을 때 그들의 모습이 눈에 들어왔다. 좁은 방 안에 족히 스무 명 넘게 빼곡히 서 있었다. 남녀 할 것 없이 모두 알몸이었고, 상체에 붉고 긴 상처가 가득했다. 그리고…… 얼굴을 포함한 전신에는 십자가가 잔뜩 그려져 있었다. 나는 너무 놀라서 헉, 하며 숨을 삼켰다. 그들은 그런 나를 향해 일제히 고개를 돌렸다. 그러고는 마치 미리 알고 있었다는 듯 한목소리로 말했다.

"드디어 오셨군요."

그 말이 떨어지기 무섭게 모든 사람이 내게로 손을 뻗어왔다. 도망치려 해도 다리가 굳어 움직일 수 없었다. 수십 개의 손이 내 몸을 더듬었다. 그러면서 외쳤다.

"준비가 끝났다!"

"으악!"

나는 그야말로 비명을 지르며 일어났다. 꿈이었다. 지독한 악몽. 꿈에서 깼고, 내 집 내 침대 위라는 걸 인식하기까지 제법 시간이 걸렸다. 휴대폰으로 몇 시인지 확인했다. 아직 새벽이었다. 정확히 3시 33분. 나는 안도의 한숨을 쉬었다. 그 순간 뭔가 이상하다는 걸 깨달았다.

왜 거실이 아니라 침대에서 일어난 거지?

필사적으로 기억을 더듬었다. 나는 분명 거실에 있

었다. 거기서 보이지 않는 존재의 위협을 받았고 결국 정신을 잃었다. 누가 옮겨놓은 게 아니라면 나는 거실에서 눈을 떴어야 했다.

"설마 그것도 꿈?"

그렇게 중얼거려봤지만 확신할 수는 없었다. 어디서부터 어디까지가 꿈이고, 또 현실인지 분간하기 어려웠다. 두려웠다. 나는 그야말로 겁에 질렸다. 장르소설 편집자로 일하면서도 오컬트나 신비한 현상, 혹은 괴담 같은 것들에는 별로 관심이 없던 게 나였다. 그런 걸 믿지도 않았다. 작가가 열띠게 이야기하면 그저 고개를 끄덕이며 맞장구를 쳐주는 정도였다. 물론 그렇다고 해서 호러 계열의 작품을 쓰는 작가를 무시하는 건 아니었다. 그저 내 성향이 그랬다. 지극히 이성적이고 논리적인, 다르게 표현하자면 아주 건조한 상상력을 가진 사람. 그런 내가 설명할 수 없는 현상을 겪고 심지어 그것 때문에 섬뜩함을 느꼈다는 건 무척 이례적인 일이었다.

나는 세수라도 해 정신을 차려야겠다는 생각으로 침대에서 내려왔다. 그때 발치에 뭔가가 채였다. 무심코 그걸 집어 들고는 흠칫 놀랐다.

노트였다. J 작가의 그 노트.

이게 왜 여기에 떨어져 있지?

아무리 생각해도 노트를 침대까지 들고 온 기억 역시 없었다. 게다가⋯⋯ 노트는 펼쳐져 있었다. 마치 방금까지 누군가가 읽고 있기라도 했던 것처럼. 나는 그대로 일어나 불을 켜고 노트를 들여다봤다.

4월 3일

나는 비명과 함께 깨어났다. 지독한 악몽을 꾼 것이다. 숨을 헐떡이며 한동안 패닉에 빠져 있던 나는 꿈의 내용을 새삼 찬찬히 떠올렸다. 그 악몽은 생각할수록 기이하고 끔찍했다. 방문을 열었을 때 알몸인 남녀 여러 명이 뒤섞여 알 수 없는 주문을 외고 있었다. 그러다가 나를 발견하고는 광기 어린 눈빛으로 이렇게 외쳤다.

"준비가 끝났다!"

거기까지 읽고 노트를 덮어버렸다. 심장이 어찌나 세차게 뛰는지 두근거리는 소리가 똑똑히 들릴 정도였다.

이게 도대체 어떻게 된 거지?

같은 질문을 몇 번이나 던져봐도 적절한 답을 내놓을 수 없었다. 노트에 적힌 내용은 내가 겪은 일과 거의 흡사했다. 아니, 똑같았다. 이건 상식적으로 불가능하다는 걸 알면서도 한편으로는 가능한 한 '상식적으로' 이해해보려 노력하는 나를 발견했다. 잠결에, 그러니까 무의식중에 노트를 들고 와 읽었다. 그러다 보니 그 내용이 꿈에 반영되었다. 즉, 악몽이 먼저가 아니라 노트가 먼저라는 것이다. 그것이 가장 그럴싸한 해답이었지만 내 불안감은 조금도 줄어들지 않았다. 애초에 거실에서 기절했던 내가 침대에서 일어난 것 자체가 말이 안 되는 일이었다.

그때였다.

휴대폰이 진동하더니 메시지 하나가 날아들었다. 나는 얼른 휴대폰을 확인했다. J 작가가 보낸 메시지였다.

여기로 와줘요. 도움이 필요해요.

나는 놀라서 J 작가에게 바로 전화를 걸었다. 받지 않았다. 몇 번을 시도해도 마찬가지였다. 내 휴대폰에는 J 작가가 보낸 메시지만이 불길한 전언처럼 남아 있을 뿐이었다. 그럴 리 없다는 걸 알면서도 노트와 악몽, 그리고 메시지까지 모든 게 연결되어 있다는 생각을 지우기 힘들었다. J 작가는 '여기'라고만 했지만 나는 그곳이 어디인지 알 것 같았다.

무진이었다.

2

면회 신청 절차는 의외로 간단했다. 신분을 밝히고 면회 신청서만 작성하면 됐다. 나는 초조한 마음을 애써 누른 채 면회실에 앉아 J 작가를 기다렸다. 날이 밝기도 전에 운전해서 먼 길을 달려왔지만 피곤하기는 커녕 정신이 말똥했다.

경찰서 면회실은 좁고 단출했다. 탁자 하나와 의자 두 개가 전부였는데 그나마도 탁자는 기우뚱했다. 그걸 보고 있자니 더 불안해져서 나는 괜스레 천장과 벽쪽을 두리번거렸다. 그러다가 천장 형광등에 붙은 제법 큰 파리 한 마리를 발견했다. 파리는 이곳의 주인

도적들의 십자가

은 자기라고 주장하듯이 윙윙 위협적인 날갯짓 소리를 냈다. 나는 놈이 언제 날아가는지 보려고 눈을 떼지 않았다.

그런 식의 유치한 신경전을 얼마간 벌이고 있을 때 드디어 면회실 문이 열렸다. 나는 재빨리 고개를 돌렸다. J 작가가 추레한 모습으로 걸어 들어왔다. 재킷은 구깃구깃했고 셔츠는 단추가 떨어졌는지 속절없이 풀어헤쳐진 상태였다. 그것만이 아니었다. 바지와 구두에도 먼지가 잔뜩 묻어 있었다. 거뭇하게 수염이 올라온 얼굴은 마지막으로 봤던 때에 비해 훨씬 말라 뺨이 쑥 들어가 있었다. 족히 5킬로그램 이상은 빠진 것 같았다. 무엇보다 인상적이면서도 동시에 충격적인 건 J 작가의 눈이었다. 늘 쓰고 다니던 그 뿔테안경은 어디로 갔는지 보이지 않았고 대신에 나를 마주한 건 충혈이 너무 심해 거의 핏빛으로 변한 눈동자였다.

"작가님!"

나는 의자에서 일어나며 J 작가를 불렀다. 그는 나를 힐끔 본 후 말없이 자리에 앉았다. J 작가를 데려온 경찰관이 딱딱한 말투로 한마디를 하고는 자리를 떴다.

"면회 시간은 30분입니다."

J 작가와 나는 침묵을 지킨 채 앉아 있었다. 그는 내내 고개를 숙이고 있었다.

결국 내가 먼저 입을 열었다. "몸은 괜찮으세요?"

내 질문에도 J 작가는 묵묵부답이었다. 내가 아는 J 작가는 이런 상황에서 입을 닫는 대신 구구절절 변명을 늘어놓을 사람이었다. 그의 침묵이 길어진다는 건 그만큼 상태가 안 좋다는 뜻이었다.

나는 다시 조심스레 물었다. "도대체 어떻게 된 일입니까?"

"디스마스를 막아야 해요."

드디어 입을 연 J 작가는 영문 모를 소리를 했다.

"네?" 나는 멍하니 되물을 수밖에 없었다.

J 작가는 듣는 이가 없는데도 목소리를 잔뜩 낮춘 채 말했다. "그 인간을 막지 못하면 더 끔찍한 일이 생길 겁니다."

덩달아 나도 목소리를 죽일 수밖에 없었다. "디스마스라면 그 교주 말씀인 거죠? 그 사람이 뭔가를 꾸미고 있습니까?"

"모든 건 그 사람이 파놓은 함정이었어요. 나는 거기 걸려든 거고."

"좀 더 자세히 말씀해보세요. 뭐가 함정이었고⋯⋯."

"근데 편집자님은 왜 여길 온 거예요?"

J 작가의 갑작스러운 질문에 나는 당황했다. 그는 정말로 궁금하다는 표정으로 나를 바라보고 있었다. 그 모습을 보자 답답하기도 하고 걱정이 되기도 했다.

"작가님이 새벽에 저한테 메시지 보내셨잖아요. 도움이 필요하다고. 그래서 달려온 겁니다." 나는 차분히 설명했다.

순간, J 작가의 눈이 커지더니 더듬거리며 말했다. "내가 메시지를 보냈다고요? 여기선 휴대폰 못 써요. 그, 그것보다 난 지금 휴대폰을 잃어버려서 가지고 있지도 않아요."

"네?"

무슨 말인지 도무지 이해할 수 없었다. 나는 새벽에 받은 메시지를 직접 보여줄 생각으로 주머니에서 휴대폰을 꺼내려 했다. 그때였다.

J 작가가 대뜸 물었다. "설마 우리 집에 갔던 겁니까?"

"그걸 어떻게 아세요?"

J 작가는 대답 대신 절망적인 표정을 지어 보였다.

그러더니 바들바들 떨면서 중얼거렸다.

"결국 이렇게 될 거였어. 결국 이렇게……."

나는 할 말을 잃고 J 작가를 빤히 봤다. 그는 제정
신이 아닌 것 같았다. 눈빛이 번들거렸다. 아랫입술을
잘근잘근 씹는가 하면 다리도 쉴 새 없이 떨어댔다.
평소의 J 작가에게서는 볼 수 없는 행동이었다. 더는
말을 섞으면 안 되겠다는 생각이 퍼뜩 머릿속을 스쳐
지나갔다.

"일단 저는 가보겠습니다."

그 말과 함께 나는 서둘러 일어났다. 그때였다.

"으악!"

J 작가가 갑자기 미친 듯이 비명을 질러댔다. 그의
시선은 허공에 머물러 있었다. 나는 너무 놀라 J 작가
의 광란을 지켜만 볼 뿐 아무것도 못 했다. 창자를 밖
으로 끄집어내는 게 아닌가 할 정도로 끔찍한 비명은
경찰 두 명이 면회실로 달려오고 나서야 멈췄다. 그렇
다고 J 작가가 잠잠해진 건 아니었다. 그는 경찰의 제
지를 받으면서도 목에 핏대를 세우며 외쳤다.

"디스마스를 막아야 해! 그것이 올 거야! 그게 온
다! 온다!"

"조용히 해요. 조용히!"

경찰이 J 작가를 끌고 나가며 소리쳤다. 나는 벌벌 떨며 서 있었다. 정신을 차릴 수 없었다. 모든 소리가 웅, 하는 소음으로만 들렸다. 머리가 울렸다. 거의 주저앉을 것 같았다. J 작가가 경찰을 밀치며 내게로 달려온 건 바로 그때였다. 그는 먹잇감을 덮치는 맹수처럼 나에게 달려들었다.

"아!"

나는 J 작가에게 떠밀려 그대로 넘어졌다. 그러면서 바닥에 머리를 찧었지만 아픈 줄도 몰랐다. 물리적인 충격보다 정신적인 충격이 더 컸다. 시뻘건 눈으로 나를 내려다보며 침을 뚝뚝 흘리는 J 작가는 한 마리 미친개 같았다. 그 미친개가 내 귀에 대고 헉헉대는 숨소리와 함께 한마디를 토해냈다.

"노트에 다 적어놨어."

이후 상황은 빠르게 흘러갔다. J 작가는 그야말로 개처럼 끌려 나갔고, 나는 경찰의 조사를 받아야 했다. 경찰이 궁금해했던 건 하나였다.

"저 양반, 여기 와서도 내내 조용했는데 갑자기 왜

저런 겁니까?"

"저도 이유를 모르겠습니다. 저럴 분이 진짜 아니거든요."

다른 이야기는 굳이 꺼내지 않았다. 그러면 더 골치 아파질 게 뻔했다. 대신에 조심스러운 말투로 덧붙였다.

"방금 일은 문제 삼을 생각이 없습니다. 혹시나 해서 드리는 말씀입니다. 괜히 저 때문에 문제가 더 커질까 봐……."

"문제 될 건 없어요. 어차피 조금 있다가 여기서 나갈 거니까." 경찰은 무심하게 말했다.

귀찮아하는 기색이 역력했다.

"그, 그러면 구속이 안 된다는 거죠?"

내 말에 경찰은 고개를 끄덕였다.

"피해자인 목사가 고소도 안 하고 원만한 합의를 원한다고 하니 구속될 일은 없죠."

그나마 다행이었다. 경찰은 더 이상 묻지 않았다. 나는 가도 된다는 말이 떨어지기 무섭게 경찰서에서 나왔다. 채 30분이 지나지도 않았는데 거의 반나절은 처박혀 있었던 것 같았다. 밖은 여전히 아침이었고 봄

이라고 하기에는 제법 쌀쌀한 날씨 역시 변함이 없었
다. 나는 경찰서 앞에서 한 번 숨을 고른 후 바로 맞은
편에 있는 카페로 들어갔다. 그때까지도 내 심장은 계
속해서 엇박자로 뛰고 있었다. 동시에 긴장이 풀려서
인지 몸에서 기운이 쏙 빠져버려 도무지 곧장 집으로
갈 수가 없었다. 우선은 놀란 가슴을 진정시킬 필요가
있었다.

나는 따뜻한 차를 주문하고는 창가 자리에 앉았
다. 한숨이 새어 나오면서, 그제야 바닥에 부딪힌 뒤
통수에서 욱신욱신 통증이 밀려왔다. 잠시 눈을 감
았다. J 작가가 했던 말이 떠올랐다. 그 뜨거웠던 숨
결도.

노트에 다 적어놨어.

그 말이 무슨 뜻인지 확실히 알려면 노트를 확인하
면 될 일이었다. 하지만 가방에서 그걸 꺼내는 일 자
체가 꺼림칙했다. 그런 감정을 느끼는 한편으로 궁
금함을 참기 힘든 것 역시 사실이었다. 나는 두려움
과 호기심 사이에서 한참 갈등했다. 갈등은 차가 거
의 다 식을 때까지 이어졌고, 결국 호기심이 승리했
다. 호기심에 굴복하는 건 편집자의 숙명이기도 했으

니까.

나는 꺼내든 노트를 펼쳤다. 4월 3일 이후 일기를
확인할 생각이었다. J 작가 말대로라면 거기에 단서가
있어야 했다. 내 악몽과 묘하게 겹친 4월 3일의 그 꿈
이후 J 작가에게는 어떤 일이 있었던 걸까?

4월 4일

디스마스의 집으로 초대받았다. 그 교회(교회라고
부를 수 있다면)는 채석장 반대편 숲에 있었다. 시멘트
로 지은 건물이었고 생각보다 크지는 않았다. 신도는 스
무 명 정도 되는 것 같은데 모두 집단생활을 했다. 지난
밤 꿈에서 봤던 건물 구조와 묘하게 닮아서 꺼림칙함을
감추기 힘들었다.

자칭 디스마스라는 남자는 독특한 외모의 소유자였
다. 머리는 두피가 보일 정도로 완전히 밀었고, 얼굴은
길쭉했는데 눈이 보통 사람보다 두 배 정도는 컸다. 부리
부리한 눈이란 이런 걸 두고 하는 말이구나, 하고 나는
속으로 생각했다. 큰 눈에 비해 입은 지나칠 정도로 작
았고 코는 또 가늘고 길었다. 디스마스라는 자의 얼굴은
한마디로 불균형의 집합체였다. 물론, 그 묘한 불균형이

카리스마로 연결된다는 사실 역시 부인할 수는 없었다.

디스마스의 목소리는 카랑카랑하고 힘이 있었다. 그
의 말에 귀 기울이게 되는 데에는 그 목소리가 큰 몫을
차지했다. 디스마스는 내가 누구인지 이미 알고 있었다.
그리고 무슨 목적으로 무진을 찾았는지도……. 그는 내
게 들려줄 이야기가 많다며 디스마스의 집에서 묵을 것
을 제안했다. 나는 딱히 반대할 이유를 찾지 못했고, 그
래서 이 일기도 디스마스의 집에서 쓰고 있다.

4월 5일

《도적들의 십자가》는 메타소설로 쓸 계획이다. 무진
사건에서 다뤄지지 않은 디스마스와 게스타스의 존재
를 추적해나가는 소설가 이야기를 1인칭으로 풀 것이
다. 그렇기에 꼼꼼한 취재는 필수적이다. 디스마스라는
자가 취재를 도와줄 것으로 기대한다. 일단 지금까지는
그가 내게 호의를 품고 있는 건 확실해 보인다.

디스마스는 종일 교회를 비웠다. 어디서 뭘 하는지
알 수는 없지만 무척 바쁜 것 같았다. 밤늦게 돌아온 그
는 내일 이야기를 나누자고 했다. 나는 흔쾌히 알겠노
라 대답했다.

(추가) 아직 자정이 지나지 않았으므로 급히 오늘 일기에 덧붙인다.

방금 너무나 이상한 경험을 했다. 자기 전 화장실에 가려고 방에서 나왔는데 어두컴컴해 방향을 잃고 말았다. 복도를 밝히고 있는 건 조도가 무척 낮은 알전구가 다였다. 내가 화장실이라 생각하고 들어간 곳은 매우 좁은 공간으로 문을 제외한 삼면이 막힌 데다가 천장이 낮았다. 나는 대번에 답답함을 느끼고 돌아서 나오려고 했다. 그 순간 어둠 속에서 뭔가를 발견했다. 바닥에 거의 붙어 있다시피 한 앉은뱅이 탁자였다. 그 위에는 책처럼 보이는 물건이 놓여 있었다. 나는 궁금증을 참지 못하고 책을 향해 다가갔다. 혹시 이곳은 일종의 기도실이 아닐까, 생각하면서.

휴대폰을 가지고 나오지 않아서 책을 자세히 살펴볼 수는 없었다. 다만 양장에다가 꽤 묵직하다는 건 만져 본 것만으로도 알 수 있었다. 나는 책 제목이라도 알고 싶어 그걸 들고 문으로 향했다. 복도 조명이 아무리 희미해도 그 정도는 알아볼 수 있을 것 같았다. 내 예상이 맞았다. 불빛을 비추니 표지에 적힌 제목이 보였다. 그 제목을 알아본 순간, 나는 그 자리에 얼어붙었다.

책 제목은 《도적들의 십자가》였다.

나는 일단 숨을 골랐다. J 작가의 경험은 내게도 충
격으로 다가왔다. 정리하자면 이런 거였다. J 작가는
자칭 디스마스라는 남자를 만나 '디스마스의 집'으로
갔다. 그곳은 교회였고 신도 여럿이 단체 생활을 했
다. 디스마스의 집에서 묵게 된 둘째 날 밤, J 작가는
책 한 권을 발견했는데 그게 자기가 쓰려고 했던 소
설, '도적들의 십자가'와 같은 제목이었다.

이걸 단순한 우연으로 치부할 수는 없었다. 도적들
의 십자가라는 제목이 흔한 것도 아니고 하필이면 그
도적 중 한 명, 디스마스라는 자가 운영하는 교회에서
그런 책이 나왔다는 것도 결코 무시할 수 없는 부분
이었다. 그렇다고 해서 이 기이한 일을 설명할 방법이
있는 것도 아니었다. 나는 찜찜함을 가누지 못한 채
J 작가의 일기를 더 읽어 내려갔다.

4월 6일

드디어 디스마스와 대화를 나누었다. 이른 아침에 그
가 내 방으로 찾아왔다. 나는 어제의 그 괴이한 경험에

서 헤어 나오지 못해 잠을 설친 상태였다. 《도적들의 십자가》라는 제목의 그 책 내용을 살펴보고 싶었지만 때마침 인기척이 들려 그냥 두고 나온 게 밤새 마음에 걸렸다. 그러던 중에 디스마스와 만나게 된 것이다.

지금부터는 디스마스와 나눈 대화를 최대한 기억을 되살려 기록한다. 가볍게 주고받은 인사말은 생략한다.

"디스마스의 집은 어떤 곳입니까?"

"그분의 유지를 잇기 위한 사람들이 모여 만든 종교 단체입니다."

"그분이 누구입니까?"

"이곳에서 십자가에 올라 스스로 죽음을 선택한 분입니다."

"당신은 그분과 어떤 관련이 있습니까?"

"저도 작가님과 마찬가지였습니다. 그분 죽음의 비밀을 알고 싶어 온갖 노력을 다해 파헤친 끝에 결국 진실에 다가갈 수 있게 되었습니다."

"진실은 뭐고, 유지를 잇는다는 건 또 무엇입니까?"

"그건 차차 알게 되실 겁니다. 우선은 한 가지 사실을 말씀드리죠."

"무엇입니까?"

"저희는 그 일을 재현할 겁니다."

"네?"

"그분의 십자가형을 재현할 거란 뜻입니다. 작가님께서는 그 의식의 중요한 목격자가 되어주십시오."

4월 7일

디스마스는 4월 22일에 의식을 치르겠다고 말했다. 나는 '재현'이라는 단어가 신경 쓰였다. 일종의 연극처럼 단순히 십자가형을 흉내 내는 것이라면 상관없지만, 그때 그 사건처럼 실제 희생자가 나온다면 그건 말려야 한다.

몸이 계속 무겁다. 머리는 몽롱하다. 뇌 속에 안개가 낀 기분이다. 이곳으로 온 이후 늘 이런 상태다. 특별히 아픈 것 같지는 않은데 의욕 자체가 사라져 마음만 굴뚝 같을 뿐 이 일기도 간신히 쓰고 있다.

4월 11일

오늘이 11일이 맞나? 자꾸 헷갈린다. 휴대폰을 보고서야 11일이라는 걸 확신하게 되었다. 일기를 쓰지 못했던 지난 며칠간은 머릿속에서 완전히 지워졌다.

난 뭘 했던 거지?

4월 14일

지금은 정신이 맑다. 이 일기를 쓰는 15일 자정 전, 나는 어느 때보다 예민하고 예리한 신경을 유지하고 있다. 내 몸이 무겁고 섬망에 가까운 증세를 겪었던 건 모두 이곳에서 주는 음료수 때문이었다. 아무래도 이상해 며칠간 그걸 마시지 않았더니 정상으로 돌아왔다. 이 자들이 음료수에 뭔가를 탄 게 틀림없다.

왜 그랬을까?

나는 그 이유를 밝히기 위해 밤이 깊어지길 기다렸다가 몰래 방을 빠져나갔다. 그런 뒤 조심스레 건물 안을 돌아다녔다. 이들은 내게 숨기는 게 있었다. 그렇기에 약을 써서까지 내 정신을 흐리게 만들었으리라. 그것, 그러니까 숨기려는 게 혹시 내가 발견했던 책《도적들의 십자가》는 아닐까? 문득 그런 생각이 들어 그때 그 공간으로 다시 찾아갔다. 책은 여전히 앉은뱅이 탁자 위에 놓여 있었다. 잠시 바깥을 살핀 후 휴대폰 조명을 켰다. 그러고는 책을 펼쳤다.

다시 한번 말하지만, 나는 맑은 정신을 유지하고 있

도적들의 십자가

다. 이걸 거듭 말하는 이유는 내가 헛것을 봤다거나, 정신착란을 일으켜 망상에 사로잡히지 않았음을 강조하기 위해서다. 이 일기는 반드시 당신이 읽게 될 테니까.

본론으로 돌아와서,《도적들의 십자가》는 누군가 손으로 썼으며 이렇게 시작했다. 사진으로 찍은 걸 그대로 옮겨 쓴다.

J 작가는 특유의 부산 사투리가 섞인 억양으로 물었다. "그 사건에서 가장 이상한 게 뭔지 알아요?"

K 편집자는 모르겠다고 고개를 저었다. 물론 J 작가가 말한 그 사건이 얼마나 괴이한지는 그도 잘 알고 있었다. 그리고 그 사건 안에는 '가장'이라는 부사를 붙여도 아깝지 않을 이상한 요소가 수없이 많다는 것도 알고 있었다. 스스로 십자가에 올라 자기 발과 손에 못을 박고 자살한 사건이라니…… 이상하지 않다면 그게 이상할 노릇이었다. 호러 미스터리 계열의 소설을 쓰면서 관련 지식도 상당히 쌓은 J 작가가 그 사건에서 꼽은 가장 이상한 게 무엇인지 K 편집자도 궁금했다.

"디스마스와 게스타스가 없다는 거지요!"

그 말과 함께 레몬에이드를 단숨에 마신 J 작가는 작고 가느다란 눈으로 K 편집자의 반응을 살폈다.

K 편집자는 솔직히 물을 수밖에 없었다. "저…… 디스마스가 뭔가요? 게스타스는 또 뭐고요?"

J 작가는 그럴 줄 알았다는 듯 빙긋 웃더니 설명을 시작했다. K 편집자는 작가들의 잘난 척에는 익숙했기에 딱히 거부감이 들지 않았다. 작가가 편집자에게 잘난 척하지 않으면 도대체 누구에게 그럴 것인가.

"디스마스는 사람이에요. 예수가 십자가에 매달렸을 때 그 좌우로 두 명의 도적 역시 같은 십자가형을 받고 매달려 있었죠. 그중에서 오른편의 죄수는 예수를 보며 회개했고 참회의 눈물을 흘렸어요. 그러자 예수가 이렇게 말하죠. 오늘 네가 나와 함께 낙원에 있을 거라고. 그 죄수의 이름이 디스마스라고 전해져요. 가톨릭에서는 성인으로 인정할 정도죠. 또 한 명, 왼편의 죄수는 회개하지 않았고 그자의 이름은 게스타스라고 하죠."

"이게 뭐야……." 나도 모르게 중얼거렸다.

J 작가가 기록한 부분, 그러니까 교회에서 발견한 《도적들의 십자가》라는 책의 도입부는 내가 겪었던 일과 똑같았다. 책 속의 J작가는 누군지 뻔하고, K 편집자는 바로 나를 말하고 있었다. 말도 안 되는 상

황이었다. 그날은 우리 둘만 만났다. 카페였고, 주위와 떨어진 구석 자리에 앉았기에 엿들을 사람도 없었다. 설령 엿들었다 해도 이렇게 자세히 기록하지는 못했으리라.

잠시 눈을 감았다가 떴다. 소름 돋는 걸 넘어 온몸이 떨릴 정도였다. '디스마스의 집'이 사이비 종교 단체라는 건 분명했다. J 작가의 기록이 정확하다면, 그에게 몰래 약을 먹여서까지 뭔가를 감추려는 곳이었다. 그리고 그 '의식'이라는 걸 재현하려 한다.

디스마스는 어떤 자일까? 무얼 감추고 있을까? 도적들의 십자가라는 책은 누가, 무슨 이유로, 어떻게 쓴 걸까?

수많은 질문이 떠올랐지만 답을 찾을 수는 없었다. J 작가의 일기가 4월 14일에서 끝났기 때문이었다. 나는 문득 오늘이 4월 20일이라는 걸 깨달았다. 디스마스가 말한 의식을 치르는 날이 22일이니, 딱 이틀 남은 셈이었다. 이틀 뒤에 그 채석장에서 같은 의식이 또 벌어질까? J 작가가 난동을 피운 건 그걸 막기 위해서가 아닐까?

내 의문에 대답해줄 사람은 어디에도 없었다. 나는

머리가 지끈거리는 걸 느끼며 무심코 창밖으로 시선을 던졌다. 어느새 먹구름이 몰려들었는지 바깥은 잔뜩 흐렸다. 곧 비가 쏟아질 것 같았다. 본격적으로 비가 내리기 전에 일단은 집으로 돌아가야겠다고 생각하며 다시 고개를 돌리려던 찰나, 그 남자가 내 시야에 들어왔다.

큰 키에 마른 몸매, 그리고 구부정한 어깨를 한 남자가 길가에 서서 나를 뚫어지게 쳐다보고 있었다. 머리는 두피가 보일 정도로 완전히 민 상태였고, 얼굴은 길쭉했는데 눈이 보통 사람보다 두 배 정도는 컸다. 부리부리한 눈이란 이런 걸 두고 하는 말이구나, 하고 나는 속으로 생각했다. 큰 눈에 비해 입은 지나칠 정도로 작았고 코는 또 가늘고 길었다. 창 너머로도 남자의 깊고 예리한 눈빛이 똑똑히 느껴졌다. 내가 착각했나 싶었지만 그건 아니었다. 남자는 나와 눈이 마주치자 보일 듯 말 듯 고개를 끄덕였다. 그러고는 카페를 향해 성큼성큼 다가왔다.

위험하다!

본능적으로 위협을 느낀 나는 수첩과 가방을 챙겨들고 벌떡 일어났다. 카페에는 뒷문이 있었다. 그곳을 향해 달렸다. 음료를 가지고 오던 사람과 부딪쳤지만 미안하다는 말도 못 했다. 오로지 도망쳐야 한다는 생각뿐이었다. 뒷문을 열고 나가자 한적한 골목이 나왔다. 일단 그 골목 안으로 들어갔다. 점점 걸음을 빨리 하다가 결국에는 달리기 시작했다. 남자가 실제로 쫓아오는지는 중요하지 않았다. 멈춰 서서 그걸 확인할 의지나 여력도 없었다. 나를 달음질치게 만든 건 등 뒤로 밀려오는 오싹한 기운이었다. 날카로우면서도 차디찬 그 기운이 금방이라도 덮쳐와 내 사지를 갈가리 찢어놓을 것만 같았다.

잡히면 죽는다.

나는 그 생각을 하며 숨이 턱 끝까지 차오르는데도 달리고 또 달렸다. 다수의 작가나 편집자가 그렇듯 나 역시 운동과는 거리가 멀었다. 골목을 채 다 지나기도 전에 다리에 힘이 풀렸다. 쓰러지지 않으려고 어금니를 꽉 깨물었다. 그런 내 얼굴 위로 빗방울이 떨어져 내렸다. 낮게 내려앉은 회색빛의 음울한 하늘이 하나의 거대한 눈이 되어 나를 노려보는 것 같았다. 어디에도 안전한 곳은 없다는 위기감과 공포심이 내 안에서 몸피를 불렸다. 나는 넘어지다시피 하면서 골목을 빠져나와 붐비는 도로로 접어들었다. 마침 택시 한 대가 서 있었다. 승객은 없었다. 택시 뒷문을 열고 튕기듯 안으로 들어갔다. 그러고는 기사를 향해 외쳤다.

"빨리 출발해주세요!"

"어디로 갈까요?" 택시기사는 느긋한 말투로 물었다.

"일단 출발부터……."

나는 그렇게 말하다가 멈칫했다. 룸미러 속 택시기사는 나를 보며 빙긋 웃고 있었다. 양쪽 입꼬리를 억지로 말아 올린 부자연스러운 미소였다. 그 표정 그대로 택시기사가 다시 물었다.

"채석장으로 갈까요?"

"네?"

놀라서 다른 말이 나오지 않았다. 그때였다. 뒷문이 벌컥 열리더니 누군가 상체를 밀어 넣었다. 그 사람은 나를 향해 까맣고 네모난 물체를 들이밀었다. 그게 전기충격기라는 사실을 알아챈 순간, 눈앞에서는 이미 불꽃이 튀었고 나는 정신을 잃었다.

3

의식은 파도처럼 밀려왔다가 물러가기를 반복했다. 그러는 사이 꿈인지 현실인지 모를 장면이 보였고 소리가 들렸다.

나는 까마득히 높은 절벽 위에 서 있었다. 아래가 어둠에 묻혀 보이지 않을 정도였다. 하늘에는 시커먼 먹구름이 층층이 쌓여 있었다. 사방이 회색빛이었다. 주위를 살피다가 반대편 능선을 타고 내가 있는 곳을 향해 올라오는 무리를 발견했다. 수없이 많은 사람이 같은 목소리로 외쳐댔다.

"그분은 죽음을 이기셨다!"

"그분은 죽음을 이기셨다!"

그 무리의 머리 위로 까마귀 떼가 날고 있었다. 한참 그들을 내려다보고 있을 때 어딘가에서 중얼거리는 소리가 들렸다. 나는 고개를 돌렸다. 내 오른편에 바로 그 남자가 서 있었다. 날 쫓아왔던 그.

"또 이르시되 네가 내 얼굴을 보지 못하리니, 나를 보고 살 자가 없음이니라. 또 이르시되 네가 내 얼굴을 보지 못하리니, 나를 보고 살 자가 없음이니라. 또

이르시되 네가 내 얼굴을 보지 못하리니, 나를 보고 살 자가 없음이니라. 또 이르시되 네가 내 얼굴을 보지 못하리니, 나를 보고 살 자가 없음이니라. 또 이르시되……."

남자는 계속해서 같은 말을 되뇌었다. 묘한 리듬과 억양으로. 그러면서 그는 이미 우뚝 서 있던 십자가를 향해 다가갔다.

"헉!"

숨을 몰아쉬는 것과 동시에 눈을 떴다. 제일 먼저 찾아온 건 두통이었다. 끔찍한 통증이 내가 깨어나길 기다렸다는 듯 머리를 두드려댔다. 마치 망치 뒷부분으로 때리는 것 같았다. 손발도 저릿저릿했다. 나는 간신히 상체를 일으켰다. 저절로 끙, 하는 소리가 나왔다. 사방은 컴컴했다. 창문 같은 건 보이지 않았다. 묶인 건 아니지만 하나뿐인 방문이 굳게 닫힌 걸로 봐서 갇혔다고 추측하는 게 맞을 것 같았다. 그래도 확인해봐야 할 것 같아서 무릎을 짚고 일어선 순간, 몸이 휘청했다. 나는 비틀거리면서도 용케 쓰러지지는 않았다. 벽에 기댔다. 그 자세 그대로 현기증이 사라질 때까지 기다렸다. 그러면서 주머니를 뒤졌지만 역시 휴대폰은 사라지고 없었다.

"도대체 무슨 일이야……."

혼잣말을 뱉었는데 내 목소리가 낯설게 들렸다. 나를 쫓던 남자와 택시기사는 한패였다. 나는 바보처럼 덫에 걸린 거고. 그들의 정체는 물론이고 무슨 이유로 날 납치했는지, 그리고 이곳이 어디인지도 알 수 없었다. 그나마 추측하자면 그들이 디스마스와 관련이 있지 않을까 하는 것뿐이었다. 그렇다면 여긴 '디스마스의 집'인 걸까?

오금에 힘이 돌아왔다. 다시 문으로 다가갔다. 이번에는 천천히 조심스레 움직였다. 문손잡이를 잡자 차갑고 섬뜩한 느낌이 전해졌다. 반쯤 포기하는 마음으로 손잡이를 살며시 돌렸다. 문은 소리도 없이 열렸다. 당황해서 한동안 멀뚱히 서 있었다.

갇힌 게 아니었던 건가?

나는 주춤주춤 밖으로 나갔다. 복도 역시 아래위, 그리고 벽면 할 것 없이 시멘트로 되어 있었다. 게다가 조도 낮은 알전구가 천장에 달려 어둠과 힘겨운 싸움을 벌이고 있었다. J 작가의 일기에 나온 그대로였다. 나는 이곳이 '디스마스의 집'이라고 확신했다. 그런 확신과 함께 제일 먼저 한 생각은 여기를 빠져나가야 한다는 것이었다. 대낮에 납치도 서슴지 않고 하는 놈들이 무슨 짓을 할지 모르는 일이었다.

일단 벽을 짚은 채로 조용히 움직였다. 복도는 길게 뻗어 있었다. 곳곳에 방문이 달려 있었지만 별다른 소리는 들리지 않았다. 설령 소리가 들린다 해도 지금은 걸음을 멈출 생각이 없었다. 어느새 복도 끝에 다다랐다. 거기엔 내려가는 계단이 있었다. 계단에는 조명이 하나도 없어 더 어두웠다. 나는 고개를 길게 빼고 아래를 내려다봤다.

그때였다. 계단 아래쪽에서 빛줄기가 보였다. 그게 손전등 불빛이라는 걸 깨달은 순간, 몸을 돌려 다시 복도 안으로 들어갔다. 누군가가 계단을 올라 여기로 향하고 있었다. 두런두런 말소리까지 들리는 것으로 봐서 적어도 두 명 이상이었다. 금방 따라잡힐 것만 같았다. 나는 벽에 달린 문 중 가장 가까이 있는 걸 열어봤다. 이번에도 그냥 열렸다. 재빨리 안으로 들어가 문을 닫았다. 그러고는 얼굴을 바짝 대고 온 신경을 귀에 집중했다. 발소리와 함께 두 사람의 목소리가 번갈아 들렸다.

"드디어 내일이군요. 변수는 없겠지요?"

"그 책대로 되지 않았습니까? 모든 게 준비됐으니 걱정하지 않아도 될 겁니다."

설마 모든 준비에 나도 포함이 되는 건가?

그런 의문을 품은 채 발소리가 멀어지기만을 기다렸다. 그러다가 한 가지 사실을 깨달았다. 등 뒤에서 바람이 느껴졌다. 뒤를 돌아봤다. 창문이 있었다. 게다가 창살도 없이 조금 열린 상태였다. 얼른 다가가 창문을 열고 바깥을 내다봤다. 그제야 알게 되었다. 이곳은 2층이었고, 바로 아래는 창고처럼 보이는 컨테이너가 놓여 있었다. 그리고 밤이었다. 창문에서 컨테이너 지붕까지는 충분히 뛰어내릴 만한 높이였다. 너무 술술 풀린다고 생각하면서도 일단은 움직였다. 창턱에 발을 올리고 숨을 깊게 들이쉰 뒤 망설이지 않고 뛰었다.

쿵, 하는 소리가 제법 크게 울렸지만 다행히 별다른 반응은 없었다. 나는 컨테이너 지붕에서 다시 바닥으로 뛰어내렸다. 밤바람이 제법 찼다. 그래도 내 등허리와 겨드랑이는 땀으로 흥건하게 젖었다. 너무 긴장한 나머지 심장이 엇박자로 두근거렸다. 밤치고도 유독 어두워 하늘을 올려다보니 먹구름이 가득했다. 별도 달도 보이지 않았다. 아마도 얼마 지나지 않아 비가 쏟아질 것 같았다.

어두운 밤은 숨거나 도망치기에 좋은 환경이었다. 다만 나 역시 어디로 가야 할지 모른다는 게 문제였다. 내가 뛰어내린 쪽은 건물의 뒤편인 듯했다. 등 뒤로는 울창한 숲이 펼쳐져 있었다. 조명 하나 없이 어둠이 켜켜이 쌓인 숲으로 들어갈 엄두는 나지 않았다. 게다가 상식적으로 생각해보면 건물 앞이 도로와 연결되어 있을 확률이 높았다.

들키지 않고 건물 앞으로 나가 도망쳐야 한다.

그렇게 생각하고 걸음을 옮겼다. 1층의 방은 전부 불이 꺼져 있었다. 창문으로 빛 한 점 새어 나오지 않았다. 그래도 최대한 허리를 숙이고 움직였다. 이상한 소리가 들린 건 벽을 따라 절반쯤 이동했을 때였다. 조금만 더 가면 앞쪽으로 이어지는 모퉁이가 나오는 상황이었다. 하지만…… 그 소리에 나는 발걸음을 멈출 수밖에 없었다.

누군가가 웃고 있었다. 도저히 말이나 글로는 설명

할 수 없는 광기와 기괴함이 가득 차 있는 웃음이었다. 듣는 순간 팔뚝에 소름이 돋을 정도였다. 그것 자체로도 섬뜩했지만, 더욱 내 심장을 뛰게 만든 건 웃는 목소리가 귀에 익다는 사실이었다.

높은 음색에 비음이 섞인 그 목소리의 주인은 다름 아닌 J 작가였다.

나는 상체를 조금 들고 웃음이 들려온 창문을 바라봤다. 안쪽은 불이 꺼져 있어 컴컴했다. 주변을 살핀 뒤 그 창문으로 다가가 안을 살폈다. 누군가의 실루엣이 보였다. 좁은 공간이었고, 아마 혼자 있는 듯했다. 용기를 내 살며시 창문을 열어봤다. 이곳은 뭐든 잠겨 있지 않았다. 이번에도 기다렸다는 듯 창문이 스르르 열렸다. 어둠 속에서도 나는 그 실루엣을 알아볼 수 있었다.

"작가님!"

최대한 소리를 죽여 J 작가를 불렀다.

"작가님!"

두 번째 불렀을 때 웃음이 뚝 끊겼다. 다음 순간 길쭉한 얼굴이 내 앞에 휙 나타났다. 하마터면 놀라서 비명을 지를 뻔했다. J 작가가 믿을 수 없다는 표정으로 나를 보고 있었다. 그는 말이 없었다. 몰골은 경찰서에서 봤을 때와 비슷했다. 잔뜩 충혈된 채 번들거리는 눈동자도.

"여기서 뭐하고 계세요?" 내가 물었다.

J 작가는 대답할 말을 찾지 못하는 듯 입만 벌리고 있었다. 반쯤은 제정신이 아닌 것 같았다.

나는 다시 말했다. "빨리 나오세요. 지금 도망쳐야 합니다!"

그제야 J 작가가 반응을 보였다. 고개를 저은 것이다. 그건 분명 싫다는 의미였다. 나는 애가 탔다.

"작가님, 정신 차리세요! 여긴 사이비……."

"그 사건에서 가장 이상한 게 뭔지 알아요?" 내 말을 자르며 J 작가가 불쑥 물었다.

나는 당황해서 J 작가를 바라봤다. 지금 상황과 전혀 어울리지 않는, 그리고 이미 한 번 던진 질문이었다. 디스마스와 게스타스가 없다. 답을 알고 있었지만 두 이름이 입 밖으로 나오지 않았다.

J 작가는 애초에 내 대답을 기다리지도 않았다는 듯 바로 말을 이었다. "그분이 오시지 않았다는 겁니다. 난 이제 그걸 깨달았어요."

"네? 그분이라니 누구⋯⋯."

J 작가는 말없이 손가락으로 밤하늘을 가리켰다. 나는 무심코 하늘을 올려다봤다.

그때였다.

J 작가가 내 어깨에 손을 얹고는 속삭였다. "이제 그분이 오실 겁니다. 형제여."

나는 흠칫하며 물러섰다. 그러면서 깨달았다. J 작가가 한 손에 책을 들고 있다는 사실을. 꽤 크고 묵직해 보이는 책이었다. J 작가는 그 책을 내게 내밀었다. 어두웠지만, 그래서 잘 보이지 않았지만 그 책의 제목은 충분히 짐작할 수 있었다.

《도적들의 십자가》

저걸 받으면 안 된다!

내 머릿속 이성이 필사적으로 외쳤지만 몸은 정반대로 행동했다. 나는 J 작가에게 다가가 그 책을 받았다. 홀린 듯 책에서 눈을 뗄 수 없었다. J 작가는 한껏 미소 지었다. 마치 자기 소임을 다한 숭고한 예언자처럼. 그 미소가 너무나 눈부시고 자애로워 보여서 순간 눈물을 흘릴 뻔했다. 그러다가 퍼뜩 정신을 차렸다. 내가 뭐하는 거지? 그런 의문이 든 것도 잠시, 의식의 가장자리부터 흐물흐물 경계가 무너지더니 이내 책을 읽고 싶다는 강렬한 욕망이 찾아왔다. 그것은 목마른 자가 우물을 찾는 것과 같았고, 주린 자가 음식을 찾는 것과 같았다. 본능이었다. 인간 본성의 가장 밑바닥에 깔린, 이성으로는 제어할 수 없는 성질. 나는 스스로가 이상하다는 걸 인지하면서도 책을 펼쳤다. 빛이라고는 없었지만, 책에 적힌 글은 훤히 읽을 수 있었다.

나는 창문 앞에 못 박힌 듯 서서 책의 어느 한 부분을 읽어 내려갔다.

"헉!"

숨을 몰아쉬는 것과 동시에 눈을 떴다. 제일 먼저 찾아온 건 두통이었다. 끔찍한 통증이 내가 깨어나길 기다렸다는 듯 머리를 두드려댔다. 마치 망치 뒷부분으로 때리는 것 같았다. 손발도 저릿저릿했다. K 편집자는 간신히 상체를 일으켰다. 저절로 끙, 하는 소리가 나왔다. 사방은 컴컴했다. 창문 같은 건 보이지 않았다. 묶인 건 아니지만 하나뿐인 방문이 굳게 닫힌 걸로 봐서 갇혔다고 추측하는 게 맞을 것 같았다. 그래도 확인해봐야 할 것 같아서 무릎을 짚고 일어선 순간, 몸이 휘청했다. K편집자는 비틀거리면서도 용케 쓰러지지는 않았다. 벽에 기댔다. 그 자세 그대로 현기증이 사라질 때까지 기다렸다. 그러면서 주머니를 뒤졌지만 역시 휴대폰은 사라지고 없었다.

"도대체 무슨 일이야⋯⋯."

K편집자는 혼잣말을 뱉었는데 자기 목소리가 낯설게 들렸다. 그는 생각했다. 자기를 쫓던 남자와 택시기사는 한패였다고. 그리고 자기는 바보처럼 덫에 걸린 거라고. 그들의 정체는 물론이고 무슨 이유로 자기를 납치했는지, 그리고 이곳이 어디인지도 K편집자는 알 수 없었다. 그나마 추측하자면 그들이 디스마스와 관련이 있지 않을까 하는 것뿐이었다. 그렇다면 여긴 '디스마스의 집'인 걸까?

오금에 힘이 돌아왔다. K편집자는 다시 문으로 다가갔다. 이번에는 천천히 조심스레 움직였다. 문손잡이를 잡자 차갑고 섬뜩한 느낌이 전해졌다. 반쯤 포기하는 마음으로 손잡이를 살며시 돌렸다. 문은 소리도 없이 열렸다. 당황해서 한동안 멀뚱히 서 있었다.

　갇힌 게 아니었던 건가?

　책을 읽는 내내 실실 웃음이 새어 나왔다. 또 몇 페이지를 넘겼다. 거기에 적힌 내용을 보고 나는 또 웃었다.

　책을 읽는 내내 실실 웃음이 새어 나왔다. 또 몇 페이지를 넘겼다. 거기에 적힌 내용을 보고 K 편집자는 또 웃었다.

　이번에는 참지 못하고 폭소를 터뜨렸다. 도저히 멈출 수가 없었다. 나는 계속 웃었다. 웃으면서도, J 작가의 그것과 비슷하다고 생각했다. 내 성대에서 이런 기괴한 소리가 나올 수 있다는 게 신기할 정도였다. 웃음이 멈추지 않아 눈물이 나왔다. 나는 깨달았다. 눈치챘다. 알아챘다. 도망칠 수도 없고, 빠져나갈 수도 없다는 사실을. 처음부터 이렇게 될 운명이었다. 의식이 흐려졌다. 십자가에 매달려 죽음을 택한 남자 앞에는 거울이 놓여 있었다. 한 범죄심리학자는 남자가 거울을 통해 자신이 죽어가는 과정을 지켜봤을 거라고 말했다. 아니었다. 남자가 진짜 보려고 했던 건 그 너머의 어떤 것이었다. 자기가 치른 의식을 통해 죽음을 이긴 그분이 오시는지를 보기 위해 거울을 설치했다. 정신을 잃어간다는 걸 느끼면서도 그런 생각은 오히려 더 선명하고 차갑게 머릿속을 맴돌았다. 이윽고 눈앞이 캄캄해졌다.

K 편집자는 결국 버티지 못하고 쓰러졌다.

흐린 아침이었다. 나는 채석장 골짜기 위에 서 있었다. 여러 사람이 무리를 지어 올라왔다. 저마다 다른 목소리였지만 그들은 하나의 문장을 같이 외쳤다.
"그분은 죽음을 이기셨다."
"그분은 죽음을 이기셨다."
까마귀 떼가 하늘을 뒤덮었다. 가장 큰 까마귀 한 마리가 내 머리 바로 위에서 낮게 날았다. 양옆으로 다른 두 남자가 서 있었다. 내 오른편에 선 사람은 디스마스였다. 나를 쫓아왔던 바로 그 남자. 그리고 내 왼편에 선 사람은 처음 보는 얼굴이었지만 누군지 쉽게 짐작할 수 있었다. 게스타스. 바로 그였다. 우리 셋은 벌거벗은 채 하의만 두르고 있었다.

누군가가 물었다. "준비됐습니까?"

나는 고개를 끄덕였다. 우리 뒤편에는 십자가 세 개가 놓여 있었다. 하늘을 찌를 듯 우뚝 솟아 있었다. 이윽고 한 무리의 사람들이 내가 선 곳에 도착했다. 그들은 무릎을 꿇고 기도를 시작했다. 각자 몸을 흔들며 알아들을 수 없는 말을 중얼거렸다. 그 모습이 몹시 흡족했다.

"시간이 됐습니다."

해는 아직 동쪽 하늘에 걸려서 먹구름 사이로 옅은 빛을 내뿜고 있었다. 시간이 됐다고 말한 이는 디스마스였다. 그와 정면으로 마주한 건 처음이었지만 이미 아는 사이인 듯 친숙하게 느껴졌다. 나는 다시 고개를 끄덕인 후 십자가에 올랐다. 몇 사람이 앞으로 나와 내가 올라가는 걸 도와줬다. 누군가가 내 머리에 면류관을 씌워주었다. 뾰족한 가시가 머리와 이마를 찔렀지만 아픔은 느끼지 못했다. 그저 몽롱하면서도 한편으로는 표현하기 힘든 기대감으로 마음이 부풀어 있었다.

　　　　　　　　　　　　　　도적들의 십자가

이제부터 뭔가가 시작될 거야.

K 편집자는 그렇게 생각하며 운명에 몸을 맡겼다.

나는 양팔을 넓게 벌린 후 십자가 끝에 달린 매듭에 넣었다. 발목은 다른 이가 고정해주었다. 이제부터가 진짜 시작이었다. 나는 거부할 수 없는 운명에 몸을 맡겼다. 어디서부터 이 일이 시작됐을까? 문득 그런 생각을 하다가 부질없다는 걸 깨달았다. 나는 받아들여야 했다. 내 배역이 그것이었으므로. 내 역할이 그것이었으므로. 두 사람이 사다리를 타고 올라와 양옆에 섰다. 그들은 각자 망치와 못을 들고 있었다. 두꺼운 쇠못이 손목 중앙에 자리했다.

쾅!

망치 소리가 들린 것과 동시에 나는 환희의 탄성을 내질렀다.

"아!"

디스마스와 게스타스에게도 다른 이들이 못을 박고 있었다. 비로소 이 의식이 완전에 가까워지는 순간이었다. 나는 점점 더 어두워지기 시작하는 하늘을 올려다봤다. 바람이 휘몰아쳤다. 못은 발에도 박혔다.

쾅!

쾅!

몇 번의 망치질이 계속되었지만, 역시 아프지는 않았다. 다만 못보다 먼저 선명한 깨달음이 내 머릿속을 꿰뚫었다. 이것은 그분을 소환하기 위한 의식이었다. 옛날 그 남자는 실패했지만 이번에는 분명 성공할 것이다. 디스마스와 게스타스가 함께하기에. 나는 정면으로 시선을 돌렸다. 바로 앞 몇 미터 떨어진 곳에 J 작가가 앉아 있었다. 그의 앞에는 앉은뱅이 탁자가 놓여 있었다. J 작가는 펼쳐놓은 책에 고개를 파묻고 무언가를 빠르게 적는 중이었다. 그가 무엇을 하는지 알 것 같았다.

J 작가는…… 도적들의 십자가를 완성해나가고 있었다.

내 손에서 흘러내린 핏방울이 바닥에 떨어졌다. 순간, 보이지 않는 거대한 손이 하늘을 가리기라도 한 듯 마치 밤처럼 어두워졌다. 태양이 자취를 감추었다. 거센 바람이 불었고, 모인 이들은 술렁이기 시작했다.

디스마스가 큰 소리로 외쳤다. "또 이르시되 네가 내 얼굴을 보지 못하리니, 나를 보고 살 자가 없음이

니라! 또 이르시되 네가 내 얼굴을 보지 못하리니, 나
를 보고 살 자가 없음이니라! 또 이르시되 네가 내 얼
굴을 보지 못하리니, 나를 보고 살 자가 없음이니라!
또 이르시되 네가 내 얼굴을 보지 못하리니, 나를 보
고 살 자가 없음이니라! 또 이르시되 네가 내 얼굴을
보지 못하리니, 나를 보고 살 자가……."

게스타스 역시 같은 문장을 소리 높여 중얼거렸다.

그때였다. 검게 변한 하늘을 천둥이 훑고 지나갔다.
온 세상에 떨림이 전해졌다. 하늘도 울고, 땅도 울고,
바위도 울었으며 사람들도 눈물을 흘리기 시작했다.
울던 사람 중 누군가가 핏대를 세우며 외쳤다.

"그분이 오신다!"

먹구름이 소용돌이쳤다. 바람은 점점 강해졌다. 뭔
가가 심장을 움켜쥔 듯 꽉 조여왔다. 정신이 들었다가
또 몽롱해졌다가를 반복했다. 빙글빙글 돌아가던 구
름이 그 가운데에서부터 조금씩 구멍을 만들어냈다.
그 순간 나는 봤다. 구멍을 통해 이곳을 내려다보는
거대하고, 거대하고, 거대하며, 거대한 눈동자를.

K 편집자는 경외감과 공포심을 동시에 느꼈다. 그 눈

동자와 마주한 순간, K 편집자의 지혜가 열렸다. 그는 알게 되었다. 이것이야말로 준비된 의식이요, 자기와 두 도적은 기꺼이 바쳐진 희생 제물이라는 사실을. 제물에 만족한 그분이 지상에 강림하리라는 사실을…… K 편집자는 똑똑히 깨달았다.

구멍이 점점 커지면서 한 줄기 붉은빛이 십자가에 달린 셋을 비추었다. 그들은 죽음 앞에 놓여 있었다. 한 사람이 K 편집자의 옆구리를 미리 준비한 창으로 찔렀다. 검붉은 피가 쏟아져 내렸다. 그때였다. 더욱 큰 천둥이 세상을 뒤흔들었고 그 순간을 기다렸다는 듯 완전한, 그야말로 완벽한 암흑이 도래했다. 사람들은 일제히 엎드렸다. 저 멀리 하늘에서 조용하면서도 웅장하고, 부드러우면서도 위엄에 가득 찬 음성이 들렸다.

"너희가…… 나를 불렀느냐?"

그러합니다, 라고 K 편집자는 속삭였다. 그는 가늘게 눈을 뜨고 하늘을 올려다보고 있었다. 이윽고 구름 사이에서 그분이 모습을 드러냈다. 하늘을 뒤덮는 거대함과 형언할 수 없는 기운이 땅에 그늘을 만들어냈다. 그 그늘이야말로 그분이 오셨음을 증거하는 것이었다. K 편집자는 다시 속삭였다. 미세한 소리였지만, 그분은 기꺼이 들으실 거라고 확신하면서.

"오서서 모두를 멸하소서……."

모여서 엎드려 있던 사람 모두가 차례로 고개를 들어 하늘을 보더니 하나둘 쓰러지기 시작했다. 피를 토하고, 사지를 비틀고, 고통에 몸부림치면서도 그들의 얼굴에는 환희의 표정이 떠올라 있었다. 그리고 죽었다.

나는 이들이 불러낸 저 존재가 어디에서 왔는지 알 수 있었다. 또한 무엇을 할지도……. 그는 한때 별이라 불렸으나 이제는 지하로 떨어진 자, 그러나 모든 걸 알고 모든 걸 할 수 있는 분이었다. 그분의 계획 안에서 모든 일이 벌어졌다. 나는 태초에 존재했다. 이 이야기의 시작에. 그러니 내가 처음이었고, 그분이 마지막이었다.

남은 힘을 짜내어 고개를 돌렸다. J 작가가 보였다. 그는 여전히 쓰는 일에 열중하고 있었다. 아마 마지막 문장을 쓰고 있으리라. 결국 이 세계는 도적들의 십자가 안이고, 이 이야기를 닫는 이는 J 작가일 테니.

나는 희미하게 미소 지으며 눈을 감았다. 내 입에서 최후의 한마디가 새어 나왔다.

"다 이루었다."

K 편집자는 희미하게 미소 지으며 눈을 감았다. 그의
입에서 최후의 한마디가 새어 나왔다.

"다 이루었다."

작
가
후
기

전
건
우

　쟁쟁한 동료 작가와 같은 작품집에 글을 싣는다는 건 영광인
동시에 부담이기도 합니다. 다른 작가보다 더 재미있게 써야지,
같은 투쟁심보다는 작품집에 폐를 끼치지 말아야겠다는 생각이
앞서기 때문입니다. 더군다나 한 가지 사건을 각기 다른 방향에
서 해석하고, 다른 장르로 풀어내는 기획이었기에 더 신경 쓸
수밖에 없었어요.

　그럼에도, 이 작업은 무척 즐거웠습니다. 무시무시한 작품을
쓰면서 즐거웠다고 하니 약간 이상하게 들릴 수도 있겠지만, 이
건 분명한 사실입니다. 친구를 모아놓고 무서운 이야기를 들려
주던 초등학교 4학년 시절부터 지금까지 저는 누군가에게 오싹
함을 선사하는 일이 얼마나 재미있는지 항상 느끼고 있습니다.

어쩌면 그 시절, 그러니까 점심시간이면 친구 사이에 둘러싸여 온갖 괴담을 늘어놓던 때부터 제 미래는 정해졌는지도 모릅니다. 이야기꾼으로서의 미래 말이죠.

누군가가 스스로 십자가에 걸어 올라가 생을 마감했다.

단 한 줄이지만 이 사건은 이야기꾼인 제게 많은 영감과 상상을 떠올리게 했습니다. 도대체 무슨 일이 있었고, 어떤 목적이 있었는가? 그런 궁금증을 품은 끝에 탄생한 작품이 바로 〈도적들의 십자가〉입니다. 저는 이 사건 속에 등장한 것보다 등장하지 않은 것들에 더 주목했죠. 그랬기에 십자가 양옆에 있어야 할 두 도적을 소재로 한 이야기를 쓸 수 있었습니다.

물론 이 작품 속 이야기는 죄다 허구입니다. 그럼에도 어떤 지점은 지극히 현실적으로 쓰기도 했는데요. 작가가 편집자에게 자랑하듯 떠벌리는 건, 그래요, 100퍼센트 현실을 반영한 겁니다.

저는 아무리 픽션이라도 어느 정도의 사실이 들어가 있어야 한다고 생각합니다. 그래야 '현실감'이라는 게 생기거든요. 도무지 비현실적인 이 사건을 더욱 비현실적인 소설로 풀어내는 동안 적어도 소설가와 편집자 캐릭터만은 주위에 있을 법한 인물로 그리고 싶었습니다. 제가 만난 여러 편집자는 늘 선량하고, 작가를 존중하고, 또한 작가를 위해 기꺼이 도움의 손길을 내미는 분이었거든요. 물론, 이 작품에 나오는 괴팍한 작가를 특정 소설가의 모습에서 따온 건 아닙니다. 굳이 비슷하다고 한다면 저와 닮은 꼴이 있겠네요.

저는 이 작품집에서 함께한 부드럽고 섬세하며 너그러운 여러 작가님들 덕분에 이 작품을 완성할 수 있었습니다. 이 자리를 빌려서 그분들과 편집진에게 감사의 인사를 표합니다.

소설을 쓴다는 건, 그것이 단편이건 장편이건 무척 고통스러운 작업입니다. 이 이야기 역시 마찬가지였습니다. 다만 작가의 고통이 독자에게는 즐거움이 된다고 생각하면 조금은 위안이 됩니다. 가끔은 그런 생각을 합니다. 제가 쥐어뜯은 머리카락 수만큼 독자가 재미있게 읽어준다면 참 좋겠다는 생각.

이번에도 마찬가지입니다. 고민하고, 치열하게 상상한 끝에 써낸 이 작품 〈도적들의 십자가〉를 읽으시면서 오싹하고 서늘한 즐거움을 느끼셨기를 바랍니다.

제가 쓰는 작가의 말은 언제나 한결같이 끝납니다.

이 작품을 읽어주신 당신, 제가 사랑하는 독자 여러분 정말로 감사합니다.

십자가의 길

주
원
규

2009년 한겨레문학상을 수상하며 본격적인 글쓰기를 시작했다. 장편소설 《열외인종 잔혹사》《메이드 인 강남》《크리스마스 캐럴》 등을 펴냈다. 2017년 tvN 드라마 〈아르곤〉 극본을 집필했고, 《반인간선언》이 2019년 OCN 드라마 〈모두의 거짓말〉로 방영됐으며, 2024년 하반기 디즈니+에서 방영될 드라마 〈강남 비-사이드〉 극본을 집필했다. 월급사실주의 동인으로 활동 중이다.

1

용산역은 생각보다 분주했다. 규는 그렇게 느꼈다. 물론 그 느낌이 규 혼자만의 주관적이고 편견 가득한 실감이라 해도 어쩔 수 없다. 느낌이란 것만큼 주관적이지만 확실한 증거는 없으니까.

규가 용산역을 지독하게, 죽어버릴 만큼 산만하고 분주하게 느낀 데에는 그만한 이유가 있다. 규가 반드시 만나야 할 사람이 있었는데, 그 존재에 대한 정보가 지나치게 부족하고 무성의한 탓이었다. 지금은 흔적도 남아 있지 않은 메시지 한 통, 일자와 시간, 그리고 장소로 용산역이 적힌 내용이 전부인 메시지였다. 아니, 하나 더 있었다. 혹시, 여덟에서 아홉 살 정도 되는 소년이 기다리고 있을지도 모른다는 이후 전송되어온 일종의 추가 메시지까지.

추가 메시지를 받은 이후부터 규는 막막함을 느꼈다. 머릿속을 맴도는 신경세포는 규에게 가리키는 아홉 살 남짓 되어 보이는 소년이란 건 대단히 모호한 것이라고, 신경질적으로 소리치고 있었다. 실제로 그랬다. 꽤 많은 사람이 분주하게 자기 목적지만 보며 걸어가는 용산역에서 아홉 살 정도 되는 소년을 본다는 게 그처럼 막막하게 느껴질 수가 없었으니까.

규는 스스로 되물었다. 그러면서 오히려 자기 자신을 자책했다.

'씨발, 아홉 살 소년은 무슨. 어떻게 생겨야 아홉 살이라고 말할 수 있다는 거야?'

자책인지 신경질인지 모를 법한 산만함으로 규는 그 역시 신경질적으로 눈알을 굴려 용산역 전체를 두리번거렸다. 시간이 촉박했다. 약속된 장소, 일정한 절차대로 일을 진행하려면 시간이 생명이고 분, 초가 아쉬울 뿐이었다. 그런 규의 조바심은 그의 표정과 몸짓에 고스란히 묻어 있었다.

12월, 이상 기후로 시베리아보다도 더 추워진 한반도, 땀방울을 기대할 수 없는 혹한의 날씨였지만 규의 이마와 목엔 이미 흥건한, 식은땀 같은 것이 잔뜩 배어 있었고, 몸을 한시라도 가만두지 못하는, 오줌이 마려운 강아지처럼 이리저리 산만하게 서성거렸다.

규가 어떻게 봐도 비효율적으로 산만하게 용산역, 그중에서도 KTX 탑승 구역을 어슬렁거리던 사이, 그의 조급함, 강아지 같은 서글픈 우스꽝스러움을 해결해준 건 규 자신이 아니라 자신의 이름부터 밝히는 아홉 살 소년에게서였다.

안입니다.

안? 안이 뭐라고?

이름요. 이름이 '안'이라고요. 성까지 붙여 말하면 최안.

최안? 그런데, 왜 나한테 이름을 까고 난리야? 아저씨 바쁘다.

아저씨가 '규', 맞죠?

어?

AP에서 보냈고?

너 누구야?

보아하니 아저씨, 날 찾고 있는 것 같은데, 어떻게 그렇게 못 찾아요?

묻는 말에 대답이나 해라. 너 혹시 AP?

'혹시'가 아니라 그게 정답이에요. 메시지, 확인했죠?

규가 고개를 끄덕였다. 그와 함께 '안'이라고 자신의 외자 이름을 밝힌 소년의 꼬락서니를 살폈다. 좋게 말하면 성숙하고, 나쁘게 말하고 닳고 닳아 보이는 아홉 살이 세상에 다시 있을까 싶을 정도의 노안이었다. 그래서 규는 좀처럼 쉽게 안에게 마음의 문을 열기 힘들었다. '안'이 일반인이 바라보는 아홉 살에 관한 최소한의 기대나 이미지와 전혀 부합되지 않았기 때문이다.

아담한 키는 초등학생으로 보기에 부족함이 없었지만, 작은 키를 빼고 나면 어느 것 하나, 아홉 살답지 못했다. 무엇보다 벌써 탈모가 진행된 듯 보이는 이마가 휑한 앞머리, 그 아래로 깊게 새겨진 이마의 주름은 아무리 좋게 해석해도 조로증을 의심하기에 손색이 없어 보였다.

십자가의 길

하지만, 이런 규의 의심 따위는 개나 줘버리란 식으로 안은 태연하게, 이미 규와의 하루 동행이 결정된 것처럼 익숙하게 행동했다. 이어지는 안의 질문이 규의 손목을 거칠게 잡아끌면서부터 시작된 것만 봐도 그랬다.

안 가요? 늦은 거 아니에요?

어딜 가는데?

별주차장 맨 오른쪽 G-15 구역에 주차해놨다고 했어요. 안 가냐고요.

AP에서 그렇게 말했어?

아이고. 이 아저씨, 대체 뭘 들은 거야? 그런 중요한 사실도 연락 안 받았어요?

못 받았다.

그럼, 아저씨가 들은 정보는 뭔데?

오늘 12시 35분, 용산역에 오면 아홉 살 난 소년을 만날지도 모른다고 했어.

모른다고는 뭐야. 또, 그리고.

그리고 뭐?

그다음엔 뭐뭐 하라고 하는 구체적 지령이 없었냐

고요?

없었어.

아저씨, 그건 했죠?

······?

결의요. 그거 했냐고.

'결의'란 말이 '안'이란 녀석의 동그랗게 모인 입에
서 흘러나올 때였다. 그때 규는 안의 검은 눈동자와
정면에서 마주치고야 말았다. 설명할 순 없지만, 확실
하게 그 두 개의 눈알은 완벽한 망아忘我를 처절하게
경험한 이른바 유경험자에게서만 쏟아져나오는 안광
이 틀림없었다. 규는 자신에게도 그 안광이 여전한 현
재진행형으로 불타오르고 있음을 알고 있었다.

더더욱 규는 안을 아홉 살이라고 믿지 않았다. 이
는 안에게서 풍기는 조로한 느낌의 꼬락서니 때문이
아니었다. 아홉 살 소년에게서 도저히 나타날 수 없
는 원초적인 집념이 피부 세포, 한구석, 한구석 가리
지 않고 날카롭게 파고드는, 그 끓어오르는 눈동자를
보는 순간 규는 도무지 아홉 살로는 믿을 수 없겠다는
강한 의심, 그와 정반대로 그 집념이라면 오늘의 숭고

한 의식을 전혀 무리 없이, 망설임 없이 실행할 수 있겠다는 확신에 사로잡혔다.

안도 규가 자신의 '결의'란 말을 듣는 순간, 이미 회유되었다는 확신을 받았다. 안은 다시금 재촉하는 느낌을 담아 규의 오른손목을 힘껏 붙잡았다.

더 망설이지 말고 가요. 지금 가도 늦었다니까!

2

용산역 별주차장 G-15 구역은 지상 주차장이다. 그곳이 지상 주차장이란 사실이 규를 완벽히 안심하게 한 건 아니었다. 절대 누구도, 한 번도 타본 적이 없어야 한다는 숭고한 결의, 그 흠결 없는 절차의 완성이 이뤄지기 위해 '결의'를 위해 준비된 차량은 순결한 미사용 상태 그대로 보존되어야 했기 때문이다.

규의 믿음은 G-15 구역의 특별함과 차량 내부를 확인하는 순간 최고조로 상승했다. 차는 지상 주차장 중에서도 이삿짐이나 짐을 나르기 위해 초대형 유압 엘리베이터가 설치된 곳 바로 옆에 자리 잡았다.

규의 순결한 의식 이행을 약속한 이른바 주최 측은 규에게 이 사실을 확인시켜주기 위해 견인 차량 사용 견적서, 차량출고증명서 등을 차량 앞면 유리에 살포시 꽂아두었다.

증명서를 꼼꼼히 확인한 규는 이제 막 출고한 흰색 SUV 9인용 차량의 문을 열었다. 키는 안쪽 키홀더 옆에 얌전히 놓여 있었고, 차량 내부는 시트 비닐이 그대로 씌워진 채로였다.

규가 먼저 탑승한 뒤, 잠시의 시간이 지난 뒤 안이 차에 올랐다. 하지만 안은 규의 옆자리, 곧 조수석에 탑승하지 않았다. 스스로의 판단인지 주최 측의 지령인지 안은 9인용 차량의 3열 마지막 자리로 들어갔다. 작은 키여서 불편함이 덜할 뿐인지, 누가 봐도 가장 말단의 자리로 보이는 3열의 우측 창가 측 자리로 들어갔다. 룸미러에 비친 안의 자발적 행동을 지켜보던 규는 자신도 모르게 슬며시 미소 지었다.

알아서 말석을 찾아가 앉은 아홉 살 소년, 한 번도 타보지 않은 SUV, 사람의 때가 묻지 않은 그 자체의 순결함, 규가 시동을 거는 순간, 규는 울컥했다. 첫 시

십자가의 길

동의 주인공이 자신이란 사실을 새삼 떠올린 것인지
자신도 모르게 절로 닭똥 비슷한 눈물을 뚝뚝 곰살맞
게 흘리고야 만 것이다. 3열에 앉은 안이 시간 없다며,
빨리 가자고 발작에 가까운 히스테리 비슷한 짜증을
부려도 규는 아랑곳하지 않고 지금의 이 감흥을 충분
히, 할 수만 있다면 자신의 모든 것을 게워낸 그 텅 빈
자리에 한 톨의 낭비도 없이 다 담아내고 싶었다.

　안의 투정에도 굴하지 않고 때론 눈물을 방울째 떨
어뜨리고, 두 발을 동동 구르고, 두 손을 모아 핸들 위
에 올려놓고, 워낙 큰 두 눈을 질끈 감고, 부르트고 거
칠어진 입술을 열어 뭔가 알 수 없는 자신만의 주문을
반복하던 규에게 돌연 침묵이 찾아왔다. 환희의 순간
은 최대한 억제하고 자발적으로 쌓아 올린 고난의 탑
을 그 역시 스스로 존중하라는 숭고한 결의의 가르침
을 규는 잊지 않고 있었다. 어떻게 잊을 수 있겠는가.
그 순간 규는 찰나처럼 찾아온 황홀한 감흥을 그 역시
번개 같은 속도로 소거해버린 뒤 힘껏 액셀러레이터
를 밟았다. 그렇게 한 번도 타보지 않은 흰색 SUV가
용산역을 출발했다.

3

숨이 막힐 정도로 막히는 경부고속도로를 지나 천
안, 논산 고속도로에까지 진입하던 내내 규는 3열 구
석에 앉은 안과 일체의 말도 섞지 않았다. 그렇다고
안도 침묵을 고집한 건 아니었다. 오히려 안은 과도할
정도로 말이 많았다. 그렇게 쉼 없이 나불거리는 안의
수다를 들으며 규는 안이 아직 어리고 아무것도 모르
는 녀석이라서 시대의 징조, 영혼의 규칙 등의 개념에
관해 거의 무지 상태라고 믿어야 했다.

말을 과도할 정도로 다채롭게 주절거렸지만, 주의
깊게 들을 영양가 있는 말이라곤 한 낱말도 찾을 수
없던 규였다. 다만 초인적인 인내심을 발휘해 입술 꽉
깨물고 침묵을 지속했지만, 안이 쏟아내는 말 폭탄은
처음엔 천천히, 나중에 가서는 가속이 붙은 괴물처럼
규의 심리적 안정을 심각한 수준으로까지 위협해 힘
들었다. 안의 말은 영양가 없었고, 동어 반복이 대부
분이지만 주요 내용은 규의 선택을 조롱하는 말 일색
이었다.

십자가의 길

아저씨는 미쳤어. 미친 아저씨야.

나 같으면 이런 일, 절대 안 해. 뭘 믿고 이렇게 해?

아저씨, 아저씨 존나 찌질하죠? 세상 사는 게 존나 찌질하니까 이런 거죠.

나 아직 초딩이거든요. 그런데도 아저씨가 이런 거 하는 거, 하나도 재미없어.

아저씨, 병신이야? 왜 말을 안 해?

아 씨! 뭐가 이렇게 재미없어? 왜 나만 말해?

설마…… 이것도 지키는 거예요? 그런 거야? 대박.

규는 할 수만 있다면 속마음까지도 통제하고 싶었다. '마음의 음욕을 품은 자도 이미 간음하였다'는 신의 예언이 담긴 경구는 참으로 규의 침묵마저도 순결한 것으로 치부하지 못하게 했다. 속마음을 신에게 감춰보려는 의욕도 잠시, 규는 자신의 신에게 간절히 기도했다. 물론 마음속으로만이었다. 바깥 세계, 현상 세계에서의 기도는 효능이 없으니까. 결코 입 밖으로 표현하는 것을 절제해야 했으니까. 그게 규칙이었으므로 규는 간절히, 흡사 땀이 피가 되는 순간까지 입술을 깨물고 기도했다.

아직 어려서 그렇습니다.

아직 어려서 사탄의 말과 신의 말을 구분하지 못해서
그렇습니다.

아직 어려서요.

아직 어려서요.

어리다는 말을 반복하는 동안 규는 어느 순간부터
영혼의 터널을 벗어나는 기분이 들었다. 그것은 극적
으로 신비로운 변화였다. 안의 주절거리는 조롱의 말
이 더는 사람의 말로 들리지 않고 미세하게 열린 차창
틈새로 스며드는 거센 바람의 노래로 들렸다. 시험 삼
아 차창을 더 힘껏 내려봤는데, 바람은 더한층 강해지
며 깊은 노래가 함께 끓어올랐다. 청명했다. 규는 진
심을 담아 입가에 온화한 미소를 머금고 룸미러를 통
해 안을 바라봤다. 그렇게 쉼 없이 아버지뻘을 훨씬
넘는 나이대의 자신을 천하의 멍청이 취급하며 조롱
해대는 안의 말이 신비롭게 속삭이는 연인, 혹은 태초
의 물성을 닮은 그 어떤 것의 조잘거림으로 들을 수
있게 된 경이로운 변화가 규의 머리를 순식간에 압도
했다. 규는 이것이 바로 엄격한 규칙의 강을 통과하고

이겨낸 존재가 맞이할 수 있는 떳떳하면서도 신비로운 열매라 확신했다.

자신에게 주어진 몫을 온 힘을 다해 지켜낸 규 자신에 관한 경이로운 선물이란 사실을 규는 잊지 않고 마음에 새기고 또 새겼다.

나름의 융숭한 깨달음에 다다른 순간, 무진IC 표지판이 운전 중인 규의 시야에 들어왔다. 규칙과 계시는 늘 절묘한 타이밍에 찾아온다는 걸 다시금 확신하며 규는 마지막 젖 먹던 힘까지 짜내듯 최종의 인내심을 발휘해 무진, 채석장으로 질주했다.

4

규칙은 규의 인생을 지배해온 절대의 교리였다. 규칙은 규가 한 번도 의심해본 적 없는, 의심할 수 없는 천형의 형벌 내지는 극도의 희열과 같았다. 규는 자신이란 존재를 자각하게 된 순간부터 지금까지 자신을 에워싼 영겁의 죄, 그 험악한 오물을 뒤집어쓴 죄의 우두머리란 초월적 죄책으로부터 자유로웠던 적이 없었다. 단 한 번도.

보육원 원장님을 자신의 부모라 부르게 된 기억, 쉬지 않고 이어지던 모진 매질과 따돌림을 겪어야만 했던 이유 없는 학대의 기억, 자신을 향해 대열에서 이탈된 열외자라고 부르길 서슴지 않던 선생님, '튀기'란 혼혈 비속어를 무의식적 말 폭탄처럼 쏟아내던 보육원 근처 운동기구용품점 사장님까지. 규의 기억 속에 각인된 대상과 그들이 쏟아낸 말, 행동에 담긴 낯선 잔인함은 규로 하여금 이것은 죄의 문제가 아니면 해결할 수 없다는 결론에 이르게 하기에 충분했다.

거울을 통해 자신의 피부색이 토종 한국인의 그것보다 훨씬 거무스레하게 변색해 있는 걸 볼 때마다, 그와 대조적으로 지나칠 만큼 감히 건치라 말할 수 있는 하얀 치아를 볼 때마다, 규는 그 희고 반짝거리는 치아가 신이 자신에게 부여한 최후의 은총이란 생각이 들곤 했다. 하지만 그 은총조차 규에겐 형벌의 연속이었다. 출생의 실마리조차 알 수 없는, 그러면서 생김새만 보자면 완벽한 흑인에 가까운 혼혈의 기운은 경전에서 종종 등장하는 순결하지 않은 부정한 짐

십자가의 길

승의 낙인으로만 보였다. 흠결이 많기에 제물로조차
바칠 수 없는 형벌의 결과로서 주어진 자신의 검은 얼
굴과 몸, 그에 대비되는 하얀 치아의 저주는 '규'라는
존재를 끝없는 나락으로 곤두박질치게 하기에 충분해
보였다.

보육원을 나오게 된 스무 살 이전부터의 삶은 더 곤
두선 자발적 유배의 시간이었고, 누구와도 이야기를
쉽게 주고받을 수 있는 사이로의 발전을 허용하지 않
았다. 홀로 자신을 형벌의 당사자로 오인한, 오인하면
서도 그 오인의 명백한 사실 자체를 문화로 수용하려
는 말도 안 되는 초인적 의지로 규는 버텨냈다. 그리
고 그 초인적 인내의 결과 규는 자신에게 주어진 규칙
의 엄격한 준수여야만 자신을 최소한 지켜낼 수 있다
는 나름의 철학을 구축한 것이다.

규칙이란 단어가 때론 담백하면서도 또 생각해보면
엄청나게 복잡할 수도 있는 상황, 그 경계의 갈림길에
서 규는 인터넷 커뮤니티 AP를 만났다. 이후, 규는 AP
가 제시하는 세상을 향한 메커니즘에 그 어떤 근심 없

이 수용했다. 그러다 보니 지금과 같이 AP가 지시하는 규칙에 규는 맹목적으로 따라다녔고, 지금에 이르렀다.

혹자들은 규에게 물을 것이다. 천형의 업을 왜 스스로 짊어진 것처럼 생각하고 행동하느냐고, 말도 안 된다고. 거기에 또 하나의 결정적인 자문이 이른바 사바세계를 사는 이들의 목에 가시처럼 남을 것이다. 대체 AP란 커뮤니티가 뭘 하는 단체이며, 어떻게 신뢰할 수 있기에 그들이 제시한 규칙에 맹목적으로 따를 수 있느냐고.

하지만, 이러한 세간의 질문과 의문에 대해 규는 자기만의 투철한, 그 역시 자기만의 논리적 완결성을 갖고 있었다. 태어날 때부터 자신의 피부색이 타인들과 현저히 다른 이 차이의 지점을 설명할 수 있느냐고, 그것도 설명할 수 없다면 결국 이 작금의 현상은 태어나기 이전부터 규에게 가해진 운명과도 같은 천형의 업일 수밖에 없다고 규는 항변하듯 자기 자신에게 따져 물었다.

그와 함께 이어지는 질문. AP의 규칙이 신뢰할 만

십자가의 길

한 것이냐고. 사실 규는 인터넷 커뮤니티 AP가 정확히 무엇을 목표로 움직이는 단체인지 알지 못했고, 관련해서 커뮤니티 측에서는 단 한 번도 명료한 활동 사항이나 목표를 제시하거나 밝히지 않았다. 오히려 규는 바로 그 점에 주목했다. 굳이, 분명하고 명료한 활동 사항을 의무적으로 해야만 하는 규칙이 있다면 그 규칙은 오히려 순수하지 못한 거라고 규는 확신했다. AP의 진짜 목적을 전혀 모른 채, 일부러 알고 싶지 않은 그 상태에서 규칙을 따르는 것만이 규는 뛰는 심장, 태어날 때부터 품어왔던 죄의식의 결정적 상쇄를 일으키는 유일한 길이라 믿었으며, 규는 그것이 바로 감히 십자가의 길이라 명명해야 한다고 믿었다.

5

규는 기어이 무진, 그중에도 채석장에 들어섰다. 어느덧 붉은 노을이 지는 늦은 오후, 규는 사방이 밝디밝은 회색 벽으로 둘러싸인 이곳, 폐쇄된 채석장을 보며 자신도 모르게 입을 벌렸다. 이처럼 천혜의 요지가

다 있을 수 있을까, 이것이야말로 결정적인 신의 섭리
가 아니면 무엇이겠는가, 라며 이곳을 찾아온 자신의
행동에 깊은 만족을 표했다.

규가 과도한 만족감을 표현한 것처럼, 채석장은 외
부의 접근을 오랜 시간 찾아보기 힘든 곳이었다. AP
가 규에게 사전에 제공한 정보에 의하면 오랫동안 사
람의 때가 묻어 있지 않은 이곳, 채석장은 마치 골고
다 언덕처럼 많은 이의 저주와 혐오로 인해 버려진 곳
을 상징하는 것 같았다. 또한, 흰색 SUV는 한 번도 타
보지 않은 순결한 나귀 새끼의 상징인 것 역시 빠질
수 없었다. SUV 트렁크를 열고, 일련의 장비를 꺼내
면서 규는 이제 자신에게 남은 한 가지 의문, 제법 난
해하고 쉽게 풀리지 않을 듯한 의문의 핵심은 아홉 살
난 소년 '안'의 존재 의미를 규명하는 일만 남았다고
믿었다.

AP는 이 숭고한 희생과 죄업을 씻는 길에 조력자
를 원하지 않았다. 자발적 죽음의 의식을 행하는데 돕
는 이의 손길은 부적절하기 짝이 없는 일이었다. 규칙
에 따르면 메시아는 자발적 희생의 순간에 몰약을 입
에 대지 않았다. 어떤 감정 체계의 교란도 원치 않는,

절대 순수를 향한 메시아의 올곧은 신념이 도드라지는 대목이었다.

규는 오랜 기간 방치되어 황폐의 공허만 메아리치는 채석장 오르막을 기구와 장비를 들고 홀로 오르기 시작했다. 안은 고요히, 혹은 무례할 정도로 무심하게 규의 옆을 따랐다. 안은 기구의 무거움과 심리적 불안이 포개어져 한 걸음 뗄 때마다 휘청거리는 규의 불안정한 상태를 보고서도 몰염치할 만큼 아무 도움도 주지 않았다. 껌을 씹듯 한껏 입을 우물거리며 누가 봐도 불량한 태도였지만, 안은 규의 곁을 떠나지 않고 내내 지켰다. 둘은 차에서 내린 지 30여 분이 걸린 뒤에야 본래의 목표 지점, 사면이 돌로 에워싸인 채석장 절벽의 정중앙 자리에 도착했다.

온몸이 땀으로 흠뻑 젖은 규가 옷을 벗기 시작하자 안의 표정이 순식간에 일그러졌다. 규의 알몸이 드러나자 안이 짜증스럽게 소리쳤다.

갑자기 왜 벗는 건데요? 이상해. 징그러!

이게 왜 이상하냐, 어째서 이상하고 징그럽단 말이냐. 옷을 벗는 건 내 안팎을 좀 먹고 있던 부패의 때를 벗겨내는 일이란 말이다!

지랄하고 있네. 그냥 내가 볼 때 아저씨의 벗은 몸은 존나 흉해. 형편없어. 게다가 냄새도 구려. 구리다고!

난 진짜 모르겠다.

뭘 모르는데?

대체 왜 내게 너 따위 불량하고 무지한 파트너를 허락하셨는지 AP의 뜻을 도무지 모르겠단 말이다.

알려고 하지 마. 아저씨는 그게 문제야. 여기까지 온 것도 그렇잖아. 뭔가 알아보려고, 해결해보려고, 끝장내 보려고 그러다 이렇게 된 거잖아.

알고자 하는 마음이 뭐가 잘못됐다는 거냐. 인간의 존엄은 질문과 탐구, 끝없는 자기 번뇌와의 고투 끝에 얻어지는 전리품과 같은 것이다.

하이고, 그래요. 그래. 어디, 어떻게 되나 두고 보면 알 겠지.

규는 팬티까지 벗는 걸 두려워하지 않았다. 혹자들 은 메시아의 나체를 상상해보지 않았겠지만 규에게 는 마지막 순간 육체의 허물을 벗는 게 지극히 당연 한 일이었다. 그리고, 이제 남은 건 의식의 숭고한 마지막, 그 의식을 시작하는 일이었다. 두렵고 떨리는 마음으로.

6

그래서 네가 필요했던 건가? 바로 이것 때문에?

안은 비열하게 웃고 있었다. 규는 순간, 확신했다. 안의 웃음은 분명 아직은 인생 초입조차 시작하지 않은 아홉 살 난 소년에게서는 상상할 수 없는 웃음이라고. 그러나 틀림없이 부정할 수 없는 명백한 낙인처럼 안은 규를 보며 키득거렸다.

규는 심각한 모멸감을 느꼈다. 하지만 어쩔 수 없었다. 성인의 극치적 죽음, 곧 십자가에 매달려 두 팔과 두 발에 대못을 박는 일이 혼자서는 불가능에 가까웠기 때문이다.

수십, 수백 번의 시뮬레이션을 통해서는 분명 혼자서 못 박기가 가능했다. 두 발목을 먼저 보쉬 2022년형 타카를 활용해 박는 것까지는 괜찮았다. 오른손 부위의 손바닥까지도 가능했다. 혼자 힘으로 척척 해냈다. 하지만, 남은 한 손이 불가능했다. 한 손을 이용해 대못을 수작업처럼 박을 수도 없었고, 타카를 사용할 수도 없었다. 시뮬레이션으로는 충분히 가능했다. 역학적으로 나머지 한 손에 못을 박는 일도 충분히 가능했다. 하지만 발목과 오른손바닥에 대못이 박힐 때, 뼈와 뼈 사이를 보란 듯 관통하는 찰나의 충격보다 그 직후에 찾아오는 끔찍한 출혈과 상상을 초월한 고통의 조여듦 앞에서 규의 나약한 육체는 험하게 흔들렸다. 피 흘림이 가속화되면서 육체뿐만 아니라 정신의 집념 또한 금방이라도 꺼져버릴 촛불처럼 빠르게 사그라들었다.

그렇게 못을 박고 빼는 일이 두어 번 이상 반복되었다. 채석장의 잿빛 풍경은 어느새 붉은 노을의 기운에 잠식당해 온통 붉은빛을 머금었다. 규가 쏟아낸 피 흘림의 터무니없음도 이 붉은 기운의 창궐을 단단히 거들었다. 혼자서 해내기 위해, 자신의 알몸을 오직 혼자의 힘으로 못 박기 위해 규는 여러 경우의 수를 바꿔가며 십자가에 못 박히는 시뮬레이션의 실사

화를 서너 번 이상 실행하고 또 행했다. 하지만 혼자
의 힘으로 십자가에 자신을 못 박는 일은 결국 실패했
다. 뜨거운 석양이 돌가루 흩날리는 채석장 바닥에 누
워 원통과 서글픔에 오열하는 규의 온몸을 삽시간에
담글 기세로 휘덮었다. 그 와중에 이를 지켜보던 안이
비열한 폭소를 터뜨린 것이다. 규는 녀석의 웃음소리
가 끔찍하리만치 듣기 싫었다. 하지만, 이어지는 아홉
살 소년, 아직은 모든 게 서툰 녀석의 마지막 말이 섬
광처럼 규의 영혼 깊은 곳에서 전율과도 같은 충격을
남겼다.

　아직도 모르겠어?

　뭘 모른다는 거야?

　이 지옥에서 스스로 구원해줄 수 있는 길은 없어.

　뭐?

　내가 왜 아저씨의 세상 처음 타보는 차에 같이 타고,
아저씨 곁을 지키는지, 그 이유를 생각해봐.

　…….

　난 AP가 보낸 마지막 규칙을 지시받은 추수꾼이야.
모르겠어?

무슨 일을 지시받았는데?

봐. 지금도 아저씨는 다섯 번이 넘도록 마지막 한 손바닥에 못을 못 박고 쩔쩔매고 있잖아. 이걸 내가 해주겠다고. 바로 이 순간을 위해 난 존재하는 거야.

아니야! AP는 스스로 십자가에 못 박히라고 말했어! 그게 AP의 규칙이고, 난 그 절대의 규칙을 지켜야만 해. 그게 구원이야. 그게 구원이라고!

미치겠네. 아저씨야, 잘 들어. 아저씨는 절대 혼자 힘으로는 자신을 십자가에 못 박을 수 없어.

하지만, 규칙은 지켜야 해. 규칙은 반드시 지키라고 있는 거야.

AP가 말한 규칙에서 가장 중요한 게 뭔지 알아? 바로 결과야. 아저씨가 십자가에 못 박히는, 그 최종이 규칙이라고. 나머지 하위 규칙은 필요 없어.

그 말을 들은 규의 눈빛이 잠시 흔들렸다. 그리고 그의 속마음은 격동했다. 안이 아홉 살답지 않은 어른스러운 명령문을 낭독하듯 말을 이었다.

해가 지기 전에 십자가에 못 박혀야 한다. 순결한 피

를 밤이 오기 전에 유감없이 쏟아내야만 한다. 그게 규칙이야. 이걸 못 지키면 모든 걸 못 지키는 거고.

하지만, 스스로의 힘으로 못 박아야 한다고 말했어. 분명 AP는 내게 그렇게 지시했다고!

그래서? 혼자 힘으로 시도하고, 또 시도하다가 끝내 오늘 완성하지 못하면? 그게 과연 규칙을 제대로 지키는 거라고 생각해?

다시 규의 눈빛이 흔들렸다. 눈빛만이 아니었다. 그의 영혼 깊은 곳에 거의 처음부터 박혀 있었던 뿌리 자체가 흔들리는 느낌이었다. 규는 무엇을 믿어야 할지 혼란스러웠다. 다섯 번 넘게 못 박는 일에 실패한 여진 탓에 손바닥, 발목을 타고 흐르는 출혈을 막지 못해 어지러움이 극에 달했다. 정상적인 사고와 선택을 할 수 있는 시간조차 얼마 남지 않았다.

규는 울고 싶었다. 어쩌면, 아홉 살 소년 안의 말이 맞을 수도 있다는 생각으로 의지의 좌표가 크게 출렁거리고 요동치고 있었기 때문이다. 그런 규에게 안이 기묘한 확신이 담긴 말을 건넸다.

이렇게 하자, 아저씨.

뭘……?

아저씨의 마음과 귀에 나는 없는 사람이야.

…….

처음부터 아저씨 곁에 나는 없었어. 모든 건 무, 없음
이지.

그래서?

그래서는 뭐가 그래서야. 내가 도와주는 걸 누구한테
도 이야기하지 않으면 되잖아. 그걸 약속하면 되잖아.

나중에 내가 죽고 나서 떠들면 어떡해?

미쳤어? 난 아저씨가 여기서 의식을 완수해야만 돈을
받을 수 있어. 돈 받으면 끝이지. 내가 뭐가 더 관심 있다
고 여기서의 일을 나불거리고 다녀? 관심 없어. 나.

…….

아저씨, 시간 없어. 규칙을 지키고 싶다며? 규칙이 강
한 세상을 살고 싶다며? 그렇다면 빨리 못 박히게 나한
테 기회를 줘. 그것만이 구원받을 유일한 길이야.

설득이라고 할 것도 없었다. 탈진 직전의 규가 어지
러운 정신을 다잡고 자리에서 일어나 여섯 번째 십자

가 못 박힘의 의식을 수행하기 시작했다. 역시 이번에
도 마지막 한 손, 왼손이 손바닥에 못 박는 일은 실패
했다. 안이 그 광경을 제법 초조하게 지켜봤다. 그리
고, 여섯 번째 못 박힘의 순간, 규는 더는 실패를 인정
하지 않고, 흐릿해지는 눈의 초점을 더 강하게 비끄러
매며 안을 노려봤다. 안은 준비된 예언자처럼 약속이
라도 한 듯 2022년형 보쉬 타카를 손에 쥐었다. 그리
고는 방금 지어 보인 한없이 비열한 폭소를 터뜨리며
규에게 성큼 다가갔다. 그렇게 마지막 규칙의 완수를
이루려는 순간, 과다 출혈로 규의 의식이 금방이라도
꺼지는 촛불처럼 가라앉은 순간, 안은 뿌리에서부터
흔들릴 법한 석연찮은 기운을 담은 한마디를 남겼다.

그걸 믿냐, 병신아.

7

그렇게까지 할 필요는 없다고 소리치고 애원하는
것 같았다. 아직 살아 있는 규의 꿈틀거리는 알몸을

아래위로 훑어보던 안은 그 간절함을 실감했다. 안은 문득 자신이 너무 기대 이상으로, 혹은 과도하게 손에 쥔 타카의 방아쇠를 당기는 건 아닌지 생각하게 되었다. 피떡이 되어 벌써 끈적거리며 엉겨 붙는 규의 두 손과 발목에 성긴 검붉은 핏물을 보자 안의 언뜻 떠오른 느낌은 단순한 느낌을 넘어 가혹한 실감으로 떠올랐다. 일말의 불길함과도 같은 우려와 같았다.

혼자서는 해낼 수 없는 규의 왼손바닥에 타카를 이용해 대못을 박는 일, 못은 하나만 박아도 되는 거였다. 왼손, 오른손바닥에 하나, 그리고 발목에 하나. 그렇게 대못은 단 세 개만 동원되어도 규가 생각하는 AP의 준엄한 지령은, 그리고 규가 확신하는 그 절대불변의 사명은 완수되는 것이었다. 하지만 안은 그 후로도, 그러니까 규의 왼손바닥에 하나의 못을 박은 이후에도 다섯 개의 못을 더 박았다. 안이 그래야 할 이유는 안의 입장에서 볼 땐 지극히 타당했다. AP가 지시했기 때문이다.

비록 초등학생이지만, 그보다 훨씬 더 어렸을 때부터 휴대폰을 만지작거리며 성장해온 안에게 휴대폰을 통해 연결되는 SNS 세계는 자연스러운 안의 정체성이었다. 게임에서부터 시작해 안이 휴대폰 속 세계에서 침범하지 못하고 다루지 못할 세계는 없었다. 무슨 말을 하는지, 그 속 깊은 의미를 알 수 없는 단점이 아직은 어린 안에겐 분명 존재했지만, 안에게 그건 전혀 중요한 문제가 되지 않았다.

그러던 중 안은 AP를 만났다. 광범위하고 남녀노소 무차별적으로 가입하는 커뮤니티 AP에 가입한 이후, 안은 AP에서 한 가지 작은 거짓말을 태연하게 범했는데, 그건 자신의 연령대였다. 엄마인지 아빠인지 중요하지 않지만, 어느 날 자신의 집 안방 서랍을 뒤지다 발견한 주민등록번호를 이용해 AP에 가입했고, 세상에 떠도는 신비와 음모와 관련된 기사나 글들을 스크랩해 AP 게시판에 올리는 걸 즐겼다. 조회 수는 제법 평균 이상을 기록했고, 이용자들 사이에서는 열혈 충성파로 통했다. 안은 더욱 열정적으로 학교, 집, 지역 아동센터 가리지 않고 게시물을 옮겨 담았다.

그렇게 열혈 충성파로 AP에서 활동하던 6개월째, 안에게 한 통의 DM이 전해져온 것이다.

우리 AP 커뮤니티에 충성을 다해 주셔서 감사드리

고, 이번 기회를 계기로 님에게 한 가지 절실한 부탁을
하고자 합니다.

절실하다는 게 어떤 의미인지조차 알지 못한 상태
에서 안은 자신을 인정해주고 알아주는 AP 운영진이
마냥 맘에 들었다.

이 임무는 그야말로 님께서 지금까지 올려주신 게시
물에 담긴 신비스럽고 은밀한 비밀의 성취를 위해 반드
시 필요한 일입니다.

님의 격렬한 추종자 '규' 님께서 님이 올려주신 게시
물 457번, '십자가의 길'에 깊은 감복을 받으셨다는 말
을 남기며, 저희 AP 주최 측에 그 역시 간곡한 부탁을
남기신 것입니다. 자신도 스스로 십자가의 길을 걸을 수
있도록 도와달라고, 신성한 약속을 성취할 수 있도록 기
회를 달라고, 그렇게 기회가 허락된다면 님에게 후한,
그러니까 섭섭지 않은 후사를 하겠다는 약속을 무려 내
용증명을 발송하면서까지 의지를 밝힌 것입니다.

간단히 얘기해서 자기를 도와주면 돈을 주겠다는 거 아닌가. 어른들은 왜 이토록 간단한 이야기를 저렇게 어렵게 돌려 말해야 하는지 순간 답답한 기분이 해일처럼 밀려들기는 했지만, 안은 기꺼이 도와주겠다고 AP 측의 DM에 성실히 답했다. 그리고 자신이 올렸다고 한, 생면부지의 아저씨 규가 격렬한 감동을 했다고 하는 자신이 어딘가에서 끌고 온 스크랩 게시물 457을 검색해보았다. 10만 개가 넉넉히 육박하는 그 수많은 게시물 중, 조회 수가 채 10회가 넘지 않는 게시물 457번의 제목 역시 AP가 밝힌 그대로 '십자가의 길'이었다.

물론 안은 자신이 무슨 내용을 복사해서 붙여넣기를 했는지 알지 못했다. 아직은 아홉 살인 안의 관심은 오직 하나, 돈이었고, 돈을 받기 위한 임무가 무엇인지, 그 무엇은 바로 게시물에 엄청나게, 때론 극단적으로 감복한 규의 알몸을 십자가에 확실히 못 박아 한 방울의 핏방울까지 다 쏟기 전까지는 결코 십자가에서 내려오지 못하게 하는 일이었다.

안은 '규'라는 이름의 아저씨가 무엇을 믿는지 알

지 못했고 알고 싶지도 않았다. 자기가 올린 게시물의
내용조차 파악하지 못하는데, 어떻게 알 수 있겠는가.
아무것도 알지 못하는 안은 하지만 아는 것보다 더 중
요한 건 지금, 주어진 이 상황을 나름 잘 마무리하는
일, 그 하나였다.

다섯 개의 못을 초과로 못 박은 안은 그래서일까.
자신의 과도한 행동을 반성하지 않았다. 반성할 차원
은 아니었기에. 반성보다는 확실히 죽어가는 규를 보
며 돈을 받을 수 있겠구나 하는 마음 하나였다.

그때였다. 마치 죽음을 코앞에 둔, 과다출혈의 피해
자 규가 가까스로 눈을 뜨고 입을 열어 간곡한 간청의
의지가 스며든 한마디를 남겼다.

읽어줘.

뭘? 뭘 읽어줘?

시, 십자가의 길.

뭐? 안 들려? 다시 한번 말해.

…….

뭘 읽어주냐고? 혹시…… 그 게시물?

이미 상상 이상의 많은 피를 흘린 규가 힘겹고 애처롭게 고개를 끄덕였다. 안은 주머니를 주섬거리다 쪽지 하나를 꺼냈다. 초등학교 PC 이용실에서 공짜로 인쇄한, 하지만 공짜로 인쇄한 탓에 잉크가 번지거나 흐릿해서 뭐라고 썼는지 뚜렷하진 않은 24573번 게시물이 출력된 구긴 종이를 펼쳐봤다. 그 종이를 본 규가 마지막 힘을 쥐어짜듯 눈을 부릅뜨고, 입술을 깨물고 애원하듯 안을 보며 간헐적인 신음을 섞어 말문을 이었다.

제발.
읽어줘.
읽어달라고.

이번엔 안이 말로 하는 대답 대신 고개를 끄덕였다. 그리고 출력한 종이를 펼치고 눈을 있는 힘껏 크게 뜨고 흐릿한 글자들을 보고 또 보았다. 그사이 규의 몸에서 배출되는 엄청난 밀도의 점성을 지닌 핏방울이 '뚝 뚝' 비교적 규칙적인 소리를 내며 채석장 잿빛 돌바닥으로 낙하했다.

8

게시물 NO.24573

제목: 십자가의 길

그때, 뭔가 나는 당신과 다른 걸 느꼈습니다. 아니, 확인했다고 하는 게 더 정확한 말이겠네요.

십자가를 지는 성인을 본 적이 있나요. 그 성인을 믿든 말든 그건 중요하지 않습니다. 핵심은 그 성이 십자가의 길을 걸어갔다는 그 사실 하나일 것입니다.

십자가의 길을 걷는다는 건, 확실히 당신과 다르다는 걸 확인해주는 단 하나의 표식이기 때문입니다.

그럼, 당신은 이렇게 묻겠죠. 희미하고 엉킨 시선을 담아 이렇게 묻곤 하겠죠.

왜 넌 우리와 달라야 하느냐고.

여기에 관해 전 분명하고 확고하게, 이렇게 답할 것 같습니다.

당신과 같은 길을 걷는 것만큼 치욕적이고 모욕스러운 일이 없기 때문이라고요.

당신이 날 당신들과 다르다고 모욕하고 침 뱉고 욕하

던 과거를 결코 잊을 수 없습니다. 당신들이 말하는 그 평범하다는 기준에 미치지 못해서 괴로워하던 내 어리석은 과거를 뼈아프게 후회했습니다. 할 수만 있다면 뼛속 깊은 곳까지 갈아내어 새롭게 순화시키고 싶습니다.

그래서 난 당신과 다르다는 걸 이제 자랑스럽게 느끼고, 당신과 다른 길을 걷기 위해 십자가의 길을 걷겠습니다.

내 안에 담긴 더러운 피, 당신과 닮아 있지 않다고 해서 버림받고 비난받았던 그 더러운 피를 모두 뽑아내기 위한 성인의 고난과 동행하겠습니다.

십자가의 길을 걸어가겠습니다.

9

날이 어두워졌다. 폐쇄된 채석장을 둘러싼 반경 2킬로미터 정도의 거리엔 가로등 불빛 한 점 보이지 않았다.

기어이 한 방울 남은 피마저 아낌없이 쏟아내고 장렬하게 죽음을 맞이한 규의 죽음을 끝까지 목도한 안이 차로 돌아왔다. 더는 규가 살아 있지 않기에 운전석 옆에 앉을 수도 있고, 2열 뒷좌석에 앉을 수도 있지만, 안은 기어이 3열에 자리를 잡고 앉았다.

게시물의 마지막 한 단어까지 모두 읽은 뒤에야 규는 눈을 감을 수 있었다. 그만큼 규는 자신의 죽음에 명료한 의미, 그 답이 주어지길 원했던 것 같다. 아홉 살 안은 규가 원한 답이 어떤 건지 알지 못했다. 최소한 그 종류조차 무엇인지 가늠하지 못했다.

측정할 수 없거나 명확하지 못한 것처럼 답답한 게 없다는 걸 아직은 어린 안은 이제, 이런 식으로 배워나가기 시작한 듯 보인다. 날이 점점 어두워졌고, 아직은 어린 안은 운전을 할 줄 모른다. 규는 채석장 십자가 위에서 과다 출혈로 숨이 끊어졌을 것이고, 규가 일생을 걸고 감명받았다는 게시물 출력 용지도 마치 예언의 숭고한 의식처럼 십자가에 못 박힌 규의 자리 아래 흡사 유서처럼 내려놓았다. 돈을 주겠다고 약속했지만, 어떻게, 어떤 방식으로 돈을 준다고 했는지 안은 알지 못한다. AP란 커뮤니티가 앞으로 안에게 돈을 주겠다는 그 약속을 어떻게 실천할 수 있을지도 미지수였다.

십자가의 길

그리고, 더, 조금 더 시간이 지나자 모호한 기운이 허망한 포말이 되어 안의 마음속 백사장 위로 내려앉기 시작했다. 어쩌면 이런 식으로 자신도 십자가의 길을 배우는 건 아닌가 느끼며 안은 지금의 이 모호함을 제대로 견뎌보려고 한껏 몸을 움츠렸다. 그렇게 무진의 밤이 시작되었다. 아마도 제법 긴 밤이 될 것이었다.

작가
후기

주
원
규

우리는 정상이란 목표를 가지고 살아가는 데 익숙합니다. 정상적인 삶이란 남들처럼 보이는 삶을 뜻하죠. 그런데 그 정상의 범주를 벗어날 경우, 우리는 이를 비정상이라 명명하며 두 가지 반응을 보이게 됩니다. 호기심을 가지고 그 비정상을 지켜보거나, 아니면 혐오와 두려움의 마음을 품고 보지 않으려 하거나 말입니다.

한때, 세상을 떠들썩하게 만들었던 십자가 사건을 비롯해 우리 사회에서 일어난 이른바 비정상적 사건을 대하는 태도는 호기심이거나 두려움이 지배적인데, 그 호기심과 두려움의 작동엔 정상, 비정상을 구분 짓는 기본 전제가 자리하고 있습니다. 그런데, 호기심과 두려움 모두 어쩌면 필연적인 거리 두기에서 비롯된 건 아닌가 하는 질문을 낳습니다. 우리 사회 곳곳에서 일어나는 엽기적인 사건의 발화점은 우리와는 차원이 다른 광기의 차원이라고 치부하는 경향이 있지 않느냐는 질문이 그것인데, 불행하게도 이러한 경향이 오히려 우리는 정상이고, 정상이어야 한다고 생각하는 당연함에서 비롯된 거라는 데 있습니다. 과연 우리가 주목한 이 사건이 전혀 상상하기 어려웠던 예외적인 사건일까, 아니면 우리의 무의식이 가져온 불안이 당연히 낳을 수 있는 보편적 두려움에서 비롯된 사건일까. 누군가 이렇게 묻는다면 저는 주저함 없이 후자 쪽의 답을 선택할 것 같습니다.

부족하지만, 소설 〈십자가의 길〉은 실제 사건이 가져온 파장에 주목하기보다는 우리가 구분 지은 채로 대하던 그 엽기적인 사건 당사자의 시선에서 추론한 내적 탐색을 시도하고 싶었습니다. 광기와 맹목적 헌신, 극기에 가까운 신념과 일그러진 욕망이 맞닿아 있는 한 인물의 안팎에서 벌어지는 궤적을 바라보는 일은 모든 걸 구분 지으려는 우리의 시선에 조금은 흥미로운 균열을 일으키지 않을까 하는 상상을 갖게 되었습니다. 모쪼록 그 상상이 실제 사건을 대하는 편견 없는, 있는 그대로의 시선이 지속하길 바랍니다.

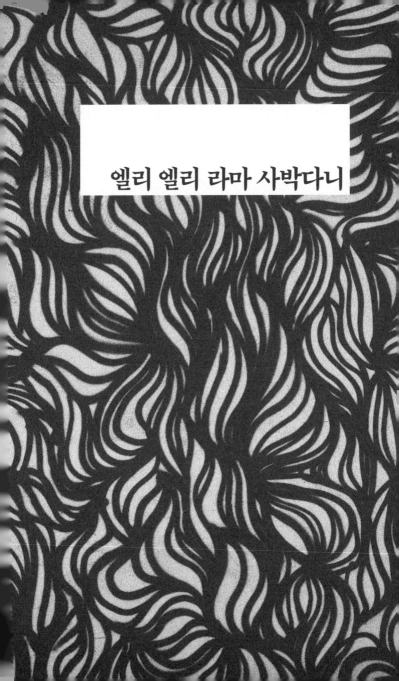

엘리 엘리 라마 사박다니

김세화

2019년 가을, 단편 추리소설 〈붉은 벽〉으로 '계간미스터리
신인상'을 수상하며 등단했다. 장편 《기억의 저편》으로 '2021년
한국추리문학상 신예상'을, 단편 〈그날, 무대 위에서〉로 '2022년
한국추리문학상 황금펜상'을 수상했다. 그 외 여러 단편과 장편
《묵찌빠》를 발표했다. 대구MBC에서 30여 년 동안 기자로
활동했으며, 현재 고전 읽기와 대구의 근대 연구 모임에 참여하고
있다.

1

'나의 하나님, 나의 하나님, 어찌하여 나를 버리셨나이까.'

이 말은 마가의 창작이다.

기적을 행하고 자신의 부활을 예언한 예수가 어째서 자신이 버림받았다고 말할 수 있을까? 성부와 성자가 하나인데 자신이 주재한 일에 의문을 가질 수 있을까? 자기 원인으로 존재하는 자가 자신을 원망하는 것이 가능할까?

고통받은 자는 십자가에 못 박힌 예수가 아니라 십자가를 올려다본 인간이다. 예수는 자신의 처참한 모습을 보여주는 방식으로 인간의 마음을 갈기갈기 찢어놓았다. 인간은 십자가 아래에 머물러 있어야 한다. 자신의 고통에서 헤어나지 못해야 한다. 자신의 고통을 대상화해서 바라볼 수 없어야 한다. 죄의 사함을 받고 고통에서 벗어나는 것은 오직 하나님의 선택과 권능으로써만 가능하다.

그렇다면 그들은?

그들은 자신의 죄를 사해달라고 한 것인가? 자신의 죄를 자책하기 위해서 자기 육체를 학대한 것인가? 정신적 고통을 육체적 고통으로 치환할 수 있을까? 답을 구하고 싶다.

십자가가 발견된 곳은 우뚝 솟은 바위 절벽 아래 작은 공간이다. 이 공간에서는 넓고 큰 바위가 바닥에 깔려 있어서 나무가 자라지 못했다. 오직 십자가 기둥으로 사용한 작고 곧은 소나무 한 그루만이 바위틈 사이에 서 있을 뿐이다.

이 공간은 빽빽한 나무들로 둘러싸여 숲을 헤치고 들어가야 발견할 수 있다. 하지만 누가 등산로를 앞에 두고 숲속을 헤매겠는가. 절벽 윗길을 지나다가 잠시 숨을 돌리며 아래쪽을 내려다보았을 때 우연히 발견했을 뿐이다. 경주 남산 자락에 불상 조각을 하지 않고 남겨둔 공간이 있다니 의외였다.

장 씨는 절벽을 등지고 십자가에 못 박혀 숨진 채 절벽 윗길을 지나던 등산객에 의해 발견됐다. 십자가는 소나무 가지를 치고 다듬어 만든 것이다. 지금도 2년 전 그날처럼 소나무 십자가가 서 있다.

나는 십자가를 등지고 숲속을 바라보았다. 장 씨가 마지막 순간에 보았던 숲이다. 무진의 그곳과는 달리 사방이 꽉 막힌, 절대 고독의 빈터, 장 씨는 무엇을 생각했을까? 나는 무진에서와 마찬가지로 이곳에서도 그들의 내면을 들여다볼 생각을 하지 못했다. 뒤늦게 깨달은 사실이다.

어디선가 까마귀 우는 소리가 작은 새들의 재잘거리는 소리를 삼키며 어둑어둑해지는 공간을 깨웠다. 정신이 들었다. 한동안 멍한 상태로 있었던 모양이다. 거센 바람이 산을 흔들었다. 태풍이 접근하고 있다. 때가 오고 있다. 나는 잡목들을 조심스럽게 헤치며 그 공간에서 나왔다.

길 없는 산비탈을 100미터 정도 내려가면 작은 등산로를 만난다. 가파른 길이 많은 곳이다. 나는 배낭에서 손전등을 꺼내 아래쪽을 비췄다. 주위가 어두워질수록 전등 빛은 더 밝아졌다. 나는 내 옷깃 스치는 소리에 마음속으로 박자를 맞추면서 한 시간 정도 걸어 내려왔다. 바람에 흔들리는 나뭇가지가 앞뒤에서 나를 붙잡는 것 같았다.

2

경주경찰서에 조금 일찍 왔다. 이 팀장과 만나기로 한 시간이 될 때까지 차 안에서 기다리기로 했다. 나는 두 개의 십자가 사건을 어떤 방식으로 정리해서 세상에 알리려고 했는지 상기하고 싶었다. 이 팀장과 대화할 때 실수도 없어야 한다.

2011년 5월 17일 내가 쓴 사건 기사를 휴대폰에서 찾았다. 내가 운영하는 인터넷 종교 신문에 게재했던 무진 십자가 사건 속보 기사이다. 종교 신문에 사건 기사를 올리는 것은 이례적인 일이었지만, 워낙 관심이 큰 사건이었기 때문에 나는 사람들의 관심을 내가 생각하는 방향으로 유도하고 싶었다.

엘리 엘리 라마 사박다니

경찰이 무진 십자가 사건을 자살 사건으로 결론지었다. 무진경찰서는 숨진 최모 씨가 스스로 십자가에 사지를 못 박는 것이 가능하다는 국립과학수사연구소 검시 결과를 토대로 이처럼 결론지었다.

최 씨는 4월 17일 오후 6시쯤 무진시 무진산 폐광 지역에서 각목으로 만들어진 높이 187cm, 가로 180cm 크기의 십자가에 못 박혀 숨진 채 A 씨에 의해 발견됐다. 최 씨의 머리에는 가시 면류관이 씌워져 있었고 목과 허리는 십자가에 줄로 묶여 있었으며 양손과 양발에는 대못 네 개가 박혀 있었다.

또 우측 옆구리가 흉기에 찔려 피가 굳은 상태였고 바로 옆 작은 십자가에는 자신을 볼 수 있는 거울이 달려 있었으며 주변에는 청테이프를 찢어 만든 채찍 모양의 도구도 발견됐다.

근처에 있던 최 씨의 차량에서는 텐트, 망치, 핸드드릴, 칼, 철사, 톱, 초코파이, 물통, 십자가 제작 설계도, 십자가에 못 박는 방법을 메모한 A4용지 2매, 그리고 성경이 발견됐으나 유서는 발견되지 않았다.

일부 전문가들은 최 씨가 고통을 이겨내기가 어렵다며 타살 가능성을 제기해왔다.

***

나는 숨진 최 씨가 자신에게 신장을 이식해준 아들의 죽음으로 고통스러워했다는 증언, 종교에 심취하면서 자신을 예수로 여겼다는 증언은 직접 확인을 하지 못해 기사에서 배제했다. 또 자살했다고 하더라도 조력자 없이는 불가능했을 것이라는 일부 전문가 주장도 기사로 다루지 않았다.

나는 내가 쓴 두 번째 사건 기사도 찾았다. 2년 전 9월에 게재한 경주 남산 십자가 사건 발생 기사였다. 어제 갔을 때 느낀 현장의 을씨년스러운 분위기가 생각났다.

***

9월 5일 오후 2시쯤 경주시 배동 남산의 용장사지 서

엘리 엘리 라마 사박다니

쪽 상골에서 장모 씨가 십자가에 못 박혀 숨져 있는 것을 등산객 A 씨가 발견해 경찰에 신고했다.

경찰에 따르면 장 씨는 현장 소나무 가지를 쳐서 만든 높이 250cm, 가로 175cm 크기의 십자가에 목과 허리가 줄로 묶여 있었고 양손과 양발에는 대못 4개가 박혀 있었다. 또 머리에는 가시 면류관이 씌워져 있었고 우측 옆구리는 흉기에 찔려 있었다.

장 씨가 못 박힌 십자가 바로 옆 작은 십자가에는 타원형의 거울이 달려 있었고 십자가 주변에는 흉기와 채찍으로 사용됐을 것으로 보이는 1m 길이의 나일론 줄, 각종 연장이 흩어져 있었다. 유서는 발견되지 않았다.

경찰은 현장에 있는 나무를 이용해 십자가를 만든 것 외에는 2011년 4월에 발생한 무진 십자가 사건과 유사하다고 보고 국립과학수사연구소에 장 씨의 부검을 의뢰했다.

***

장 씨는 제빵사였다. 그는 십자가에 못 박히기 전 1년여 동안 자기 재산을 빵을 만드는 데 모두 썼다.

그는 빵을 보육원과 독거노인, 가난한 이웃에게 나누어주었다.

그는 자신의 빵집에서 종업원으로 일하던 어린 여성과 결혼했다. 그녀는 보육원에서 독립해 오갈 데가 없었다. 그녀가 믿고 의지한 것은 성경이었다. 그는 그녀와 나이 차가 많았지만, 그녀의 마음을 얻으려고 노력했다. 아이돌 공연 입장권과 휴대폰을 선물하고 살 집까지 마련해주었다. 무엇보다도 다정하게 대했다. 미래를 위한 꿈을 꿀 수 있도록 희망을 불어넣어주었다. 물론 자신과 함께해야만 가능한 미래였다. 결국 그녀와 결혼하는 데 성공했다.

처음 몇 달 동안은 꿈같은 신혼을 보냈다. 아내는 어른스럽게 성장해갔다. 영리하고 지혜로웠으며 사려도 깊었다. 그녀는 빵집 경영을 주도했다. 에너지가 충만했고 상냥했다. 영업 능력을 발휘하면서 매출을 늘렸다.

딸이 생겼다. 그들은 뛸 듯이 기뻤다. 그렇게 인생은 또 한 차례 전환기를 맞았다. 미래를 구체적으로 설계해서 차근차근 만들어나가기 시작했다. 행운이 한꺼번에 밀려 들어왔다. 그는 모든 것을 얻었다고 생

엘리 엘리 라마 사박다니

각했다. 하지만 행복은 거기서 끝났다.

어느 날 밖에서 유아원 통원 버스를 기다리던 아내의 비명이 들렸다. 빵을 만들던 그는 반사적으로 출입문 쪽으로 뛰어갔다. 아내의 비명이 외마디에 그친 것이 불길했다. 문을 밀고 밖으로 나갔다. 동작을 멈춘 모든 사람의 시선이 도로 한복판에 집중돼 있었다. 그곳에 그의 아내가 쓰러진 아이를 무릎 위에 눕힌 채 주저앉아 있었다. 어깨는 들썩거렸고 입술은 떨렸지만, 아무 소리가 나오지 않았다. 그녀의 하얀 앞치마가 피로 물들어 있었다.

몇 달이 지났다. 그는 가까스로 마음을 진정시킬 수 있었다. 아이는 또 가지면 된다고 생각했다. 하지만 어린 아내는 마음을 다잡지 못했다. 그는 어린 아내에게 미래를 새로 설계하자고 했다. 하지만 아내는 어딘가 이상해진 것 같았다.

아내는 자책하듯이 되풀이해서 말했다. 아이가 통원 버스에서 내린 뒤 차량 뒤쪽을 돌아 길을 건너다가 반대쪽에서 달려오는 트럭에 깔린 거라고, 그때 자신은 휴대폰을 보느라 정신이 팔려 있었다고, 전처럼 버스 문 앞에서 아이를 인계받았어야 했다고, 자신이 엄마에게 버림받은 것처럼 자신도 아이를 버렸다고, 이렇게 말했다. 성격도 변했다. 자학하다가 때론 신경질을 부렸다. 아내의 변화에 그도 지치기 시작했다.

아내는 잠자리를 거부했다. 아이 생각 때문에 못하는 것 같았다. 그러다가 어느 날은 아내가 미친 듯이 잠자리를 요구했다. 그는 당황했다. 아내는 다른 사람 같았다. 이번에는 그가 아내를 안을 수 없었다. 아내가 달려들 때마다 거부했다. 그러자 아내는 밖으로 나돌기 시작했다. 밤늦게 들어올 때도 많았다.

어느 날 아내가 임신했다고 말했다. 아이를 다시 예쁘게 키우자고 했다. 이제 모든 게 정상으로 돌아올 것이라면서. 그는 분노했다. 감정을 주체할 수 없어 아내를 손찌검했다. 그는 아내에게 아이를 지우라고 강요했다. 아내는 그의 말을 이해하지 못했고, 오히려 그를 증오하기 시작했다. 말도 하지 않았다. 어느 날 아내는 집을 나갔다. 그는 일이 손에 잡히지 않았다. 뭔가 잘못되어가고 있다고 생각했다. 날이 갈수록 정신이 피폐해졌다.

두 달 뒤 정복 경찰이 빵집으로 찾아왔다. 경찰은 담담한 표정으로 아내가 숨진 채 발견됐다고 전해주었다.

그녀는 약을 먹고 자신을 키워준 보육원 문 앞에서 쪼그려 앉은 채 숨졌다.

그는 아내가 숨질 때까지 심한 육체적 고통을 겪었다는 점을 알게 되었다. 그는 자책하다가 아내가 읽던 성경을 읽기 시작했다. 아내가 다녔던 교회도 나갔다.

나는 장 씨가 느꼈을 고통이 어느 정도였는지 짐작할 수 있을 것 같았다. 하지만 왜 십자가에 못 박혔는지는 이해할 수 없었다.

3

십자가 사건에 대한 경찰의 시각은 그대로일까?

약속 시간이 되었다. 형사과 문을 열고 들어갔다. 이 팀장은 예상대로 나를 반기지 않았다. 그는 나를 옆에 있는 의자에 앉으라고 권한 뒤 다시 모니터를 들여다보았다.

그는 나에게 눈길조차 주지 않은 채 말했다. "조금 뒤 회의가 있어서……."

나와 이야기할 시간이 많지 않다는 뜻이다.

그는 나를 처음부터 무시했다. 방송이나 메이저 신문사 기자가 아니기 때문이었다. 2년 전 경주 십자가 사건 현장에서 처음 보았을 때 나를 인터넷 종교 신문 기자라고 소개하자 그는 황당하다는 표정을 지었다. 나는 전처럼 그를 보며 웃었다. 가는 금속 테 안의 날카로운 눈매, 날렵한 콧날, 얇은 입술이 가늠자로 목표물을 조준하듯이 나를 향했다. 나와는 정반대 인상이다.

"무슨 일로……."

"이유수 씨 알리바이에 대해 구체적으로 알고 싶습니다."

"지금 뭐라고 하는 거요? 종결된 사건이라고 여러 번 얘기했던 것 같은데……."

"궁금한 부분이 남아 있습니다."

"그건 김 기자 사정이고, 말이 되는 소리를 해야지. 진술서가 한두 장이 아니고 알리바이 조사 보고서도 방대한데……. 2년이나 지났소. 사람 귀찮게 하지 말아요."

"자살 동기가 파악되지 않았다면 끝난 것이 아닙

니다."

"그만하시라니까! 죽은 사람들한테 왜 자살했는지 물어볼 수도 없잖소."

"보통 유서를 쓰죠."

"그런 상황을 겪은 사람인데, 누구한테 보여주려고 유서를 써요? 가족이 자기 때문에 불행하게 된 걸 비관한 거 아니오? 사인도 나오지 않았소?"

"이유수 씨는 무진 사건 때도, 경주 사건 때도 현장에 왔습니다."

"김 기자도 현장에 왔잖소?"

"저는 기자니까 현장에 간 거죠."

"사건기자는 아니잖소. 봐요. 경주 십자가 사건은 무진 십자가 사건과 패턴이 똑같소. 큰 십자가 한 개와 작은 십자가 두 개를 세우고, 발판 위에 서서 망치로 자기 발에 못을 박고, 준비된 끈으로 십자가에 허리를 묶고, 목과 한쪽 어깨도 묶고, 작은 십자가에 달아놓은 거울을 보며 오른손으로 칼을 잡아 우측 옆구리를 찌르고, 양손을 수동 드릴로 구멍 내고, 한 손을 십자가 날개에 묶어놓은 끈 안으로 통과시켜서 미리박은 대못에 손바닥을 끼우고, 나머지 손은 반대쪽에 끼우고, 출혈로 혼수상태가 되고, 몸이 앞쪽으로 구부러지고, 목이 조이고, 질식하고……. 국과수가 가능하다는 결론을 내렸잖소. 주변에 연장들과 설계도가 있었고, 자살 동기는 대충 나왔고, 타살 흔적은 없었으니 말이오. 그렇게 복잡한 과정을 거쳐서 사람 죽이는 거 봤소?"

"그런 부분은 저도 잘 알고 있습니다. 하지만 죽음의 형태가 두 사람 모두 같은 점은 흔한 일이 아니죠."

"모방 자살이지."

"저는 이유수 씨가 뭔가를 알고 있을 것 같다는 생각이 듭니다."

"생각? 증거가 아니고? 이유수 씨의 행적은 다 확인되었소. 마을공동체 주민들이 알리바이를 증명해주었소."

"최 씨와 장 씨의 사망 시간은 특정하지 못했잖습니까? 경주 십자가 장 씨는 태풍이 지나간 뒤 등산객이 발견했고요."

"그러니까 시체가 발견된 시간을 기준으로 해서 열흘 전까지 의심 가는 사람들의 알리바이를 조사했던 거 아니오? 그리고 이유수 씨는 나이가 너무 많잖소.

체격도 왜소하고. 김 기자도 직접 보지 않았소?"

"최 씨와 장 씨 모두 이유수 씨의 영향을 받았을 수도 있지 않을까요?"

"어떤 영향? 받았을 수도 있겠지. 그렇다고 이유수 씨가 두 사람을 살해했다는 증거라도 있소? 이유수 씨가 두 사람이 자살하도록 종용했다는 주장은 증명할 방법이 없을 거요."

"증명할 수는 없겠죠. 팀장님이 전혀 이해할 수 없는 종교적인 방식으로 했다면 말이죠."

이 팀장은 나를 뚫어지게 노려봤다. 건방진 놈이라고 말하는 것 같았다.

"종교 이야기는 목사하고 하시오. 직접 취재하시든가. 경찰서에 와서 이러지 말고. 사건기자는 다 알아듣는데……."

그는 벽시계를 보았다. 그리고 나와는 눈을 마주치지 않았다. 나는 조용히 일어나 형사과 사무실에서 나왔다. 고정 관념과 자기 확신이 내 등 뒤를 쫓는 것 같았다. 나는 마음을 놓았다.

4

갑자기 성질이 폭발할 때가 있다. 내가 마주친 현상이나 사람이 모순으로 가득 차 있다는 생각이 들 때 그렇다. 아집과 편견으로 가득 찬 상대를 취재할 때도 나 자신을 제어하기 힘들다. 하지만 그런 경우는 2~3년에 한 번 찾아올 뿐이고 그때마다 나는 폭발해버린 나 자신을 발견하게 된다. 내가 나를 바라볼 수 있으면 마음을 진정시킬 수 있다.

의사도 나에게 감정 억제 능력이 있다고 생각하는 것 같다. 고개를 갸우뚱하면서도 약을 처방하지는 않았다. 심리검사를 하면서 상담을 계속하자고 말했다. 바라던 바였다. 의사는 복용 중인 다른 약이 있느냐고 물었다. 나는 아침마다 복용하던 혈압약을 최근 끊었다고 말했다. 의사는 잠시 골똘히 생각하더니 혈압약은 잊지 말고 먹으라고 했다. 그리고 두 달 뒤 다시 오라고 했다.

혈압약을 처음 먹었을 때 구름 위를 걷는 느낌이 들었다. 그게 싫었다. 운동과 체중 감량으로 혈압을 내릴 수 있다는 게 내 생각이다. 나의 모든 행위는 내가 통제할 수 있다. 적어도 오늘은 정신 건강에 문제가 없다. 유태오와 함께해야 할 일도 계획대로 잘될 것 같았다. 나는 병원에서 나온 뒤 유태오를 만나기 위해 그가 사는 고시원으로 갔다.

유태오는 말이 없는 사람이다. 늘 생각에 잠겨 있다. 가족과는 만나지 않은 지 오래되었다. 대구에 오기 전까지 그는 교회가 운영하는 출판사에서 일했다. 대구에 온 뒤에는 배달 알바를 했다.

그는 틈만 나면 성경을 읽었다. 휴일에는 대부분의 시간을 교회에서 보냈다. 새로 사귄 친구는 없다. 학창 시절 친구들과도 교류를 끊었다. 서울을 떠난 뒤부터는 휴대폰을 사용하지 않는다. 나와는 메일로 의사를 주고받았다. 적게 먹고, 술은 입에 대지 않는다. 조금씩 야위어가고 있지만, 피부는 깨끗하고 혈색은 좋았다.

그는 지난해 이맘때 나에게 메일을 보냈다. 내가 쓴 종교단체에 관한 기사를 빼놓지 않고 읽고 있다고 했다. 그러다가 마가선교복음회에 대한 이단성 논란을 다룬 나의 기사를 읽은 뒤 직접 만나서 이야기를 나누고 싶다며 사무실로 찾아왔다.

그는 나이보다 훨씬 젊어 보였다. 30대 후반이지만, 20대 청년처럼 보였다. 몸매는 호리호리하고 미남형에 눈이 깊고 우수에 차 있어서 사진으로 본 젊은 시절의 비트겐슈타인 같았다. 내가 그를 만날 때마다 주변에 있던 여성들이 그에게 한두 번씩 눈길을 주지 않은 적이 없었다. 그는 모든 면에서 작고 통통한 나와 대비되었다. 나와 이야기할 때 늘 밝은 모습이었지만, 아는지 모르는지 가끔 슬픈 표정을 지을 때가 있었다. 그럴 때는 이마와 눈 주변에 깊은 주름이 생겼다.

그는 마가선교복음회의 교리에 대해 자세히 알고 싶어 했다. 내가 제공하는 마가선교복음회의 교리책과 인터뷰 노트를 읽으며 혼자서 연구한 뒤 나와 토론했다. 언젠가 마가선교복음회에서 파문당한 이유수라는 사람을 아느냐고 물은 적이 있었다. 나는 대답하지 않았다. 그 후 이유수에 대해 더 이상 묻지 않았다. 그의 이야기는 대체로 자신의 신앙과 믿음에만 국한되었다. 그는 나에게 자신도 도와달라고 간곡히 부탁했다. 나는 그러겠다고 했다.

대구에 오기 전 유태오는 여자친구와 함께 살았다.

그녀는 작은 미용실을 혼자 운영했다. 유태오는 가끔 나에게 그녀에 관한 이야기를 했다.

그녀가 유태오를 찾아온 것은 교회에서 화요일 양로원 봉사자를 모집했을 때였다. 화요일은 미용실 정기휴일이기 때문에 봉사활동에 참여할 수 있다고 했다. 유태오는 그녀에게 쉬어야 하지 않느냐고 물었지만, 그녀는 봉사 기회를 기다리고 있었다면서 체력이 좋아 화요일 봉사는 어렵지 않다고 했다. 그녀를 처음 본 유태오는 낯익은 얼굴이라고 생각했지만, 어디서 보았는지 기억할 수 없었다.

그녀에 대해서 말할 때면 유태오의 표정은 어두워졌다.

"그녀는 혼자서 조용히 저를 찾아왔어요. 어디선가 본 친숙하고 낯익은 얼굴이 웃으며 다가왔죠. 그녀는 양로원에 갈 때마다 마치 야유회라도 가는 것처럼 들떠 있었어요. 잘 웃었고 즐거워했고 열정을 보였어요. 혼자서 열 분도 넘는 어르신 머리를 손질해주었어요. 저는 머리를 감겨드렸고요. 그녀는 단 한마디의 불평도 없었어요. 어르신들은 그녀를 매우 좋아하셨죠."

나는 어떻게 그녀와 사귀게 됐느냐고 물은 적이 있

었다.

"하루는 그녀가 말했어요. 토요일 저녁마다 아이들과 함께하는 성경 공부에 자기도 참여하고 싶다고. 그때 그녀가 저와 함께 있고 싶어 한다는 걸 알게 됐어요. 그녀는 아는 사람이 없다고 했어요. 저와 비슷했어요. 화요일 봉사도 둘이서 했고 수말 저녁 성경 공부가 끝난 뒤에도 둘이서 시간을 보냈어요. 그녀는 저와의 만남이 오래전부터 꿈꿔왔던 축제라고 했어요. 축제, 그만큼 즐겁다는 얘기라고 이해했죠. 무슨 뜻인지 나중에 알게 됐어요."

그렇게 그들의 사랑이 시작됐다. 고독한 남녀가 서로를 알아본 것이다. 그는 그녀에 대해 말하다가 눈물을 펑펑 쏟은 적이 있었다.

"그녀는 저와 함께 지내고 싶다고 했어요. 단지 그것만 원한다고 하면서요. 그게 가능하냐고 물었죠. 물론 가능하다고, 저도 같이 있고 싶다고 했어요. 저는 그녀의 집으로 들어갔어요. 조용하면서 편안한 나날을 보냈죠. 그런 평화를 누린 적이 없었어요. 그런데, 그런데……"

그녀는 죽었다고 했다. 나는 왜, 어떻게 죽었는지

엘리 엘리 라마 사박다니

묻지 않았다. 그가 이유수를 만난 뒤 나에게까지 찾아올 정도라면 깊은 사연이 있을 것이고 쉽게 말할 수 없으리라 생각했기 때문이었다. 나는 유태오가 스스로 말해주기를 기다렸다.

하루는 그가 시무룩한 얼굴로 루터의 문 이야기를 한 적이 있었다.

"그녀와 화요일 봉사를 마친 뒤 자주 놀러 간 곳이 있었어요. 교회로 돌아와 뒷산을 조금 올라가면 계곡 안에 자리 잡은, 옛날 선교사 집이었어요. 붉은 벽돌로 만든 일자형 서양식 집이었는데 훗날 박물관으로 만들려고 교회가 보존하던 곳이었어요. 문은 늘 잠겨 있었지만, 어렸을 때부터 친구들과 함께 창문을 넘나들며 놀던 곳이었어요. 교회 관리인이 가끔 방문하는 것 말고는 찾는 사람이 없었죠. 집 앞에는 넓은 마당이 있는데 잡초만 무성했어요. 그런데 그 선교사 집에 들어가려면 루터의 문이라고 불리는 철문을 지나야 했어요."

갑자기 유태오의 안색이 창백해졌다.

"루터의 문은 오래전 붉은 벽돌담을 시멘트로 보수할 때 새로 만든 철창 형태의 문이었어요. 철창 윗부분은 클로버 모양의 칼이 달린 창날이 일렬로 줄지어 있었죠. 그 문을 통과하면 성경과 홀로 대면할 수 있다고들 했어요. 하지만 루터의 문은 늘 잠겨 있었죠. 새들은 막을 수 없더라도 멧돼지, 오소리 같은 짐승들이 들어가지 못하게 한 것이죠."

유태오의 창백한 얼굴에 깊은 주름이 생겼다.

"그녀와 나는 나무를 타고 담을 넘어갔어요. 루터의 문 옆에 고사목이 된 참느릅나무가 한 그루 있었는데 낮은 나뭇가지들이 철문 위를 지나 담 안으로 뻗쳐 있었어요. 어릴 때부터 그 가지들을 잡거나 밟고 철문 위로 넘나들었죠. 실수라도 하면 철창 위로 떨어지지만, 거미줄처럼 퍼져 있는 나뭇가지들이 손잡이 역할을 해서 아무도 그런 실수를 하지 않았어요. 그녀는 처음부터 그 나무를 능수능란하게 타고 철문을 넘어갔어요. 깔깔 웃으면서, 이렇게 나뭇가지를 잡고 넘어가야 한다면서 말이죠. 선교사 집 안에 들어가서는 먼지 쌓인 책상에 마주 앉아 밤늦도록 얘기했어요. 하루는 그녀가 진지하게 말했어요. 루터의 문을 지나왔으니 혼자서 성경과 대면할 수 있다고요. 그녀는 성경 말씀을 어기지 않는다고 했어요."

엘리 엘리 라마 사박다니

나는 유태오가 서울을 떠난 것은 죽은 그녀를 잊기 위해서였고, 대구를 택한 것은 나를 만나기 위해서였다고 생각한다.

　유태오가 고시원 밖으로 나왔다. 바람이 세차게 불었고 가로수가 심하게 흔들렸다. 그는 흔들리는 나뭇가지에 시선을 고정하며 내가 있는 곳으로 다가왔다. 그의 표정은 비장했으며 목소리는 평소보다 더 울림이 컸다.

　"김 기자님, 태풍이 곧 지나가요."

　"그래요."

　"천둥과 번개도 친다고 해요."

　"비도 많이 내린다고 했어요."

　나는 그를 보고 웃었다. 비장하게 보였던 그의 얼굴이 조금은 평온해졌다.

　"병원에 갔다 오셨어요?"

　"갔다 왔어요. 건강해요."

　"전 지난 토요일과 일요일, 그곳에 갔다 왔어요."

　"알고 있습니다. 노트북과 자료집은 고시원에 있죠?"

　"네, 다 옮겨놓았어요. 이따가 거기에 갈 때 갖고 갈게요."

"다른 것들은 다 정리했어요?"

"고시원 계약은 오늘까지라서 아무것도 남기지 않았어요. 다른 건 다 버렸어요."

"거기 가기 전에 꼭 만나야 할 사람이 있어요. 그 사람 만나고 최대한 빨리 갈 테니까 혹시 조금 늦더라도 기다리고 있어요."

그는 시험 준비를 다 끝낸 고등학생처럼 만족스러운 표정으로 나를 내려다보고 고개를 끄덕였다. 그러고는 돌아서서 고시원 안으로 성큼성큼 걸어 들어갔다. 나는 마을공동체가 있는 김천으로 차를 몰았다. 이유수에게 확인해야 할 것이 있었다.

5

마을공동체는 평범한 농촌 마을과 다르지 않았다. 대문에 십자가를 붙여놓은 농가 몇 채가 띄엄띄엄 있을 뿐이다. 나는 이 마을 사람들이 치열한 논쟁 속에서 신앙생활을 하고 있다는 사실을 알고 있다.

엘리 엘리 라마 사박다니

이유수의 집은 황토로 지은 농가로 마을 끝자락 높은 곳에 있어서 멀리서도 볼 수 있다. 이유수 또한 황토색 생활한복을 입고 있었다. 은색 머리에 어깨와 허리는 앞으로 굽어 작은 체구가 더 왜소해 보였다. 걸음걸이는 느렸다. 그는 나를 평소처럼 서재로 안내하고 차를 가져오는 동안 잠시 기다리라고 했다.

서재 안에는 책상과 한쪽 벽을 다 차지한 책꽂이, 작고 둥근 테이블과 의자 두 개만 있을 뿐 그 어떤 장식도 눈에 띄지 않았다. 책상 위는 깨끗했다. 책꽂이는 가운데 칸에만 10여 권의 책이 비스듬히 꽂혀 있었다. 한국어 성경이 한 권, 원문과 주석이 달린 유교 경전, 그리고 동학 경전이 있었고 영어로 번역된 두 권짜리 스피노자 철학 전집과 한 권짜리 라이프니츠 철학 작품집이 있었다.

스피노자는 신과 자연, 실체를 동일시한 범신론자로 자신의 철학 체계를 수학적인 방식으로 증명하려고 했다는 것만 기억한다. 라이프니츠가 모나드론으로 세계를 설명했다는 것은 알고 있었지만, 그것이 무엇을 의미하는지 이해하려고 해본 적은 없었다. 다만 라이프니츠는 성리학자들이 생각한 신 개념에 대해

지대한 관심을 가졌다는 정도는 들은 것 같다.

《원본주역》이라는 책을 꺼내려고 할 때 이유수가 차를 들고 들어와 테이블 위에 놓았다. 찻잔을 쥔 그의 손은 작고 힘이 없어 보였다. 그는 안쪽에 앉았고 나는 그 앞에 앉았다. 농부처럼 검고 순박한 얼굴이 나를 편하게 했다. 하지만 그와의 대화는 나를 긴장시킨다.

"다른 책은 다 버리셨습니까?"

그는 내 말에 대답하지 않고 웃기만 했다.

나는 다시 물었다. "유학과 동학이 기독교와 맥을 같이하는 부분이 있습니까?"

"조선 후기 유학자와 동학 운동가들이 천주를 어떻게 이해했을까, 알고 싶을 뿐입니다. 김 기자가 꺼내려고 하신 주역도 신을 전제하지 않고서는 이해할 수 없을 것 같다는 생각이 들어요."

"같은 신입니까?"

그는 웃었다. 나를 비웃는 것일까?

"모르겠어요. 하지만 유가들이 인성이 곧 천성이라고 본 것은 분명한 것 같아요."

"기독교에서는 신성만이 유일하지 않습니까?"

"하나님은 자기 형상대로 인간을 창조하셨기 때문에 인성 또한 하나님을 닮을 수밖에 없어요."

"그렇다면 악인은 왜 생기는 겁니까?"

"내면의 성을 찾지 못했기 때문입니다."

더 이상 이야기가 안 될 것 같았다. 나는 내 관심사로 이야기를 돌렸다.

"무진 최 씨와 경주 장 씨에 대한 선생님의 생각은 대체 무엇입니까? 그분들은 평범한 기독교 신자였습니다."

그는 말없이 나를 응시했다. 왜 지금 그것이 궁금한지 이해하지 못하는 눈치였다. 공격적으로 질문해야겠다는 생각이 들었다.

"선생님은 그들 두 사람과 많은 이야기를 나누셨습니다. 그들이 죽은 뒤에는 현장에 와서 직접 보셨죠. 세밀하게 관찰하셨습니다."

그의 얼굴엔 표정 변화가 없었다.

"그들에게 왜 그런 생각을 갖도록 하시는지 이해할 수가 없습니다."

"김 기자도 저의 블로그 회원이잖습니까? 유태오 형제도 회원이시고요. 어떤 이야기가 오가는지 매일 보시잖습니까? 그들은 스스로 그런 생각을 한 겁니다."

내 맥박이 빨라졌다. 얼굴도 빨개지고 있을 것이다.

"선생님은 그분들에게 예수 그리스도가 될 수 있다고 말씀하셨고 또 말씀하고 계십니다. 누구든 회개하고 깨달으면 예수가 되어 다른 이들을 뉘우치게 할 수 있다고 하셨습니다. 다른 이들의 고통을 대신해 십자가에 못 박힐 수 있다고 하셨습니다. 그렇다면 최 씨와 장 씨가 예수가 되었습니까?"

"그분들은 예수입니다."

"실제 예수는 아니잖습니까?"

"예수입니다." 그는 단호하게 말했다. "김 기자는 좋은 분입니다. 인정이 많고 이웃의 고통을 이해할 수 있는 분입니다. 그분들이 예수가 아니라고 판단하더라도 그분들의 의도를 이해하시기 바랍니다."

"전 제 방식대로 그분들의 고통을 이해합니다. 그러니까 선생님 말씀대로 그들을 돕는 것 아니겠습니까?"

그는 고개를 끄덕이며 말했다. "저는 김 기자의 기사를 하나도 빼놓지 않고 읽습니다. 그 따스한 마음을 읽습니다. 김 기자야말로 예수님 같습니다."

나의 맥박이 더 빨라졌다.

"선생님, 택시기사 최 씨는 새 차를 직접 받아 무진까지 운전해갔습니다. 예수님이 나귀를 타고 예루살렘에 들어가신 것처럼 말입니다. 제빵사 장 씨는 자신의 모든 재산을 털어 빵을 만들어 나누어주었습니다. 예수님이 가난한 사람들을 배불리 먹이신 것처럼 말입니다. 그렇게 했다고 그들이 예수님이 됐을까요? 구원받아 천국에 갔을지는 몰라도 예수가 되지는 않았습니다. 예수님은 신성을 가진 유일한 분이십니다. 십자가에 못 박히셨을 때는 고통받는 모습을 구현하셨을 뿐입니다. 우리의 죄를 사해주시기 위해섭니다. 하지만 누군가가 자신이 예수가 되고자 한다면 어떻게 그런 사람의 죄를 사해주시겠습니까?"

"타인의 고통을 자신의 고통으로 이해하는 자, 모두가 예수입니다. 타인을 위해서 죽을 수 있는 자, 모두가 예수입니다. 모든 사람은 하나님의 천성을 타고났습니다. 예수님도 신성을 부여받으신 겁니다. 하나님이 왜 예수와 우리를 차별하시겠습니까? 김 기자의 선행은 스스로 예수가 될 수 있음을 보여주신 겁니다. 이단으로 찍힌 교단에 대해서도 김 기자는 폭넓은 이

해가 필요하다고 말했습니다. 교회 권력의 사유화를 비판하셨습니다. 예수님이 대제사장에게 고함을 쳤듯이 김 기자는 부자 교회, 정치 교회의 폐단을 폭로했습니다. 오직 이웃사랑만이 하나님의 명령이라고 하셨습니다. 사랑으로 충만한 교회를 섣불리 이단으로 몰지 말라고 썼습니다."

나는 심장의 급격한 울림에 가슴과 머리가 먹먹해졌다. 하늘에 붕 뜬 느낌이었다. 이유수는 내가 어떤 갈등을 겪고 있는지 잘 알고 있다. 그는 고통받는 자들을 나에게 보낸 자이다. 나는 마음이 흔들리는 나 자신을 볼 수 있었다. 마음을 진정시켜야 한다. 차를 한 모금 마셨다.

그에게 말했다. "회개하고 선행을 베풀어도 예수는 될 수 없습니다. 예수님의 뜻을 실천한 사람일 뿐입니다. 저 또한 그렇고요. 만일 스스로 예수가 되고자 한다면 오만과 독선이 생겨 진정으로 회개하지 않을 겁니다."

"오만과 독선의 씨를 품고 있는 사람이 예수가 되고자 하겠습니까? 이웃을 진정으로 사랑한 예수님과 이웃을 진정으로 사랑한 형제 사이에 무슨 차이가 있습니까? 그가 예수가 될 수 있도록 도와주십시오. 당신 같은 사람만이 할 수 있습니다."

"예수가 십자가에서 육체적으로 고통을 받았습니까?"

"예수는 고통에 몸부림쳤습니다. 하지만 정신적으론 더 큰 고통을 겪으며 하나님을 원망하셨습니다."

그는 거기서 입을 다물었다. 하지만 그의 눈은 나에게 호소했다. 나는 오늘 내가 가진 의문의 답을 구할 것이다.

나는 자리에서 일어서며 말했다. "저는 그가 회개하기 때문에 도울 뿐입니다. 그가 예수라면 저의 도움이 필요 없잖습니까?"

6

경부고속도로로 진입했다. 도동IC로 나가서 팔공산 탑골로 갈 것이다.

기상청은 태풍이 자정쯤 남해에 상륙해 대구와 포항 사이를 지나간다고 예보했다.

바람이 강해졌다. 빗줄기도 거세졌다. 쏟아지는 빗물을 와이퍼가 다 닦아내지 못했다. 승용차가 바람에 흔들렸다. 앞차가 속도를 갑자기 줄이며 비상등을 켰다. 하마터면 추돌할 뻔했다.

정신 차려야 한다. 내 머리는 온통 이유수에 대한 생각으로 가득했다. 내가 유태오에게 가하려는 행위의 정당성은 이유수를 극복할 수 있느냐에 달려 있다. 하지만 이유수가 생각하는 게 무엇인지 도무지 이해할 수 없다. 그는 이단인 마가선교복음회로부터도 이단으로 몰려 쫓겨난 사람이다. 그런 그에게 최 씨와 장 씨, 유태오까지 깊은 영향을 받았다. 이유수는 세 사람을 나에게 보내면서도 내 생각과 다른, 자신의 신념을 숨기려 하지도 않았다. 이유수와 나는 다른 목적, 다른 생각을 하면서 같은 행위를 추구한다. 하지만 나는 유태오에게 가할 행위를 통해서 내 생각의 우위를 증명하고 싶었다. 이번만큼은 그렇게 할 것이다. 이유수의 얼굴 위로 유태오의 얼굴이 겹쳐졌다.

탑골 아래 공용주차장은 등산객이 자유롭게 이용할 수 있도록 개방되어 있지만, 시멘트 포장이 안 돼 있고 바닥 면이 고르지 않아 비가 오면 질척거린다. CCTV가 없어 익명이 보장된다. 나는 주차장 안쪽, 등산로 입구와 가까운 곳에 차를 세웠다.

차 문을 열고 나오자 비바람이 얼굴을 세차게 때렸다. 유태오가 다가왔다. 검은색 비옷을 입고 모자를 쓰고 있어서 얼굴이 보이지 않았지만, 검은 실루엣이 그임을 말해주고 있었다. 그는 내 차의 뒷문을 열고 안에 있던 비옷과 손전등을 꺼냈다. 내가 비옷을 입는 동안 그는 자신의 노트북 가방과 작은 상자를 승용차 뒷좌석에 올려놓았다. 나와 메일을 주고받는 데 사용한 노트북이고, 나에게서 받은 종교단체 관련 자료였다. 나는 그것들을 분해하거나 소각해서 없앨 것이다. 그의 소유물은 이 세상에 남아 있지 않게 될 것이다. 그는 차 문을 닫았다.

우리는 주변 상가 불빛에 의지해 탑골 등산로로 올라섰다. 거기서부터는 암흑이 펼쳐졌다. 손전등을 켜고 전방을 비췄다. 내가 앞서고 그가 뒤에서 따라왔다. 깔딱고개라고 불리는 곳이다. 비바람 때문에 고개를 들 수 없었다.

계단이 나왔다. 거기서부터 우리는 나란히 걸었다.

그가 모자를 앞으로 당겨 비를 가리며 말했다. 그의 목소리는 뒤집어쓴 모자 안에서 울렸다.

"돈이 좀 있었는데 모두 무지개행동신학교에 기부했어요."

처음 들어보는 신학교이다. 왜 그곳에 기부했는지 궁금했지만, 묻지 않았다. 유태오는 생각이 깊기 때문에 분명 의미가 있을 것이다.

태풍이 수많은 가지들을 거세게 흔들어댔다. 거대한 자연의 울림 속에서 우리는 하찮은 미물처럼 작은 흔적 하나 남기지 못한 채 계단을 올라갔다. 숨이 차기 시작할 때 깔딱고개 위에 이르렀다. 거기서 앞쪽으로 넘어가면 염불암에서 동화사로 흘러 내려가는 작은 냇물을 만난다. 우리는 그 냇물 옆 등산로를 거슬러 올라갔다. 이번에도 내가 앞서고 그가 뒤따랐다. 계곡 물소리가 천둥만큼 컸다. 어느덧 염불암으로 통하는 시멘트 포장길이 나왔다. 그와 다시 나란히 걷기 시작했다.

그는 완전 소멸을 준비했다. 하지만 누구든 뭔가를 남겨두고 싶어 한다. 그것은 자기만의 작은 역사일 수도 있고 다 말하지 못한 이야기일 수도 있다.

"유태오 씨, 그녀는 왜 죽었어요?"

그는 대답하지 않았다. 하지만 내 물음에 대한 그의 대답 속에 이곳에 온 이유가 들어 있을 것이다.

염불암에 도착했다. 바람에 날려 회오리치는 굵은 빗줄기의 무질서한 움직임을 암자의 불빛이 비추고 있었다. 그 움직임은 마치 법당 앞에서 아우성치는 삼라만상의 절규 같았다. 유태오는 잠시 걸음을 멈추고 그 불빛을 바라보았다. 그는 한동안 움직이지 않았다. 시간이 얼마나 흘렀을까? 영겁으로 가는 시간에 비하면 찰나의 순간일 것이다. 하지만 나는 그의 팔을 꽉 잡고 길을 재촉했다.

염불봉으로 이어진 산길로 올라섰다. 가파른 길이다. 30분 정도 올랐을까? 엄청난 폭우가 몰아쳤다. 걷기가 힘들었다. 큰 바위 아래, 바람이 피해 가는 곳에서 우리는 웅크리고 앉았다. 그를 보았다. 그는 앞만 보고 있다.

그러다가 갑자기 그가 어깨를 들썩거리며 말했다. "내가 그녀를 죽게 했어요."

나는 다음 말이 궁금해 그를 향해 고개를 돌렸다.

"그녀는 저를 믿고 의지했어요. 그런 그녀에게서 제

가 떠났죠. 그래서 그녀는 결국……."

거센 빗줄기 속에서도 그의 깊은 한숨 소리가 들렸다.

"그녀의 집으로 옮긴 뒤 짐을 정리하고 있었어요. 그녀는 미용실로 나가면서 내가 가져간 책을 자신의 책꽂이에 꽂으라고 했어요. 몇 권 되지 않았죠. 정리하다 보니까 그녀의 책상 위에 낯익은 앨범이 있는 거예요. 그녀의 초등학교 졸업 앨범이었어요. 깜짝 놀랐어요. 제가 다닌 학교였거든요. 그녀는 저의 초등학교 후배였어요."

나는 그녀가 유태오에게 보여주려고 앨범을 일부러 책상 위에 올려놓고 출근한 것이 아닐까 생각이 들었지만, 말하지 않았다. 그의 한숨 소리가 컸기 때문이었다.

"그녀의 어릴 때 모습이 보고 싶었죠. 앨범을 펼쳤어요. 꼼꼼히 들여다보면서 그녀를 찾았죠. 마침내 그녀의 얼굴을 발견했어요. 그런데 그 얼굴은, 그 아이 얼굴은…… 그 얼굴은 내가 잘 알고 있던 얼굴이었어요. 그때 모든 걸 알게 됐어요. 모든 게 생각났어요. 그녀는 나를 형이라고 부르며 쫓아다녔던 같은 동네 아이였어요. 말이 없고 얌전했던, 그러면서도 명랑했던 동생이었죠.”

나는 처음에 그의 말이 무엇을 의미하는지 이해하지 못했다. 그가 고개를 들고 나와 눈을 맞추었을 때 비로소 알 수 있었다.

“그 아이는 항상 내 주변을 맴돌았어요. 그 사실을 앨범을 봤을 때 깨닫게 됐죠. 교회도 같이 다녔어요. 루터의 문도 수시로 넘나들었죠. 그랬던 거였어요. 제가 중학교, 고등학교 다닐 때도 자주 보았어요. 남자 아이였지만, 여성스러웠어요. 그런데 홀연히 사라졌어요. 언제 사라졌는지 기억이 나지 않아요. 가끔 그 아이 생각은 했어요. 그러다가 갑자기 내 앞에 나타났던 거였어요, 다른 모습과 다른 이름으로. 그녀를 처음 보았을 때 어디서 많이 보았던 얼굴이라고 생각했던 이유를 알게 됐어요.”

그는 고개를 숙였다. 나는 그가 그녀에게 어떤 태도를 보였을지 어렴풋이 짐작할 수 있을 것 같았다. 나는 레위기 구절이 생각났다.

“그녀는 어렸을 때부터 유태오 씨를 좋아했군요. 주변을 맴돌다가 여자가 되어서 나타난 거였어요.”

"저를 만나기 위해서 여자가 되었죠. 그녀가 말했어요. 우리는 성경 말씀을 거스르지 않았다고요. 하나님 말씀을 따르기 위해서 자신이 변신했다고 했어요. 하나님의 축복 속에 우리는 다시 만났다고 하면서요. 하지만 나는 그녀가 단지 나에게 매달리려고만 한다고 생각했어요. 그녀가 나를 바라보며 살았을 것이란 생각은 하지 못했어요."

유태오의 선함은 성경에서 나온다. 성경 말씀을 실천하기 때문에 선한 사람이 된 것이고 그렇기 때문에 성경 말씀을 거스를 수 없었을 것이다. 나는 그렇게 생각했다.

"그녀가 왜 죽게 된 거예요?"

"변신은 하나님이 인정하지 않을 거라고 그녀에게 말했어요. 저는 그녀의 집에서 나왔어요. 저는 신의 뜻을 거스를 수가 없었어요. 상상도 할 수 없는 일이었으니까요."

"그녀는 나름대로 해답을 구했던 것이 아닐까요?"

"네, 그녀는 하나님의 세계 안에서 살고자 몸부림친 거였어요. 그런데 저는 인정을 하지 못한 거죠."

그의 목소리는 상기됐다. 얼굴을 때리는 강한 빗줄

기 때문일까. 숨이 찬 것 같았다. 몇 차례 기침했다. 그리고 그녀의 이야기를 다시 꺼냈다.

"그녀는 결국 자신의 육신이 문제였다고 생각했어요. 하지만 문제를 만든 것은 자신이 아니라 하나님이라면서 하나님도 고통을 느끼고 실수를 인정해야 한다고 했어요. 저는 그녀가 미쳤다고 생각했죠."

그는 더 말하지 않았다. 바람이 잔잔해졌다. 주위가 조용해졌다. 태풍이 잠시 쉬어가는 것 같았다. 우리는 일어섰다.

염불봉 오르는 등산로를 걷다 보면 오른쪽 아래에 큰 계곡을 만난다. 병풍바위에 막혀 계곡이 끝나는 부분이다. 아무도 가지 않는 곳이다. 나는 오래전에 그 계곡 아래로 내려갔다가 길을 잃을 뻔했다. 유태오는 그 누구에 의해서도 발견되지 않을 것이란 내 말에 이곳을 선택했다. 자연이 자기 육신을 완전히 분해하고 소멸시켜주기를 원했다.

전등을 아래쪽으로 비추면서 한 손으로 나뭇가지를 잡고 조심스럽게 내려갔다. 빗줄기가 다시 거세지기 시작했다. 남쪽에서 불어온 태풍이 거대한 절벽을 만나 회오리바람을 일으켰다. 엉덩이를 바닥에 대고

내려갔다. 얼마쯤 내려갔을까. 바닥이 평평해진 공간
에 도달했다. 우리가 잡목을 제거하고 땅을 고른 곳이
다. 거기에 우리가 만들어 세워놓은 통나무 십자가가
있고 그 양쪽으로 작은 십자가가 두 개 있다. 작은 십
자가 위에는 타원형의 손거울이 동여매여 있었고 큰
십자가 뒤에는 가시 면류관이 걸려 있었다. 유태오가
며칠 전 혼자 와서 마무리한 것들이다. 우리는 십자가
옆에 설치한 텐트로 들어갔다.

텐트 입구에는 나무를 베고 다듬는 데 쓴 톱과 연장
들이 흩어져 있었다. 안쪽에는 침낭이 깔려 있었고 그
위에 망치와 대못, 손드릴, 칼, 끈과 붕대, 채찍으로 쓸
나일론 빨랫줄, 십자가 설계도와 볼펜 등이 흩어져 있
었다. 우리는 그것들을 옆으로 밀어내고 침낭 위에 나
란히 앉았다. 텐트가 날렸지만 비와 바람은 피할 수
있었다.

나는 어떻게 해야 할지 머릿속으로 순서를 몇 번이
고 되풀이해서 생각했다.

바람이 잦아들었다. 태풍의 눈 안으로 들어간 걸까?

유태오가 고개를 들어 나를 보았다. 투명한 그의 눈
동자가 다른 각도로 퍼진 손전등 빛을 반사하며 나에

게 시간이 다 됐음을 이야기했다.

그는 일어서서 옷을 벗었다. 그리고 망치와 드릴, 채찍을 들고 텐트 밖으로 나갔다. 나는 나머지 연장과 손전등, 칼을 들고 그를 따라나섰다. 손전등이 십자가를 비출 수 있도록 옆에 있는 돌 위에 올려놓았다. 늦은 오후에 작업을 할 때마다 전등을 올려놓았던 곳이다.

그는 연장을 내려놓고 큰 십자가를 등진 뒤 발판 위에 두 발을 모은 채 똑바로 섰다. 그리고 칠흑같이 어두운 하늘을 우러러보았다.

나는 그에게 다가갔다. 그가 나를 보고 고개를 끄덕였다. 나도 고개를 끄덕였다.

채찍을 들었다가 도로 내려놓았다. 그 앞에 무릎을 꿇고 앉았다.

펜치로 대못을 쥐고 뾰족한 끝부분을 엄지발가락과 두 번째 발가락 사이 발등 골 위에 댔다. 망치를 높이 들었다. 힘껏 내리쳤다. 그가 비명을 질렀다.

나는 다시 망치를 높이 들었다. 한 번 더 내리쳤다. 그의 비명이 계곡에 울려 퍼졌다. 펜치로 대못의 머리 부분을 잡고 구부렸다.

다른 대못을 집어 들었다. 다른 발등 위에 대못의 뾰족한 부분을 겨냥하고 망치로 세게 내리쳤다. 망치가 빗나가 그의 발등을 때렸다. 그가 비명을 질렀다.

나는 다시 대못을 잡고 망치를 짧게 잡아 들었다. 이번엔 약간 힘을 빼고 내리쳤다. 대못이 발등에 꽂혔다. 나는 펜치를 놓고 두 손으로 망치를 잡아 높이 들어 올린 뒤 힘껏 내리쳤다. 망치는 못을 정확하게 가격했고 대못의 머리까지 발등에 깊숙이 박혔다. 그는 비명을 지르며 내 어깨를 잡은 채 앞으로 쓰러지는 자기 몸을 지탱했다. 나는 펜치로 대못을 조금 뽑았다. 그리고 대못의 머리를 잡고 구부렸다.

나는 그를 위로 밀어 일으켜 세우면서 나도 일어섰다. 끈을 집어 그의 허리를 십자가 기둥에 단단히 묶었다. 목은 약간 느슨하게 조였다. 그리고 그의 두 팔을 붕대를 이용해 십자가 날개에 느슨하게 묶어 고정했다.

그의 왼쪽 손을 펴고 드릴로 검지와 중지 사이 손바닥 부분을 뚫었다. 단발의 신음이 그의 목에서 흘러나왔다. 나는 그의 왼손을 십자가 뒷면에서 박아 앞면으로 튀어나오게 한 대못의 뾰족한 부분에 끼웠다. 그리

엘리 엘리 라마 사박다니

고 붕대로 그의 손목을 느슨하게 묶어 고정했다.

나는 다시 그의 오른손을 펴고 드릴로 구멍을 뚫었다. 손바닥을 대못에 끼우고 붕대로 손목을 묶었다. 그는 움직일 수 없게 되었다. 나는 십자가 뒤에 걸어놓은 가시 면류관을 집어 그의 머리에 씌웠다. 그리고 뒷걸음으로 그와 떨어졌다.

무진이나 경주 때와는 달리 이번엔 십자가 기둥을 높게 만들었다. 유태오는 똑바로 서 있을 수 있었다. 그는 저체온으로 서서히 죽어갈 것이다. 하지만 이번에는 그런 식으로 죽게 놔두고 싶지 않았다. 예수라고 자칭하는 자의 실체를 확인할 때가 왔다.

나는 칼을 집어 들었다. 그리고 그에게 다가갔다. 그는 나를 내려다보았다. 나는 칼을 그의 눈앞에 들어 올렸다.

순간, 그는 놀란 눈빛이었다. 고통 속에서도 당황하는 기색이 역력했다.

나는 그에게 소리쳤다. "유태오, 당신은 예수가 될 수 없어!"

나는 왼손으로 칼을 잡고 그의 오른쪽 옆구리를 위에서 아래 방향으로 찔렀다. 마치 그가 오른손으로 자기 허리를 찌를 때와 같은 각도로 말이다. 그러면서 그에게 또다시 외쳤다.

"당신은 예수가 될 수 없어. 당신은 유태오일 뿐이야. 뉘우치고 고통받는 인간일 뿐이야. 하나님께 회개하라고. 그러면 하나님이 당신의 죄를 사해주실 거야. 당신은 천국에 갈 수 있는 거야."

나는 칼의 손잡이 끝을 손바닥으로 조금 더 밀었다. 그의 얼굴 음영이 희미한 손전등 빛에 일그러졌다. 그의 입에서는 외마디 비명이 마치 공기를 찢어버리는 것처럼 터져 나왔다. 그가 경련을 일으켰다. 바람이 다시 거세게 몰아쳤다. 빗줄기도 거세졌다. 주변의 나무들이 심하게 흔들렸다. 나는 칼을 더 깊게 찔렀다. 그리고 칼을 갈비뼈 사이에서 비틀었다. 그는 짐승처럼 울부짖었다.

"당신이 예수라면 아픔을 느끼지 않을 거야. 고통을 느낀다면 한낱 미물과 같은 존재라는 것을 확인한 거야. 고통스럽나? 그러면 소리쳐봐. 애원해보란 말이야. 왜 나를 버리시냐고 말이야."

울부짖음이 계속됐다. 그는 무엇인가 말하려고 했다. 하지만 거세진 바람이 천지를 흔드는 것 같아 제대로 들을 수가 없었다. 나는 귀를 그의 입에 댔다.

그는 헉헉거리면서 간신히 말을 이었다. "그녀가…… 말, 말했어요, 자신의 몸뚱이를…… 육신을 파괴하겠다고……."

그는 숨을 헐떡거렸다. 나는 고개를 들고 그를 바라보았다. 그는 나에게 하소연하듯이 입을 벌렸다. 나는 다시 귀를 그의 입에 갖다 댔다.

"그녀…… 자, 자기 육신을, 처, 철저히 파괴했어요. 그녀는, 그녀는, 파, 파괴되는 모습을 하나님께 보여줬어요. 옷을 벗고 루, 루터의 문, 문 위 창끝 위로, 모, 몸을 던졌어요. 까마귀가 눈을 파먹고, 새, 새들, 짐승…… 모, 몸을 먹는 동안 그, 그녀는 살아 있었어요. 고통을 느끼며 소, 소멸을…… 하, 하나님이 고, 고통받아야 한다고 말, 말하듯이……."

나는 뒤로 물러서며 나도 모르게 깊숙이 박아 넣은 칼을 순식간에 뽑았다. 그가 산이 떠나갈 정도로 비명을 질렀다. 그의 옆구리에서 피가 터져 나왔다. 나는 뒷걸음으로 그에게서 떨어졌다.

그는 울부짖었다가 힘이 다한 듯 죽어가는 목소리로 말했다. 바람이 잠시 멈추었는지 주위가 조용해졌다. 그래서 그의 목소리를 들을 수 있었다.

"주여, 제 몸을 가, 갈기갈기 찢어서…… 저를 용서치 마시고 영원히 지, 지옥에 떠, 떨어뜨려주시옵…… 소서. 저는 하, 하나님 뜻을, 하나님 사, 사랑을 모, 몰랐습니다. 그녀의 고통을 대, 대신할 수……"

다시 태풍이 계곡을 집어삼키듯 휘돌았다.

나는 움직일 수 없었다.

유태오는 땅속으로 침몰하는 것 같았다. 무릎이 굽혀졌다. 목이 끈에 걸려 뒤로 젖혀지면서 질식해갔다. 손전등 불빛이 희미해지면서 어둠이 그의 형체를 삼켰다. 그와 내가 얼마 동안 그렇게 있었는지 모르겠다. 바람과 비가 잦아들 때까지 그는 미동조차 하지 않았다.

뒤쪽에서 소리가 들렸다. 인기척이다. 나는 소스라치게 놀라며 뒤로 돌아섰다. 심장이 멎는 것 같았다. 언제부터 그 자리에 있었을까. 이유수가 어둠 속에서 나를 향해 서 있었다. 그의 구부정한 모습은 마치 나를 잡아먹을 듯이 노리는 맹수 같았다.

그가 나에게 한 걸음 다가왔다. 나는 뒷걸음질을 쳤다. 그가 멈췄다. 나도 멈췄다.

그는 천천히, 온 힘을 다해서 나에게 저주하듯이 말했다. "당신! 예수를 못 박은 자들과 뭐가 달라."

나는 그의 말에 포박되어 그의 입속으로 빨려 들어갈 것 같았다. 공포감이 엄습했다. 또 뒷걸음쳤다. 내 등이 십자가에 못 박힌 유태오와 부딪쳤다. 뒤를 돌아보았다. 내 얼굴이 유태오의 얼굴에 닿았다. 그는 하늘을 향해 눈을 치켜뜨고 있었다. 나는 놀라 옆으로 쓰러지듯 비켜섰다.

이유수는 유태오에게 다가갔다.

그는 유태오 앞에 무릎을 꿇었다. 유태오의 발끝에 입을 맞추었다. 그리고 그를 올려다보며 두 손을 모으고 기도하기 시작했다. 이유수는 그렇게 십자가에 못 박힌 유태오와 하나가 되었다.

비와 바람이 점점 잦아들었다. 어둠이 조금씩 물러나며 산 아래쪽부터 여명이 시작됐다. 산 전체를 덮었던 짙은 구름이 빠르게 병풍바위 북쪽으로 넘어갔다. 푸른 하늘이 나오면서 더 밝아진 햇빛이 축 늘어진 나뭇가지 사이로 계곡을 비췄다. 그 빛을 받으며 유태오는 자신의 얼굴을 서서히 드러냈다. 어제까지만 해도 맑고 투명했던 그의 얼굴은 어둡고 짙은 대리석으로

변해 있었다. 이 세상의 모든 고통을 짊어진 듯 험하
게 일그러져 있었다.

나는 무생물로 변한 그의 얼굴에서 예수의 고통을
보았다.

김
세
화

추리소설을 쓰려면 살인의 방법을 고안해야 한다. 어떻게 하면 효율적이고 흔적 없이 죽일 수 있을까? 방법이 복잡할수록, 흔적을 많이 남길수록 검거될 확률도 높아진다. 침이나 머리카락, 미세섬유로도 용의자를 특정할 수 있는 시대에 살인 도구를 여기저기 흘릴 수는 없다. 한두 개 위장 단서를 던져놓을 수는 있을 것이다.

복잡한 방법의 살인도 있다. 전쟁, 대량 학살, 테러에서 볼 수 있다. 하지만 개인적인 살인이라면 단순 명료한 방법을 쓰려고 살인자는 노력할 것이다.

자살 방법은 생각하지 않는다. 자살 장면을 내 작품에 넣을 생각이 없기 때문이다. 다만 자살 방법 또한 효율성을 추구할 것이라는 인식은 갖고 있다. 실제로 자살한 사람이 선택한 방식은 단순하다. 누가 복잡한 과정을 거쳐 자살하겠는가?

자살은 저마다 그럴 수밖에 없을 만한 충분한 이유가 있다고 확신한다. 산 자가 결코 이해할 수 없는 비극적인 사연일 것이다. 그래서 우리 사회의 모든 자살은 어떤 형태로 나타나든 너무나 슬프다. 오죽하면 생명체로서의 제1권리를 포기할까?

그런데 타살이나 사고사가 아닌데도 자살이라는 단어로 설명할 수 없는 죽음을 본다. 자신이 타인이 되어 자신을 처형한 것 같은 죽음, 고통을 인내하거나 고통을 가하는 방식으로 자신을 학대한 죽음, 그런 죽음은 일반적인 시각의 분석이나 해석이 불필요하다. 그래도 의문이 든다. 대체 그런 죽음의 목적이 무엇일까? 부활을 믿은 것일까? 영원한 삼라만상의 흐름에 회귀하려는 것일까? 나 같은 미물은 알 수 없다. 죽을 때까지 그것을 깨달을 만한 고통을 겪고 싶지도 않다.

그래도, 그래도 알고는 싶다. 알 수 없다면 추측이라도 하고 싶다. 그는 왜 그런 죽음을 선택했을까?

2000년 전 십자가에 못 박히셨을 때 그분은 모든 인간의 고통을 합친 것보다 더 처참한 모습을 보여주었음이 틀림없다. 십자가 위에서 고통을 모르는 신의 이미지처럼 근엄하거나 사랑하는 표정으로 세상을 내려다보았다면 그의 신화는 거기서 끝났을 것이다. 그 누구보다도 인간적인, 그 누구보다도 아픈 얼굴로 자신을 따르는 자들에게 세상이 무너지는 극심한 충격을 주었을 것이다. 그렇게 추측하고 싶다. 그렇다면 왜 그런 고통을 견디거나 겪었을까?

십자가를 재현한 자는 모든 고통을 뛰어넘는 '선'이 죽음 뒤에 예정되어 있음을 바라지 않았을 것이다. 처절한 고통과 참회야 말로 진정한 '구원'이라고 생각했을 것이다.

추리소설을 쓰기 시작한 지 얼마 되지 않지만, 이 작품은 색다른 경험이었다. 현실적인 세계를 묘사하고 사실만을 추구하고자 하는 평소 생각에서 너무 많이 벗어난 시도였기 때문이다. 그런데 탈고한 뒤에 돌아보니 나의 보폭에서 크게 벗어나지 못한 것 같다. 어쨌든 그저 한 편의 소설로 즐기셨기를 바란다.

파즈

차무진

2010년 장편소설 《김유신의 머리일까?》로 데뷔했다. 장편소설
《해인》《모크샤, 혹은 아이를 배신한 어미 이야기》《인 더 백》
《여우의 계절》을 썼다. 소설집 《아폴론 저축은행》, 작법서
《스토리 창작자를 위한 빌런 작법서》, 에세이 《어떤, 클래식》을
썼다. 그 외 공저로는 《좀비 썰록》《당신의 떡볶이로부터》《카페
홈즈의 마지막 사랑》《태초에 빌런이 있었으니》 등이 있다.

강화도. 하성. 민간인 통제 구역. 오후 3시. 봄.

언덕에서 야견 한 마리가 기미를 느끼고 모습을 드러냈다.

개가 목에서 긁는 소리를 내자 아카시아 덤불에서 다른 개들이 일제히 대가리를 드러냈다. 개들은 봄볕이 내리쬐는 적막한 평원을 바라보았다.

평원의 끝은 제방이다. 그 위에 장벽처럼 해안 철책이 늘어서 있다.

철책 안에 초소가 하나 있다. 경계를 위해 철책을 따라 500미터마다 하나씩 초소가 존재해야 했지만, 이 초소는 무슨 이유인지 운영하지 않았다.

개들이 바라보는 곳은 빈 초소가 있는 해안 철책 아래 토루처럼 뻗어내린 경사면에 뚫린, 개착식 사각 시멘트 벙커 입구였다. 40밀리미터 해안포를 숨겨놓은 벙커다.

거기서 팔각모를 쓴 해병 하나가 자기 키의 두 배쯤 되는, 잘 다듬은 나무 기둥 하나를 어깨에 걸고 모습을 드러냈다. 나무 기둥은 상부에 대마 줄기로 만든 밧줄이 피부처럼 돌려져 있었고 하단에는 발 받침대가 제작되어 있었다. 해병은 그것을 밭고랑 수로까지 끌고 왔다. 멀리서 보면 마치 나무 기둥이 저 혼자 움직이는 것 같았다. 해병은 나무 기둥을 밭과 밭 사이를 가르는 시멘트 수로 근처에 던져놓고는 다시 벙커로 돌아갔다.

얼마 뒤 벙커에서 해병이 나왔다. 이번에는 처음 가지고 나온 기둥보다는 키가 작은, 그러나 여전히 크고 단단한 나무 기둥을 이고 있었다. 해병은 그 기둥도 멀찍이 떨어진, 같은 자리에 놓았다.

해병은 그렇게 벙커 안에 있던 여러 개의 나무 기둥과 잡다한 물건들을 밭고랑 옆 수로와 인접한 편편한 자리에 던져놓았다.

움직임이 더디거나 무료함이 없었다. 서두르지도 않았다. 해병은 마치 지옥에서 자신의 것을 이기적으로 꺼내는 것만 집중하는 하데스의 버려진 일꾼 같았다. 그렇게 모인 것이 나무 기둥 여섯 개, 못, 망치, 군용 삽, 판초 우의, 무언가가 불룩하게 든 더플백 등이었다.

높은 곳에서 개들은 저마다 고개를 갸웃하며 그의 움직임을 바라보았다.

제방을 따라 이어진 전술도로에 지프차 한 대가 세워져 있었다. 전술도로는 군인들이 이동하거나 군용차가 다니는 시멘트로 만든 2차선 군용 도로를 말한다. 지프차는 해병의 것이었다. 해병은 계급이 상병으로 해병 2사단 1연대 2대대 6중대장의 운전병이었다.

물건들이 있는 곳에서 해병은 하나하나 세듯 그것들을 바라보았다. 해병은 품에서 B4 사이즈 지도를 꺼냈다.

널찍하게 깐 판초 우의 위에 지도 면이 아닌 뒷면이 보이도록 펼쳐놓고 네 귀퉁이를 작은 돌로 눌러두었다. 봄바람이 불어와 종이가 들썩거렸지만, 해병은 지도 뒷면에 자신이 그려놓은 내용을 바라보는 것에 큰 어려움이 없었다.

종이에는 십자가를 만드는 설계안과 그 외 몇 가지 행동을 묘사한 그림, 또 자신이 행할 순서가 촘촘하게 그려져 있었다.

해병은 무릎을 꿇었다. 자신이 고안한 설계안을 찬찬히 살피는 눈에 희열이 차올랐다. 한참 설계도를 바라보던 그는 전투복 상의를 벗었다. 왼쪽 가슴에 앵커가 박힌 붉은색 해병대 셔츠의 반팔 끝으로 삼두근이 불끈거렸다. 저쪽에 던져놓은 망치를 집어 들었다. 두 나무 기둥의 일찌감치 파놓은 홈에 서로 직각으로 어긋나게 끼워놓은 다음 못을 박았다. 그리고 벙커에서 꺼내온 것들을 설계도에 그려진 순서대로 조립했다.

한 시간쯤 흘렀고, 발판이 있는 1.8미터 높이의 큰 십자가 하나와 1미터 남짓한 작은 십자가 두 개가 만들어졌다. 큰 십자가 수평대의 양 끝에는 군용 압박 붕대 두 개가 감겨 있었다.

해병은 큰 십자가를 전술도로 옆 시멘트로 만든 수로 측량대 홈에 걸어 세웠다. 작은 십자가들은 큰 십자가 양옆에 협시하듯 세웠다. 작은 십자가들을 큰 돌로 대충 괴어둔 것을 보면 해병은 가운데 놓인 큰 십자가만 중요시하는 것 같았다.

해병은 더플백에서 손거울 하나를 꺼냈다.

오른쪽에 세운 작은 십자가에 손거울을 걸고선 이
리저리 각도를 맞춘 다음 그 거울이 큰 십자가의 어느
부분을 비추는지를 가늠했다. 거울의 각도를 맞춘 해
병은 모든 게 완벽하다는 듯 몇 걸음 떨어져서 십자가
세 개를 바라보았다. 십자가들은 적막한 밭들과 고랑
들 사이로 버려진 나무처럼 비스듬히 서서 볕을 먹으
며 숨을 익히고 있다.

해병은 자리에 앉았다.

담배를 입에 물었고 수통을 열었다.

대명천지 논 한가운데 버젓이 십자가를 세워두어
도 보는 눈이 없는 것은 이곳이 민통선 안이기 때문
이었다.

평지에 펼쳐진 논과 밭 주인들이 이 지역에 들어올
수 있는 시간은 아침 7시부터 오후 2시까지였다. 그들
은 대대로 물려받은 땅이 군인들의 영역 안에 있다고
해서 주저하거나 불안해하지 않았다. 오히려 고요한
낮의 적막을 즐기며 밭을 가꾸다가 가끔 허리를 들어
먼 곳을 바라보곤 했다. 멀리 철책 안 해안 초소에서

볕을 쬐는 해병들을, 서해로 흘러가는 강의 수면을 그으며 낮게 나는 왜가리를, 익듯 고개를 숙이며 쪼그라드는 사철쑥들을 농부들은 강 건너 더 멀리 보이는 북한군과 다름없는 무관심한 눈으로 보기만 할 뿐이다. 해가 가장 높아지는 2시가 되면 그들은 그늘에 두었던 도시락과 물통과 출입패용을 챙겨 들고 타고 왔던 차를 몰고 검문소를 지나 돌아간다.

농부들이 떠나면 이곳은 적막해진다.

십자가 아래에서 해병은 담배를 달게 빨았다.

해안 철책 너머로 염하강이 유유히 흘렀다. 강이 범람한 개흙에서 백로가 울면 어디선가 까마귀 떼들이 피어 날아올랐다. 뿌연 습기를 피우며 어른거리는 수면 너머로 북한군 초소가 지포 라이터만 하게 보였다.

이곳은 대낮임에도 불구하고 스튜디오 안인 것처럼 고요하고 안온했다. 작년까지만 해도 쩌렁쩌렁 울리는 대남 방송이 남쪽의 산과 들을 자극했지만, 올해부터 저들은 소리를 보내지 않았다.

하늘을 바라보던 해병은 주섬주섬 벨트를 풀더니 커다란 성기를 꺼냈다. 넓게 퍼진 해병의 넓은등근이 태양 빛을 받아 번들거렸다. 해병의 몸이 흔들릴 때

파츠

해병이 입에 문 담뱃재가 허벅지 군복 위로 툭, 떨어졌다.

정액을 빼내고 나른해진 해병은 담배를 던지고 건빵 주머니에서 옥시코돈(oxycodone, 진통제) 두 알을 꺼내 머금고 수통의 물을 마셨다. 물이 턱을 타고 내려와 끈적한 목 아래로 미끄러져 내려갔다. 해병은 남은 물을 머리에 쏟고는 수통을 저쪽으로 던졌다.

입고 있던 붉은색 티셔츠를 벗었다.

섀미 워커를 벗고 벨트 풀린 바지도 벗었다. 무릎과 뒤꿈치에 붙여놓은 밴드를 전부 뗐다.

나체가 된 해병은 옷가지들을 둘둘 말아 더플백에 쑤셔 넣었다. 뒤늦게 왼쪽 팔목에 시계를 차고 있음을 깨달은 해병은 그것을 풀어 수로 건너편에 힘껏 던졌다.

해병은 더플백에서 면류관과 붉은 벨벳 천을 꺼냈다. 놀랍게도 벨벳 천은 연대장 집무실에 있는 해병 1연대 깃발이었다. 그것을 그리스인들이 둘렀던 페리조마처럼 허리에 둘둘 감은 해병은 면류관을 머리에 썼다.

더플백에서 작은 신발주머니 모양을 한 주머니를

꺼냈다. 안에는 묵직한 망치와 대못이 철럭거렸다.

해병은 주머니를 쥐고선 십자가로 걸어갔다. 가운데 십자가의 발판에 왼발을 척, 올렸다. 왼발등의 엄지발가락과 두 번째 발가락 사이 지점에 매직으로 찍은 것 같은 까만 점 하나가 있었다.

주머니에서 대못과 망치를 꺼냈다.

주머니 조임끈을 입에 문 다음 허리를 숙이고 왼발등의 작은 점에 정확히 못을 댔다. 그리고 망치로 예닐곱 번 정도를 빠르게 내리찍었다. 못은 걸림 없이 푹푹 들어갔고 피를 뿜어내지 않았다. 해병은 주머니 끈을 입에 꽉 물고 있었기에 고통을 이겨낼 수 있었다.

해병의 왼발이 십자가 발판에 고정되었다.

해병은 십자가 기둥에 등을 대고 발판에 올라섰다. 물고 있던 주머니에서 군용 와이어 코팅 끈을 꺼내 십자가 기둥과 자신의 몸통을 하나로 묶었다.

해병은 고정한 왼발등 위에 오른발을 포갰다. 오른쪽 발등에도 검은 점이 찍혀 있었다. 자리는 발등 한가운데였다. 해병의 몸이 앞으로 쏠렸지만, 십자가 기둥에 묶은 끈 때문에 용케 균형을 잡으며 자세를 낮출

파츠

수 있었다.

주머니에서 대못 하나를 꺼냈다. 왼발등에 박은 못보다 더 긴 대못이었다.

해병은 왼발 위로 포갠 오른발등에 못을 세우고 망치를 내리쳤다. 뼈가 부러지는 소리가 났다. 이번엔 피가 흘러나왔다. 여러 번 내리쳤다. 잘못된 내리침에 못대가리가 비스듬해지며 발등에 흉측한 자국이 났지만, 해병은 조임끈을 씹으며 참아냈다. 진통제도 뼈가 부러지는 통증은 막지 못하는 모양이었다.

못이 반쯤 박히자 해병은 발목을 움직여보았다. 움직일 수 없었다. 오른쪽 발등을 뚫고 들어간 대못은 그 아래 놓인 왼쪽 발등까지 뚫은 후 발 받침대 아래에 박혀 있었다.

망치를 버렸다.

이마에 맺힌 총총한 땀이 봄볕에 구슬처럼 빛났다.

훅. 훅. 훅.

강하게 숨을 몰아쉬었다.

가슴이 들어갔다가 튀어나오길 반복했다.

하체에서 고통이 올라오자 방귀를 여러 번 뀌었고 허벅지와 몸 이곳저곳을 긁어댔다. 가지처럼 늘어져 있던 성기도 어느새 쪼그라들어 털 속에 자취를 감췄다.

해병은 물고 있는 주머니 끈과 입술 사이로 질질 흐르는 침을 주먹으로 닦았다. 주머니를 여전히 물고 있다는 것은 해야 할 것들이 남아 있다는 뜻이었다.

주머니에서 코팅 끈을 두 개 더 꺼내 하나는 자신의 목을, 또 하나는 왼쪽 어깨를 십자가의 가로대에 고정하듯 묶었다.

주머니에서 M7 대검을 꺼냈다.

K2에 착검하는 M7 대검은 원래 훈련 때나 지급하는 것이었지만 그는 일찌감치 자기가 모시는 중대장의 물품에서 훔쳐 날을 갈아두었다.

칼을 쥔 해병은 작은 십자가에 걸어둔 손거울을 보았다. 자신의 옆구리가 비치고 있었다.

인간들은 예수가 죽었는지 살았는지를 확인하기 위해 찌른 지점이 옆구리의 왼쪽인지 오른쪽인지를 논했지만 정확한 답을 내지 못했다. 해병은 일찌감치 오른쪽이라고 생각한 모양이다. 왜냐하면 그의 몸뚱이, 간이 있는 자리 바로 밑, 문맥이 흐르는 곳에 숯으로 그은 것 같은 검은색 줄이 나 있기 때문이었다.

거울을 보며 그 자리를 더듬어 찔렀다.

피가 터지듯 아치를 그리며 쭉 뻗어 나오더니 그쳤다. 꼭 수송차에서 빼내는 엔진 오일 같았다. 해병은 제 몸에서 나온 그게 피가 아닌 것 같아 고개를 한번 갸웃했다. 췌장이나 이자를 건드려서 액이 피와 함께 분출한 게 아닌가 생각했지만, 알 수 없었기에 그냥 피라고 간주했다. 해병은 찔러넣은 칼을 옆으로 더 그었다. 거울에 보이는 상처가 검은 줄을 따라 잘 벌어진 것으로 판단한 해병은 칼을 뽑아내 버렸다.

눈이 자꾸 뒤로 넘어가려고 했다.

땀이 비 오듯 했다. 해병은 끈을 문 치아 뒤로 놀고 있는 혀를 고물고물 움직이며 의식을 잃지 않으려고 노력했다.

<u>끄으응</u>.

고개를 들고 하늘을 한번 노려보았다.

눈빛에는 이 정도로는 멈추지 않는다는, 하던 걸 계속하겠다는 의지가 배어 있었다. 물고 있던 주머니에서 한손드릴을 꺼냈다. 드릴에는 뾰족한 송곳형 비트가 끼워져 있었다.

왼손바닥을 폈다. 검지와 중지 아래에 역시 매직으

로 찍은 점이 있었다. 해병은 그 자리에 비트를 대고 스위치 트리거를 당겼다.

드르륵, 드르륵.

드릴의 비트가 손바닥을 관통해 손등까지 튀어나왔다. 심을 여러 번 넣었다 빼면서 구멍을 크게 만들었다.

손바닥에 만족할 만한 구멍이 뚫리자 이번에는 드릴을 바꿔 잡고 오른손바닥도 같은 방식으로 구멍을 냈다. 얼마 못 가, 드릴을 놓치고 말았지만, 오른손 역시 만족할 만한 구멍이 나 있었다.

십자가 가로대에 미리 걸어둔 군용 압박 붕대에 양 손목을 끼운 다음, 가로대 끝에 미리 박아놓은 못에 손바닥 구멍을 맞춰 끼웠다.

허리에 감아놓은 와이어 코팅 끈이 스르륵, 풀려 떨어졌다. 이것도 염두에 둔 현상이었다. 일부러 풀릴 수 있게 느슨하게 묶어두었다.

나사렛 예수와 똑같은 자태를 만드는 데 성공한 해병은 신기한 듯 자신의 몸 이곳저곳을 두리번거리며 살피더니 물고 있던 주머니를 뱉었다.

"나는!"

해병은 처음으로 벌판에 대고 외쳤다. 그러곤 흥분한 듯 헐떡였다.

"나는! 부품이다!"

소리가 금세 가라앉아 사라졌다.

해병은 눈이 튀어나올 듯이 노려보고 있었다. 먼 곳을.

"나는! 부품이다!"

멀리서 개들이 혀를 빼문 채 들썩이고 있었다.

개들만 그랬을 뿐, 들판과 논과 밭과 수로와 해안과 철책과 하늘은 그 외침에 아무런 반응을 하지 않았다.

"나는!"

거기서 해병은 외치기를 그만두었다.

숨쉬기가 힘들었다. 해병의 새하얀 치아 사이에서 거품과 침이 흘러나왔고 액체들은 번들거리는 턱과 목을 타고 흘러내렸다.

이제 끝났다.

시간이 해결해줄 것이다.

해병은 경련을 일으켰다. 하체는 감각이 없어 가늠할 수 없었지만 상체는 아직 기운이 남아 있었다. 잠시 고통이 멎을 땐 몸 안의 기운이 얼마나 남았는지 확인하려고 초싹초싹 어깨를 추켜올리고 운동하듯 목을 한 번 돌렸다. 드드륵, 연골 소리가 났다.

해병은 고통을 이겨가며 짜내듯 배에 힘을 주었다. 옆구리의 벌어진 틈으로 피가 줄줄 흘러내렸다. 비린내를 물큰하게 풍기며 삐져나온 검붉은 피는 해병이 골반에 두른 해병대기 벨벳 원단에 스며들며 사라졌다.

눈을 감았다.

화창한 볕 때문에 눈 안이 노랬다.

10분쯤 지나자 해병의 몸이 점점 낮아졌다. 몸이 처짐에 따라 목에서 압박이 밀려왔다. 해병은 자신이 이 줄 때문에 의식을 잃으리라는 걸 알고 있었다. 뇌에 산소가 공급되지 못하면 천천히 잠들 것이다.

어느새 좋은 자극들이 밀려왔다.

발바닥에도 희열이 가라앉고 있었다. 눈 조각을, 아니 유리 조각을 밟는 기분이 들었는데 그게 또 뜨겁고 짜릿했다. 허리에 두른 해병대기 때문에 성기가 보이지 않았지만 해병은 자신이 발기해 있다는 것을 알고 있었다.

몸이 처짐에 따라 얇고 단단했던 배가 점점 부풀기

시작했다. 두 무릎은 점점 벌어지고 있었고 두 발은 옹골차게 발판에 붙어 있었다. 누런 물이 허벅지를 타고 흘러내리고 있었다.

기도를 조이는 끈의 압박에 뇌는 더는 혈액을 공급하지 못하고 이곳저곳에서 신경섬유가 터지기 시작했다. 해병은 넘어가려는 눈동자에 힘을 주고 마지막으로 하늘을 한번 보는 것 같더니 곧 고개를 숙였다.

세 개의 십자가 뒤로 보이는 하늘이 봄볕에 누르스름해지고 있었다. 철책 너머 유유히 흐르는 강은 더욱 파래져갔다. 부푼 배를 내밀고 엉거주춤하게 내려앉은 해병의 몸은 봄볕에 녹고 있었다.

개들은 이미 떠나고 없었다.

2

제방 위. 철책 안.

초소에서 군인 하나가 나왔다.

그는 팔각모에 중위 계급을 달고 있었다. 중위는 철책에 서서 수로 쪽을 바라보았다. 팔각모 챙을 올리고 목에 건 단망경을 쥔 두 손을 눈에 갖다 댔다.

중위는 한참 만에 단망경을 내렸다.

중위는 턱을 만지며 잠시 생각했다. 십자가 주인공이 더는 움직이지 않는다고 판단했지만, 그것은 단망경으로 보았을 때 그런 것이었고 가까이 가보면 양상이 다를 수 있기에 신중해야 한다고 생각했다.

결심한 중위는 통문 열쇠로 외문을 열고 철책 밖으로 나왔다.

경사로를 타고 비스듬히 내려온 중위는 곧장 십자가 쪽으로 가지 않고 해안포 벙커 앞에 멈춰 섰다.

중위는 벙커 안에 누군가가 있을지도 모른다고 의심하고는 기다렸다. 얼마 후 중위는 손전등을 꺼내 켜고 천천히 벙커 안으로 들어갔다.

콘크리트 포상 내부는 원형이었다.

가운데 자리에 커다란 40밀리미터 해안포가 우뚝 박혀 있었다. 포신은 직사각형으로 뚫린 포창으로 뻗어 있다. 포창 너머 강과 북한 땅이 훤히 보인다. 포창으로 북쪽을 보던 중위는 시선을 거두고 왼쪽으로 난 복도로 움직였다.

시큼한 곰팡내를 따라 안으로 들어가니 대피 공간

이 나왔다. 해병이 꺼내왔던 것과 같은 나무 기둥 몇 개가 간이 2층 나무 침대에 비스듬히 세워져 있었고, 그 아래 해병이 깔고 잔 것으로 보이는 침낭이 있었다. 사다리를 타고 몸을 올리자 침대 2층에는 컵라면과 냉동만두 봉지, 그리고 쓰레기들이 보였다. 십자가에 걸려 있던 해병은 이곳에서 하루를 지낸 모양이었다.

해안포 정비는 원래 한 달에 두 번 하는 것이 규정이었다. 그러나 해안 경비를 지키는 중대 병력들은 정비 따위는 할 여력이 없었다. 기껏해야 연대장이나 사령관이 순찰한다는 정보가 있으면 포병 병과 사병들이 조를 짜고 제방 길을 따라 난 벙커들을 돌아다니며 내부를 치우거나 기름칠을 하는 정도인데 그것도 요령껏 한다. 사령관이 해안포 벙커마다 일일이 검열하지 않은 까닭이다.

해병이 십자가를 만들 재료들을 이곳에 숨겨놓을 수 있었던 것도 이 구역 해안포들이 전부 버려진 듯 방치되어 있었기에 가능한 일이었다.

침낭을 젖히자 짱구 과자 그림이 있는 종이 상자가 모습을 드러냈다. 안에는 '선경전서'라고 쓰인 성경

책과 '관음정근'이라고 쓰인 불경집, 청테이프로 감은 채찍과 두루마리 화장지, 비닐봉지에 든 쌀이 있었다.

벙커 안에 사람이 없다는 것을 확인한 중위는 손전등을 끄고 벙커에서 나왔다. 중위는 전술도로 건너 수로를 따라 세 개의 십자가가 서 있는 곳까지 천천히 걸어왔다. 중위는 거기서 십자가로 곧장 가지 않고 10미터쯤 떨어진 전봇대로 갔다.

전봇대 2미터 높이쯤에 전선으로 무언가가 칭칭 감겨 있었다.

소니 캠코더였다.

해병이 걸어둔 것이었다.

중위는 전선을 풀고 캠코더를 떼어내 영상을 확인했다.

해병이 나무 기둥을 이곳까지 이고 오는 장면에서, 십자가를 만드는 장면, 그리고 십자가에 몸을 거는 장면이 고스란히 찍혀 있었다. 해병이 눈물 어린 눈으로 무언가를 외치는 장면도 찍혀 있었다. 메모리는 아직 2기가가 남았다. 녹화는 계속 진행되고 있었다. 중위는 버튼을 눌러 영상을 '일시 정지' 모드로 바꾸고 천천히 십자가 쪽으로 걸어갔다.

중위는 쪼그리고 앉았다.

해병은 죽어 있었다.

해병의 몸은 주저앉아 있다시피 했다. 십자가 가로 대에 둘둘 만 붕대에 끼운 양팔이 거의 만세를 부를 듯 치솟아 있었다. 상박 승모근과 삼각근의 각도가 좁혀져 피가 고인 해병의 볼은 보라색으로 탱탱하게 부풀어 올랐다.

중위는 캠코더로 해병의 전신을 촬영했다. 그러곤 다시 '일시 정지'를 누른 다음 뒷주머니에서 흰 장갑을 꺼내 착용했다.

중위는 해병의 손등을 살폈다. 찍힌 검은 반점 위에 정확하게 못이 박혀 있었다. 중위는 캠코더로 그 상처를 확대해서 촬영했다.

옆구리 상처 아래, 탱탱하게 부푼 배 아래로 칭칭 감긴 연대장 깃발이 상처에서 흘러나온 피를 머금고 꾸덕꾸덕하게 굳어 있었다. 중위는 주머니에서 미니 줄자를 꺼내 시신에 손대지 않고 상처의 길이를 쟀다. 줄자에 손톱을 누르고 눈금을 캠코더로 촬영했다.

중위는 끈적끈적한 빛을 발하는 옆구리의 벌어진 틈에 장갑 낀 검지를 쑤셔 넣고 한 번 걷어냈다. 피가 묻어 나왔다. 볕에 비추어 색을 확인한 중위는 시선을 내리고 수로 바닥을 바라보았다. 깊이 1.2미터인 콘크리트의 그늘진 바닥은 물이 흐르지 않았지만 시신이 뿜어낸 피인지 원래 고인 습기인지 모를 축축하고 검은 수분이 적시고 있었다. 중위는 수로 바닥도 캠코더로 촬영했다.

중위는 해병의 포개진 발을 자세하게 찍었다. 그러다가 캠코더에서 눈을 떼고 발등을 바라보았다. 왼발에 포갠 오른쪽 발등에 개미 몇 마리가 기어다녔다.

중위는 수로를 폴짝 뛰어 넘어가 건너편 논두렁에 서서 십자가 세 개가 전부 드러나는 화각으로 십자가들 뒷면을 촬영했다. 다시 수로를 폴짝 뛰어 넘어와 시체 앞으로 와서 앞면도 촬영했다.

중위는 시신이 쓴 면류관을 살폈다.

꾸지뽕 가지를 엮어 만든 것이었지만 중위는 나무의 재질을 파악하지 못하는 듯 고개를 갸웃했다.

해병이 가지고 온 더플백은 떨어진 곳에 터진 풍선처럼 펼쳐져 있었다. 안에는 끈과 두루마리 화장지와 주방용 비닐 장갑이 있었다. 내용물을 전부 촬영한 다음 일어나 주변을 둘러보았다.

중위는 저쪽, 판초가 깔린 지점을 노려보았다.

해병이 돌로 괸 펼쳐놓은 종이를 집어 들었다. 해병이 죽기 위해 꼼꼼하게 적어놓은 자살 순서들을 훑은 중위는 지도를 홀렁홀렁 접었다. 중위는 먼 산을 한 번 둘러보고 라이터를 꺼내 자살 설계도를 태웠다. 불이 살고 접힌 사각형 종이가 반쯤 검어지자 중위는 그 것을 바닥에 던졌다. 지도는 이내 재가 되었다. 중위는 그것을 군화로 쓸어 수로에 넣었다.

중위는 십자가 앞에 앉았다.

가슴 주머니에 넣어둔 담배와 은단 중 은단을 꺼내 입에 털어 넣었다. 혀를 오물거리며 중위는 해병의 시신을 감상했다.

그는 고개를 이리저리 갸웃하며 다른 각도에서 시신을 보았고 간혹 입맛을 쩍쩍, 다시기도 하고 고개를 끄덕이기도 했다.

중위는 캠코더 액정을 보며 영상들을 하나하나 넘겼다. 그러다가 해병의 얼굴을 찍지 않은 것을 깨닫고 일어나 논 수로 양쪽에 다리를 하나씩 걸치고 자리를 잡았다. 동영상 모드로 설정하고 고개 떨군 해병의 턱을 잡고 살포시 각도를 맞춘 다음, 렌즈를 위로 올려서 아래에서 촬영했다. 그리고 사진 모드로 설정하고 해병의 얼굴 옆에 자신의 얼굴을 대고 셀카도 한 장 찍었다.

중위는 찍은 영상들을 확인했다.

만족스러운지 잇몸에 박힌 은단 찌꺼기들을 혀로 요리조리 굵으며 알 수 없는 웃음을 지었다.

카메라에는 해병이 십자가를 조립하고 사망할 때까지의 두 시간짜리 영상과 이후 중위가 찍은 단편적인 영상들이 고스란히 저장되어 있었다.

중위가 고개를 들고 먼 곳을 바라보았다.

멀리서 전술도로에 검은색 픽업트럭 한 대가 먼지를 일으키며 다가오고 있었다. 쉐보레 마크가 박힌 픽업트럭은 덜덜덜 소리를 내며 해병이 세워놓은 지프차 앞에 멈춰 섰다.

운전석에서 남자가 내렸다.

체크무늬 허름한 셔츠에 후줄근한 바지, 검은 장화를 신은 남자는 포터 안에서 더러운 LA 다저스 모자를 꺼내 머리에 쓰고는 쾅, 차 문을 닫았다. 그러곤 트럭 뒤로 가서 적재 공간에 널브러진 갈색 천을 젖히고 실어놓은 삽들 중 날 선 삽 하나를 부여잡고 이쪽으로 걸어왔다.

중위는 고개를 갸웃했다.

민통선 안에서 농사짓는 사람들은 전부 검문소 밖으로 떠나 있을 시간이었다.

멀리서는 몰랐는데 가까이 다가올수록 다저스 모자는 키가 커 보였다. 2미터가 채 못 되는 장신.

다가온 다저스 모자는 십자가를 한 번 힐끔거린 후 다짜고짜 목장갑 낀 손날을 휘둘러 중위가 쓰고 있는 팔각모 챙을 날렸다. 팔각모가 부메랑처럼 날아가 수로 안에 떨어졌다.

다저스 모자는 그 손으로 중위의 멱살을 잡고는 삽을 쥔 주먹으로 턱을 가격했다. 중위가 맥없이 고개를 떨구며 두 무릎을 나란히 꿇었다. 사내가 멱살을 놓았다.

중위가 푹신한 땅에 무릎을 꿇고 휘적휘적 몸을 흔들거리자 다저스 모자는 쥐고 있던 삽으로 중위 등을 사정없이 갈겼다. 중위가 일어나려고 허우적거렸지만, 등 위에 마구잡이로 내려오는 삽날을 이기지 못하고 엎어져 몸을 말았다. 그 와중에도 중위는 캠코더를 꼭 쥐고 놓지 않았다.

"자, 잠깐! 잠깐요!" 중위가 몸을 웅크리면서 소리쳤다.

다저스 모자는 내리찍던 삽을 버리고 무릎 꿇고 앉더니 중위의 멱살을 잡았다. 그러고는 목장갑 낀 손으로 제 코를 한번 쓸고는 으르렁댔다.

"군인이 왜 이 따우 짓을 해?"

멱살 잡힌 중위가 힐끔 보자 다저스 모자 사내의 턱에는 짧고 흰 털이 잔잔하게 박혀 있었다. 40대 중반에서 50대 초반쯤 되어 보이는 나이. 거친 법령法令 위로 눈 밑은 시커멨다. 눈동자는 고양이처럼 작고 얇았다.

다저스 모자는 중위의 귀싸대기를 두어 번 갈기고, 세 번째는 주먹을 날렸다. 중위가 수로 아래로 처박혔다. 떨어지면서 중심을 잡으려고 수로 바닥을 짚다가 쥐고 있던 캠코더가 깨지고 말았다. 축축한 바닥에서 중위는 한동안 일어나지 못했다. 높은 곳에서 다저스 모자가 격하게 숨을 몰아쉬며 내려다보았다. 모진 공격이었지만 대부분 근육이 많은 부분에 맞았기에 중위는 뼈가 부러지거나 치명적인 상처는 입지 않았다.

"누구신데 이러세요?" 중위가 올려다보며 말했다.

파츠

"누구신데? 이 새끼가 사람을 죽여놓고."

중위는 축축한 등과 다리를 털고 일어나 캠코더를 살폈다. 렌즈가 깨졌지만 저장된 영상은 작동되고 있었다.

중위가 인상을 쓰더니 올려다보며 말했다. "일단 올라갈게요."

중위는 젖은 팔각모를 집어 들고 부서진 캠코더 조각들을 주워 팔각모 안에 담고선 수로를 비틀거리며 걸어갔다. 20미터쯤 떨어진 곳에 박힌 철제 사다리를 잡고 땅 위로 올라온 중위는 다시 이쪽으로 비트적비트적 걸어왔다.

다저스 모자는 방향을 틀고 기다리고 있다가 그가 다가오자 귀싸대기를 날렸다. 이번엔 중위도 맞고만 있지 않았다. 중위는 빠르게 사내의 장갑 낀 손목을 잡고 비틀었다. 하지만 그 행동은 상대의 공격을 멈추려는 의도였기에 다저스 모자는 고통스러운 표정을 짓거나 주춤거리지 않았다.

"어쭈!"

사내가 눈을 부라리자 중위가 손목을 놓으면서 말했다. "민간인이 이렇게 정복 군인을 폭행하면 안 됩니다."

"뭣이라?"

"여기 논 주인이세요?"

다저스 모자는 대답하지 않고 중위를 노려보기만
했다. 그러다가 얼마 전까지 개들이 모여 있던 언덕을
가리켰다.

"저쪽에서 다 보고 있었어."

"이 시간에 여기 왜 있는 겁니까? 검문소에서 발행
한 패용증, 어디 있습니까?"

중위가 묻자 그는 대답 대신 모자 그늘로 중위를 노
려보기만 했다.

굳이 신분증을 보려고 한 건 아니었다. 중위는 규율
같은 것을 들먹여서 민간인의 흥분을 진정시키려는
의도만 있었다.

2시 이전에 민간인은 전부 구역에서 벗어나야 했지
만 그래도 잔일을 하는 이들이 시간을 어기는 일은 흔
했고, 어떤 이들은 해가 지고도 드문드문 논과 밭에서
모습을 보이기도 한다.

중위가 십자가를 가리키며 달래듯 말했다. "저거,
제가 그런 거 아닙니다."

"뭐가 아니야! 저 군인이 해안 벙커에서 나와 뚝딱 뚝딱 십자가들을 만들고…… 또 혼자 몸을 저렇게 하고…… 그러고 난 뒤…… 당신이 그 벙커에서 따라 나오는 걸 내가 똑똑히 봤는데!"

중위는 이 사내가 꽤 오랫동안 해병의 행위를 지켜보고 있었다는 것을 깨달았다.

"네네, 벙커 안을 살펴보긴 했는데. 애초에 그 안에 있었던 건 아니고요, 아무튼! 이 친구가 혼자 한 거지, 제가 시킨 짓이 아닙니다."

"시발놈이, 누구를 바보로 알고. 신고하러 가야겠는데, 전화기도 없고. 보자, 네 놈을 혼자 여기에 두면 안 되니까……."

사내는 그렇게 말하며 두리번거리다가 저쪽으로 가서 떨어진 삽을 잡았다.

"어, 어."

중위는 그가 자신을 구속해 트럭에 태우려는 것을 깨닫고 캠코더를 담은 팔각모를 땅에 내려두고 얼른 두 손을 펼쳐 보였다. 왼쪽 손바닥에는 카메라 부품에 베인 상처 때문에 살이 번들거렸다.

"이봐요, 내가 이렇게 만든 게 아니라니까. 말 좀 들고 행동해요."

다저스 모자가 퉤퉤, 손바닥에 침을 뱉고선 삽을 들어 올리자 중위가 다급하게 말했다.

"파츠요, 파츠!"

그 말에 다저스 모자가 고개를 갸웃했다. 중위는 틈을 놓치지 않고 십자가에 매달려 죽은 해병을 가리키며 외쳤다.

"저건 파츠라고요!"

"파츠?"

다저스 모자가 갸웃했고 중위가 끄덕였다.

"60년마다 누구의 도움 없이 스스로 죽는 사람을 파츠라고 해요! 알겠습니까? 파츠!"

그러나 그 말이 끝나기가 무섭게 다저스 모자가 휘두른 삽 등이 중위 얼굴에 날아왔다.

3

다저스 모자는 삽을 땅에 박아 세웠다.

사스락대는 한 번의 소리, 삽날이 흙에 박히는 그

소리에 중위가 깨어났다.

쪼그리고 앉은 자신의 몸에 줄이 칭칭 감겨 있었다. 죽은 해병의 더플백에 들어 있던 조임끈이었다.

"일어나. 나랑 함께 저기, 트럭으로 가는 거다."

"하자는 대로 하겠습니다. 그 전에 우선 담배 한 대만 피웁시다."

"새끼가."

"한 대만 피웁시다. 그러지 말고."

중위가 묶인 상체를 내밀었다.

다저스 모자는 중위를 노려보다가 중위 가슴 주머니에서 은단과 담배와 라이터를 꺼냈다. 사내는 둘 중 은단을 내밀었고 중위가 고개를 젓자 다저스 모자는 은단을 내던지고 갑에서 한 개비를 뽑아 내밀었다.

중위가 담배를 입에 물자 다저스 모자는 가만히 보고만 있었는데 중위가 턱을 몇 번 찌른 후에야 만지작거리던 라이터를 내밀어 불을 붙여주었다.

중위가 담배를 빨았다.

사내는 기다리는 동안 더럽고 쭈글쭈글한 다저스 모자를 벗어선 그 모자로 이마를 닦았다.

담배를 문 중위의 눈이 커졌다.

사내는 민머리였다. 모자를 벗으니 나이보다 훨씬 어려 보인다. 민머리는 다저스 모자를 툴툴 털더니 다시 눌러쓰고 중위를 노려보았다.

"빨리 끝내."

"파츠는 스스로 죽는 사람입니다." 중위가 연기를 뿌리며 말했다.

"다물어라, 입. 씹새야!"

"예수 사후 60년마다 이 지구상에는 누구의 도움 없이 스스로 죽는 사람이 존재해야 합니다. 그들을 파츠라고 부릅니다."

사내는 들은 척도 하지 않고 착용하고 있던 목장갑을 손목 위까지 끌어올리고 옷을 털었다.

"파츠Parts는 부품이라는 뜻입니다. 본인 의지와 상관없이 부품처럼 죽어야 하는 사람입니다. 저 상병은 예수가 33세에 십자가에 매달려 죽은 이후 같은 방식으로 죽을 운명인 33번째 파츠입니다."

"가자. 일어나라."

다저스 모자가 침을 뱉고는 장갑 낀 주먹으로 턱, 중위의 덜미를 잡았다.

"왜 제 말을 안 믿으세요?"

"너 사이비 종교지?"

"사이비 종교?"

"아냐? 그럼 이게 뭐냐?"

다저스 모자는 중위 가슴에 달린 마크를 가리켰다. 중위의 왼쪽 가슴 해병 앵커 옆에는 근조 리본처럼 양 갈래로 드리운 붉은색 천을 달고 있었다. 천에는 뱀인지 용인지 모를 미끈한 동물이 그려져 있었다.

"이건 한 달 전 사령관 사열 행사 때 부착한 리본입니다. 이건 해병대 2사단 마크예요. 그리고 저는 종교가 없습니다. 저는 해병 1연대 정훈장교입니다."

"내 말이 맞네. 정훈장교는 거 뭣이냐, 목사 같은 거잖아!"

"그건 군목이고 저는 사병들의 교육과 생활 지침 등을 관리하는 장교입니다. 그리고 군대 내 문화 행사와 문화 공보를 담당합니다. 아저씬, 군대도 안 갔다 왔나요?"

그 말에 다저스 모자는 침을 한 번 뱉었다.

"그래, 안 갔다 왔다. 왜?"

"정훈장교와 군목은 다릅니다. 저는 종교에 관여하는 장교가 아닙니다."

"됐고, 가자!"

사내는 중위의 덜미를 질질 끌고 이동했다.

중위는 엉덩이에 힘을 주며 이 사내가 알아들을 수 있도록 최선을 다해 설명했다.

"예수가 죽은 해부터 진행되었습니다. 지구상에는 60년이 되는 해마다 한 사람씩 십자가에 매달려 죽는 자가 나타나야 합니다. 서기 33년에 나사렛 예수가 죽고, 60년이 지난 서기 93년에 이집트 사막에서 사창가를 운영하던 포주가 십자가를 걸고 혼자 죽었습니다. 첫 번째 파츠였습니다. 또 60년 후인 서기 153년에 사형수가 로마의 궁정에서 처형 전날 밤에 십자가에 올라가 혼자 죽었습니다. 두 번째 파츠입니다. 그렇게 60년마다 파츠가 이어져왔습니다. 지금까지요."

"똑바로 안 걸을래?"

"올해가 2014년이니까, 33번째 파츠가 지구 어딘가에 존재할 예정이었는데, 놀랍게도 우리나라에서 나온 겁니다. 저 해병은 33번째 파츠란 말입니다."

"똑바로 걸으라니까. 해병 검문소에 네 놈을 넘겨버릴 테다."

"멍청하긴, 그러면 당신도 큰일 나!"

그 말에 다저스 모자가 멈칫했다.

"뭔 소리냐, 그게?"

중위가 말했다. "검문소에 가서 나 또한 범인이 당신이라고 주장하면요? 우린 지금 같은 조건입니다. 목격자는 나도 될 수 있어요. 당신은 저 해병이 십자가를 조립할 때부터 지켜보고 있었잖아요. 안 그래요?"

다저스 모자가 입술에 침을 한 번 발랐다.

"지금 협박하는 거야?"

"당신이 범인이 아니란 걸 압니다. 하지만 나도 저 해병을 죽이지 않았어요. 자꾸 같은 말을 반복하게 하는데 저 해병은 혼자 죽는 운명인 파츠라니까요."

"혼자 죽긴 했지. 하지만 네 놈이 저 벙커 안에서 죽으라고 세뇌한 거잖아!"

"전부 설명할게요. 그러니까 일단 이 손부터 풀어줘요."

다저스 모자는 어림없다는 표정을 지었다.

"어깨가 빠져서 당신을 공격하지도 못하고 또 그럴 생각도 없습니다. 어서요."

중위는 묶인 어깨를 내밀어 보였다. 어깨 한쪽이 다

른 쪽과 달리 비약적으로 비틀어져 있는 게 보였다. 수로에 떨어질 때 탈골된 모양이었다.

"허튼짓하면 가만 안 둔다."

다저스 모자는 한참 망설이더니 결국 끈을 풀었다.

상체가 자유로워지자 중위는 자기 어깨를 움직여 보며 통증을 가늠했다. 그런 모습을 보자 다저스 모자 는 자신이 너무 심하게 다루었나 싶어 입술을 한 번 핥았다.

중위는 부탁이 있다며 바닥에 엎드릴 테니까 자기 를 좀 눌러달라고 말했다.

"눌러달라니?"

"어깨 좀 맞추게요." 중위는 그렇게 말하고 엎드렸 다. "무릎만으로 제 등을 눌러주세요. 그리고 제 머리 쪽으로 손을 짚고."

다저스 모자는 두 무릎을 대고 중위 등에 올라탄 후 두 손을 중위의 양 귀 옆 땅에 댔다. 그리고 전신의 무 게로 중위의 몸을 고정했다.

"그렇게 누르고 계세요."

중위는 그렇게 말한 다음 자신의 어깨를 비틀어 탈 골된 부분을 끼워 맞췄다. 우두둑, 소리가 났다. 사내는 그런 중위의 행동을 신기한 듯 바라보았다.

"됐어요."

다저스 모자가 일어났고 중위도 일어나 앉았다.

"후, 이제 좀 살 것 같네."

"어깨가 제자리로 들어갔나?"

중위는 고개를 끄덕였다. 다저스 모자는 더는 으르렁거리지 않았다. 무언가를 치유하는 행위는 상대가 공격할 힘을 거두는 법이다.

중위가 담배 한 개비를 입에 물며 말했다. "저는 직업이 군인이지만 외삽법을 공부하는 학자이기도 합니다."

"외삽법?"

중위는 외삽법은 보외법이라고도 하며 한정된 자료에서 미래 데이터를 얻는 것을 말한다고 설명했다.

다저스 모자가 이번에도 이해하지 못하겠다는 듯 턱을 갸웃했다.

"그러니까 쉽게 설명하면 데이터를 보고 매년 6월에 장마가 왔으니 올해 6월에도 장마가 온다고 유추하는 겁니다. 미래 데이터를 분석하는 것이지요."

"시발, 그럼 사이비 종교가 맞네!"

"무교라니까요. 전 과거를 추론해서 미래를 예측하는 학자입니다. 물론 종교도 연구하고 있습니다만."

"마음대로 지껄여봐."

"작년에 우리 부대에 파츠가 온 것을 알았습니다. 그가 바로 저 6중대장 운전병이에요. 저 해병은 원래 포항 1사단에 있었는데 작년에 이쪽 김포 2사단 1연대로 전출되었어요."

"근데 당신은 군인이면서 '요' 자를 많이 쓰네? 군인은 원래 '요' 자를 쓰면 안 되는 거 아냐?"

"사병들이나 그렇지, 장교는 그렇지 않습니다. 뭐 직속상관한테는 지키지만, 민간인이지 않습니까? 아저씨."

"그렇군. 아무튼, 파츠라고 했나? 그게 왜 생기는 건데?"

"자정自淨이죠."

"자정?"

"자정 능력은 가이아 이론과 비슷한데요, 지구가 자가 치유하는 겁니다. 담배를 피우시겠습니까?"

"치워. 그런 거 안 피워!"

중위는 새 개비를 물고 딸깍딸깍 라이터를 켜서 불

을 붙였다.

"그러니까 네 말은, 저렇게 예수 흉내를 내는 사람이 60년마다 존재해야 한다고 정했다? 지구가 자기를 치료하려고?"

"엄밀하게 말하면 지구가 정한 건 아닙니다. 태초의 자연은 그런 인위적 법칙을 만들지 않습니다. 다만 예수가 죽을 시점에 지구에는 그간 존재했던 인간들의 정신 에너지가 임계에 도달했습니다. 그러니까 그때까지 죽은 인간들과 살아 있는 인간들의 정신 에너지가 합쳐져 영적이고 거대한 어떤 형태를 가진 것이지요. 인간들의 영이 구체적인 힘을 가졌다고나 할까요."

"무슨 뜻인지 하나도 모르겠다."

"아니마Anima라고 하는데요."

중위는 그간 인간들이 뿌린 정신 에너지가 물리적 에너지처럼 힘을 가지게 되었고 지구에 공기처럼 떠돌게 된 거라고 말했다.

중위는 땅에 스며들던 물이 점점 힘을 가지게 되어 강의 형태로 보이게 되는 이치와 같은 거라고 말했고 그 에너지를 학술적 용어로 '아니마'라 부른다고 말했다.

"라틴어로 영혼이라는 뜻입니다. 정신분석학자 칼 융은 인간이 가진 여성적 의식을 아니마라고 했고 남성적 의식을 아니무스라고 설명했는데요, 융의 설명과 상관없이 라틴어로 '영혼'을 말하는 통칭이 바로 아니마입니다. 아, 칼 융과 전혀 상관이 없는 것은 아니겠군요."

중위는 융이 정신 에너지 통로를 형성하면서 '인간들이 집단 무의식을 가진다'고 말한 뜻도 전부 아니마와 관계가 있다고 말했다.

집단 무의식은 인간들의 오래된 무의식이 축적되고 그래서 서로 연결되어 있다는 주장이다. 중위는 조상이 보고 느낀 것을 후손에게 유전자로 전수해 인간 전체가 공유하는 무의식, 고대 만물이 공유하는 같은 생각들이 아니마, 즉 인류의 정신 에너지라고 설명했다.

다저스 모자는 한참 만에 십자가를 가리키며 입을 열었다. "그게 저 해병의 죽음과 무슨 관계란 거냐?"

"천지불인. 자연은 원래 잔인합니다. 사자가 얼룩말 무리로 달려들면서 막 태어난 새끼가 가엽다고 해서 죽이지 않는 건 아니지 않잖습니까? 인간도 그러합니다. 자연은 인간의 잔인함을 야단하거나 원망하지 않습니다. 인간이 소를 잡아먹고 토끼를 사냥하는 건, 또 서로의 부족을 죽이는 건 생존을 위한 자연스러운 행위였으니까요. 자연은 인간을 자신의 한 부분으로 여깁니다. 하지만 자연 위에 떠돌고 있는, 인간이 그간 만들어 축적한 정신 에너지, 아니마는 다르게 생각합니다."

중위는 인위적인 정신 에너지인 아니마는 자연과 달리 인간 행동에 선善을 부여한다고 설명했다.

"선?"

중위는 고개를 끄덕였다. 인간이 사악해지고, 필요 이상으로 욕심부리고, 함부로 죽이고, 타락하는 것을 아니마는 분노한다고 했다.

"왜냐하면 아니마는 인간이 만들었기 때문입니다. 예수, 석가, 세상의 모든 신은 그러한 정신 에너지가 외형적으로 표상된 이미지일 뿐입니다."

"그게 언제 형성되었다고?"

"예수가 못 박히던 때요. 아니마가 구체화된 시점이 예수가 죽었던 서기 원년 즈음이었습니다. 기독교와 상관없이 그 시기에, 우연하게도, 아니 마침 때가 되어, 그러니까 아니마가 포화 상태가 되어 힘을 가지게 되었습니다. 그렇게 만들어진 인류의 정신 에너지 아니마는 인간 타락을 막기 위해 하나의 방편을 세웁니다. 그게 바로 파츠입니다. '인류 중 가장 고통스럽게 죽은 인간을 그대로 따라 하게 해서 인류의 사악함을 액막이한다'라는 법칙을 세운 거죠. 그래서 스스로 예수의 고통을 만들어 죽는 이가 60년마다 나와야 하는 겁니다."

"하필 왜 예수처럼 죽어야 하는 건데?"

"아, 꼭 예수처럼 죽어야 하는 것은 아닙니다. 불교의 형식을 띠고 파츠가 된 사람도 있습니다. 자기 몸에 불을 질러 등신불을 만드는 인신 공양도 일종의 파츠입니다. '스스로 고통을 안고 죽는다' 이게 파츠의 핵심입니다. 인류 역사에 100년 이상 간 종교는 전부 파츠를 성인으로 삼고 있습니다. 아무튼 60년마다 이유 없이 스스로 죽어야 하는 사람이 반드시 생겨나야 합니다. 그것은 한 갑자가 돌면 새로 기름칠하는 것과 같습니다. 마치 동지가 되면 팥죽을 먹고, 보름이 되면 땅콩을 깨물어야 한다는 풍속이나 땅의 기운을 잡기 위해 절을 세우고 탑을 세우는 풍수지리와 비슷합

파츠

니다. 이해하면 당연하지만, 이해하지 못하면 그저 미신일 뿐입니다."

"음."

다저스 모자는 조금씩 흥미가 느껴지는지 콧잔등을 긁고 혀로 치아를 밀어대기 시작했다. 중위는 어느새 자신의 말이 저쪽에 쉽게 전달되는 것을 느꼈다. 다저스 모자는 처음과 달리 신중해져 있었다. 들판에서 땅을 일구는 거친 농부의 모습은 온데간데없고 고뇌하는 철학자의 모습처럼 두 눈이 몹시 흔들렸다.

"음, 그러니까 아줌마인지 아니마인지가 지구를 치유하려고 저런 액막이를 하는 거다?"

"그렇습니다."

"저 해병은 태어날 때부터 저렇게 죽어야 할 운명인 거고?"

중위가 고개를 끄덕였다.

"부모가 슬퍼하겠군."

"저것에 자비심을 가지면 안 됩니다."

"파츠는 태어날 때 딱 정해지는 거야?"

중위는 고개를 가로저었다.

"아니라고?"

"2000년 전부터 순서대로 정해져 있습니다. 태어나지 않아도 아니마는 미래의 파츠들까지 전부 정해놓았습니다. 지구가 멸망할 때까지."

태초부터 지구가 멸망할 때까지 태어날 인간 카르마들을 순서 세우고 파츠임을 정해놓는다고 한다.

"파츠는 자신이 죽을 때를 언제 아는 건데?"

"때가 되면 몸에 흔적이 생깁니다."

그 말에 다저스 모자가 눈을 동그랗게 떴다.

중위가 그에게 가까이 오라며 손을 까닥했다. 둘은 십자가 가까이 다가갔다.

중위는 시신의 발등을 가리켰다. "여기 점이 보이시죠?"

발등 전체에 푸른 멍이 들어 있었지만, 대못이 박힌 자리에는 그 멍과 차별되는 검은색 반점이 남아 있었다.

"이 점이 흔적인가?"

"점이라기보다 얼룩이지요. 이 얼룩 자리에 상처를 냈어요. 여기도요."

중위는 시신 옆구리도 가리켰다.

"여기도 길게 검은 선이 나 있었어요. 이 해병은 그

자국대로 칼질했습니다."

다저스 모자가 놀라 물었다. "그, 그렇다면 예수의 상처 자국이 생긴다? 파츠의 몸에?"

중위가 고개를 끄덕였다. "때가 되면 몸에 생깁니다. 손과 발에, 그리고 옆구리에. 그림 그릴 때 흔히 밑선을 그어놓잖아요. 그것과 같은 이치입니다. 몸에 그런 증상이 생기면 자연스레 자신이 파츠임을 자각하고 하나의 부품처럼 행동합니다. 이 해병은 아마도 사춘기 즈음에 생기지 않았을까 싶네요."

다저스 모자가 시신을 보기 위해 십자가에 더 가까이 다가갔다.

고개를 숙이고 있는 죽은 파츠의 얼굴이 아까보다 부풀어 있었다. 탱탱한 찰기가 도는 피부는 바늘로 찌르면 푹 하고 터질 것만 같았다.

다저스 모자는 침을 삼켰다.

죽기 직전의 고통 때문이었는지, 피하 지방 수분이 빠지는 것인지 파츠의 이마에는 땀이 송골송골 맺혀 있었다. 측은한 마음이 일었다. 다저스 모자가 죽은 파츠의 이마를 쓸어주려고 손을 뻗자 중위가 그의 팔을 잡았다.

"뭐하는 짓이에요?"

"왜? 뭐가?"

다저스 모자가 놀라 묻자 중위가 말했다. "건드리지 마세요. 저 해병을 죽인 범인이 되고 싶어요?"

다저스 모자는 얼른 손을 거두었다.

둘은 바닥에 앉았다.

해는 산 너머로 기울어가고 있었다.

세상은 온통 주황빛으로 물들여 번쩍였다.

숲과 나무가 덮인 남쪽의 땅은 점점 검어지고 있었지만 숲이 없는 강 너머 북쪽 땅은 타는 듯 붉은빛을 발했다.

둘은 한동안 십자가 아래에서 고개를 숙인 채 앉아 있었다.

4

"여기 온 목적이 뭐냐?"

"뭐가요?"

"단순히 연구하기 위해서만은 아닌 것 같은데."

파츠

"······꾸미려고요."

"꾸미다니?"

"이 섹터는 해병 2사단 6중대 3소대의 근무 영역이
었지만 지금은 밀어내기 근무(근무조가 이동하며 경계하
는 형식으로, 근무조가 오면 기존 초소 근무조는 다음 초소로
이동한다)를 하지 않는 사각지대입니다. 지난달에 해병
대 사령관이 합참에 2사단 근무 영역 조정을 신청했
고 승인이 떨어졌습니다. 그러려면 옆 지역을 맡은 육
군 사단과 실무 영역을 정해야 하죠. 그동안 이 섹터
는 멀리 GOP 관측으로만 운용하기로 했습니다. 즉,
이 섹터는 누구도 지키지 않는, 그래서 아무도 오지
않는 허술한 지점입니다. 저 해병은 그것을 알고 이곳
에서 파츠 행위를 한 겁니다. 시신은 오늘 밤엔 저렇
게 있겠지만 내일이 되면 발각될 겁니다. 당신처럼 밭
에 일하러 온 주민들 눈에 띄겠지요."

"음."

"저는 이곳에서 48시간 동안 저 파츠가 사람들에게
들키지 않게 지키고 있다가 48시간 후 저 죽음을 다
른 식으로 꾸미려고 합니다. 기수 열외를 비관해 혼자
자살한 것처럼요."

"파츠 행위로 보이지 않게?"

"그렇습니다. 미스터리스럽지 않게. 이상해 보이지 않게."

"48시간은 또 뭐야? 왜 하필 48시간이야?"

"아, 말 안 했던가요?"

중위가 자기 이마를 치며 요상하게 웃었다. 다저스 모자는 또 뭐가 있나 보다, 싶었다. 중위는 그렇게 얼마간 건들대더니 파츠를 가리키며 말했다.

"저 시신, 건드리면 즉사합니다."

그 말에 다저스 모자가 엉덩이를 한번 들썩였다.

"⋯⋯즈, 즉사?"

"48시간 동안은 저대로 두어야 합니다. 그 시간 안에 파츠를 만지면 파츠는 훼손되고 맙니다. 그리고 만지는 사람도 사망하고요."

다저스 모자가 이해할 수 없다는 표정으로 고개를 갸웃했다.

"파츠는 손대면 시커멓게 부패해서 녹아버려요. 숨이 끊어진 후 48시간 동안 열기를 가진 터치가 들어가면요. 독을 풀고 죽는 해파리라고 생각하세요. 파츠를 건드릴 수 있는 존재는 오직 파츠의 설계자인 아니마뿐일 겁니다."

"건드리는 사람은 왜?"

"독버섯이 자기 혼자 죽는 거 봤던가요?"

"이런 씨, 뭔 비유가."

"감염됩니다. 그 이상은 저도 모릅니다. 바이러스는
아닌 것 같은데. 아니마로서는 꽤 정교하게 설계한 거
죠. 파츠 옆에 발견자 시신이 함께 있으면 그 시신은
발견자가 아니라 살해자로 간주될 테니까요."

다저스 모자는 아까 자신이 파츠의 이마를 만지려
했을 때 중위가 다급하게 막은 일이 떠올랐다.

중위가 씩, 웃었다.

"절 생명의 은인이라고 생각하십시오."

부아가 났다.

"아니, 대체! 이렇게 대명천지에 사람들 눈에 띄면
거두어지는 게 뻔한데!"

"그러니까 사람이 없는 곳에서 스스로 해야 합니다.
피해를 주지 않기 위해서죠. 저 파츠는 나름대로 위치
를 잘 선택하긴 했어요. 그래도 이곳은 민간인이 드나
드는 군사 지역이라 좀 불안하죠."

다저스 모자는 멍하게 시신을 바라보았다.

젊은 근육은 작열하는 빛에도 상록을 지닌 듯 냉기가 고여 있었다. 아닌 게 아니라 천년을 갈 것처럼 탱탱해 보였다.

저것이 건드리기만 하면 바로 녹아버린다니.

중위도 시신을 바라보며 말했다. "복잡할 거 하나도 없습니다. 파츠의 행위가 지구를 덮을 때까지 뜸 들이는 시간이 필요할 뿐입니다. 그게 48시간이라고요. 저 파츠는 성공했습니다. 우리가 건드리지 않는다면요. 다음 파츠는 60년 뒤에 생길 겁니다."

"만약에 말이야, 누군가가 저 시신을 만지고……."

"아, 실패한다니까요."

"더 들어봐. 만지는 사람은 죽고, 파츠가 훼손되어서 실패한다는 건 알겠다고. 내가 궁금한 건, 그럼 그 이후엔 어떻게 되느냐는 거지."

"다음 파츠가 급하게 정해지죠."

"그럼 다음 파츠가 올해 안에 저 짓을 해야만 하겠군?"

중위가 그게 무슨 뜻이냐는 듯이 다저스 모자를 바라보았다.

"……반드시 60년마다 저 짓거리를 해야 한다면서?

60년이 되는 그 해가 왔다고 쳐. 부득이한 일이 생겨 기존 파츠가 훼손되고 새 파츠가 정해지면, 새로운 파츠도 그해가 끝나기 전에 저걸 수행하는 거냐고 묻는 거야. 이를테면, 12월 31일에 파츠가 죽었는데, 누군가가 훼손했다. 그러면 그 하루 사이에 새 파츠가 정해져야 할 거고, 또 정해진 새 파츠는 해가 넘어가기 전에 또 급하게 죽어야 할 거 아냐?"

그제야 중위가 얼굴을 환하게 폈다. "아, 그 말이었군요. 하하. 그렇지 않습니다. 그해에 실패했다면 보충된 파츠는 이듬해에 실행해야 합니다."

"한 해가 밀리는 건가?"

중위는 고개를 끄덕였다.

"역대 그런 일이 있었는가?"

"딱 한 번 있었습니다. 1893년도에 필리핀의 '성 금요일 행사' 때 파츠가 그만 훼손되고 말았습니다. '성 금요일 행사'는 사람들이 칼과 꼬챙이 등으로 자신을 찌르고 학대하면서 예수의 고통을 느끼는 행사인데 파츠로 선정된 자가 대로에 십자가를 세우고 몸을 걸었습니다."

"대로에?"

"시신을 숨기려면 어디가 좋겠습니까?"

"몰라."

"전쟁터죠."

"으흠."

"그 파츠는 인적이 드문 곳보다 '성 금요일 행사' 축제 장소에서 예수처럼 죽으면 아무도 모른다고 여긴 거죠. 필리핀의 '성 금요일 행사'는 채찍이나 꼬챙이로 자기 몸을 찌르고 때리며 학대하는 자학 행사이니까요. 그런데 파츠는 자신이 죽고 48시간 동안 사람들이 몸을 건드리면 안 된다는 것을 몰랐던 것 같습니다. 파츠의 실수죠. 인파 속에서 누군가가 사람이 죽었다는 것을 알아냈고, 사람들은 죽은 파츠를 옮기려 했지요. 다섯 명이 즉사했고 파츠는 녹아버렸어요. 그해 파츠는 역할을 다하지 못했습니다. 그래서 그해는 건너뛰고 이듬해인 1894년에 새 파츠가 정해져 무사히 결행했습니다."

"으흠, 해가 밀리면, 아니마가 태초부터 정해놓은 파츠들도 전부 한 해씩 일찍 죽겠군."

"노노, 아닙니다. 한 해가 밀려 새 파츠가 정해지면 이후의 파츠도 전부 다른 생명들이 새로 지정됩니다. 아니마의 계량은 순열 계산이 아니라 알파와 오메가, 항상 처음부터 시작하는 거니까요. 주사위를 상자에 넣고 흔들어 다시 던지는 거지요. 뭐, 그건 아니마의 셈법이고 60년마다 죽음이 정해지는 인간은 대부분 태어나지 않았기 때문에 큰 의미는 없습니다."

다저스 모자가 고개를 끄덕였다.

"훼손이 한번 생기면 미래에 파츠가 될 영혼들은 전부 재조합되는 거네. 기존 영혼들은 땡잡는 거군."

중위는 다저스 모자가 이해하는 모습을 흡족하게 바라보며 고개를 끄덕였다.

"그렇다고도 봐야죠. 아니마는 2000년 전에 첫 파츠를 만들 때부터 오늘 저 해병까지, 또 60년 후 파츠가 될 인간도, 120년 후 파츠가 될 다음 인간도 일찌감치 정해놓았는데, 오늘 누군가가 저 해병을 건드린다면 미래의 운명들은 선택 해제되고 파츠는 다른 영혼으로 새로 결정되어집니다."

"어찌 보면 번거롭군."

"신은 늘 모든 걸 새로 만들 수 있으니까요."

다저스 모자가 물었다. "당신은 저 해병을 자살한 것처럼 꾸미러 왔다고 했는데, 48시간 동안 농부들의 눈에 안 띄게 하는 방법이 뭔데? 군인들은 이곳에 오지 않는다고 해도, 저 밭과 논의 주인은 내일 아침이면 근방에 나타날 텐데."

중위는 대답을 망설이는 것 같더니 이윽고 고개를 들며 말했다. "아마도 농부들은 내일 저 파츠를 발견하지 못할 겁니다."

다저스 모자가 놀라 중위를 바라보았다. "그게 무슨 소리지?"

"파츠를 훼손할 자는 내일 오지 않습니다. 이미 왔으니까요."

다저스 모자는 고개를 갸웃하며 물었다. "그건 또 무슨 말?"

중위는 "그러니까 제 말이 무슨 뜻이냐면요"라고 말하면서 바람처럼 손을 뻗었다. 중위는 다저스 모자가 이 더운 날에도 단정하게 꽉 끼고 있던 목장갑 하나를 잡아당겨 저쪽으로 던졌다.

장갑이 벗겨지자 다저스 모자의 손이 드러났다.

손등에는 작고 검은 점이 있었다.

중위가 재빨리 사내의 더러운 체크무늬 셔츠를 들어 올렸다. 옆구리에 숯을 그은 듯한 검은색 선이 있었다. 중위는 자신이 하고도 놀랐는지 벌떡 일어났다. 그러고는 해병이 던져놓은 망치를 집어 들고 차가운 눈으로 다저스 모자를 쓴 남자를 노려보았다.

"저 파츠를 훼손하러 온 자는 바로 당신이니까요."

5

다저스 모자는 미동 없이 앉아 있었다.

중위가 물었다. "이 시대 사람이 아니지? 당신."

그가 쓰고 있던 모자를 벗자 희고 매끄러운 민머리가 드러났다.

민머리가 일어나며 말했다. "알고 있었군."

중위가 말했다. "내 등에 올라타 땅에 손을 짚었을 때 깨달았어. 장갑이 밀려서 손등이 다 보이더라고. 패용증이 없는 것도, 담배와 은단을 구분하지 못하는 것도, 군목과 정훈장교가 뭔지 모르는 것도 전부 수상했지."

민머리는 감탄한 듯 고개를 흔들었다. "정말이지, 당신은 너무 똑똑하군. 해병대 중위."

민머리는 그러면서 한 손으로 알 수 없는 행동을 했다. 그러자 벨트를 제외한 입고 있던 더러운 바지와 장화와 누더기들이 전부 재가 되어 사라졌다.

민머리는 나체가 되었다.

옷을 입었을 때보다 키가 훨씬 커 보였다. 아니, 키가 점점 커지고 있는지도 몰랐다. 그의 피부도 점점 푸르스름한 아이스크림 색을 띠었다.

중위의 추리대로 그의 발등과 손등, 그리고 옆구리에 예수의 흔적이 피어 있었다.

곧 민머리의 벨트에서 비늘 같은 갑주가 도미노처럼 일어나더니 민머리의 전신을 감쌌다. 그는 마치 영화에 나오는 아쿠아맨 같았다. 민머리가 손짓하자 저 멀리 세워놓은 픽업트럭 짐칸에 있던 천이 풀럭이며 허공을 날아와 민머리의 손에 잡혔다. 민머리는 그것을 로브처럼 몸에 감았다. 그는 로브 끝을 머리에 썼다. 얼굴을 가리자 우뚝한 코 아래로 검은 어둠이 서렸다.

"나는 미래에서 왔다."

짐작한 바가 증명되자 중위는 고개를 끄덕였다.

"진짜였군."

"좋은 설명이었어. 정말이지, 당신은 그 시스템에 관해 진지하게 연구한 모양이군. 우리 시대에도 파츠에 관해 당신만큼 아는 이는 없어. 나도 오늘 몰랐던 걸 많이 배웠고 말이야."

"……파츠를 훼손하러 왔나?"

"그래, 그러려고 왔어."

"당신의 운명을 바꾸려고?"

"짐작했겠지만 나는 75번째 파츠야."

"짐작했어."

"저걸 더럽히면 이후 파츠는 기존의 운명이 아닌 다른 운명들이 선정되겠지."

"절대로 시신을 훼손하면 안 돼."

미래인은 피식, 하고 입꼬리를 올렸다.

"미안하지만 거절하겠어. 오늘 이후 파츠는 전부 교체되는 거야."

"그렇게 죽는 게 두려운 거야?"

"몹시 두렵지."

중위가 고개를 갸웃했다. "넌 좀 이상하군. 파츠들은 운명을 순순히 받아들인다고 하던데."

"그럴까? 과연 저 해병이 즐거이 저 짓을 했을까?

아니야, 두려움에 떨면서 했어. 나도 마찬가지야. 나도 저 짓을 해야 하지만 자신이 없어. 하고 싶지 않다고. 중위, 당신 같은 사람이 저지르는 실수가 바로 그거야. 모든 걸 학문적으로 보기만 할 뿐 인간적으로 보지 않지. 인류의 재앙은 전부 당신 같은 놈들에게서 나왔어."

"됐고, 제발 저건 건드리지 마. 순리에 어긋나는 짓이라고."

미래인이 입술을 잘근거렸다. "파츠. 나는 이 시스템이 몹시도 마음에 들지 않아. 아니마가 다른 식으로, 이런 고통스러운 희생 따위 말고, 좀 건설적인 방식으로 법칙을 세울 수 없었나? 뭐 시간을 한 시간 정도 멈추게 하고 그 시간에 인간들에게 반성문을 쓰게 한다던가. 재미있는 방법이 많잖아. 안 그래?"

그 말에 중위가 피식, 하고 웃었다.

"웃어?"

중위가 십자가를 가리켰다. "봐봐, 저건 하나의 예술품이야."

붉은 노을이 퍼지는 하늘 아래, 어둑한 들판의 십자가는 그야말로 2000년 전 골고다 언덕을 보는 것 같왔다. 시신을 보는 중위의 눈은 황홀에 젖어 흐릿하게 퍼져 있었다.

"아니마가 만든 하나의 신비한 작동이라고. 이건 마치 현미경 속 눈 결정보다 더 치밀하고 섬세한 구성이야. 인간이 아무리 명민해도 이런 설계를 할 순 없어. 희생물도 오랜 기간 돌연변이가 없이 설계에 따랐어. 태양 아래에서 파츠가 되는 과정은 또 어떻고. 조금도 어긋남이 없었어. 이건 실로 우주가 만들어낸 최고의 가치라고. 그런데 뭐? 반성문? 그게 말이야, 방귀야?"

미래인이 순식간에 중위의 멱을 잡았다.

중위의 몸이 붕 떴다.

미래인은 희고 단단한 치아를 드러냈다. 길쭉하고 굽은 코가 심하게 주름을 보이며 으르렁댔다.

"……넌, 저게 예술로 보이나?"

"컥, 컥."

"아무 잘못도 없는 저 어린 친구가…… 파츠인지 뭔지가 되어 혼자 뚝딱뚝딱 죽는 게 맞는 거야? 저런 일은 벌어져서는 안 되는 거야. 쟤가 왜 그런 죽음을 맞이해야 하느냐고. 대체 무슨 잘못을 했기에?"

"컥, 컥. 잘못과 상관없어……. 그게 아니마의 규칙

이라고…… 천지불인…… 그건 내가 충분히 말했는데……." 먹살 잡힌 중위가 더듬으면서 겨우 말을 이었다.

"게다가 중위, 네 말에는 치명적인 오류가 있다."

"컥, 오, 오류라니?"

"저 파츠가 희생하면서 인간 전체가 사악해지는 걸 막는다고 말했지?"

"……그, 그런데?"

"인간이 언제 선한 적이 있었나?"

"뭐, 뭐?"

"인간이 언제 사악하지 않은 적이 있었냐고."

"무, 무슨 말을…… 하고 싶은 거야? 컥. 컥."

미래인이 갈痰 섞인 침을 토해냈다. "그래, 네 말마따나 예수 이후 파츠가 존재했다고 치자. 60년 주기로 액땜을 했다고 치자고. 그러면 인간들은 성스러워져야 하는 거 아냐? 착해지고, 사랑하고, 전부 예수처럼 빛나야 하는 거 아니냐고. 근데 아니잖아. 지금, 이 순간에도 곳곳에는 부조리가 팽배하고, 헐뜯고, 죽이고 있지 않느냐 말이다. 죄 없는 아이들이 죽어가고, 여성들이 1000년 전 악습을 따라야 하고, 장애인이 차

파츠

별당하고, 약자들이 위정자에게 굴종당하고 있지 않느냐 말이다. 너도 그렇잖아. 아무 잘못도 없이 군복을 입고선, 저 강 건너 누가 사는지도 모르는 땅을 노려보고 있지 않느냐 말이야. 저 파츠는 전혀 효과가 없는 거야. 아니마가 진짜로 존재한다면 그건 선이 아니라 악이야."

"컥, 컥…… 저 파츠가 아니었다면 인간들은…… 더 잔인해졌을지도…… 모르는 거야……."

"그런 궤변이 어디 있나? 넌 네 부하가 저렇게 죽을 것을 알면서도 지켜보기만 했어. 그건 전혀 인간답지 않아. 휴머니티가 보이지 않는다고. 신인지 아니마인지 에너지인지 뭔지는 절대로 선하지 않아. 만약 그런 게 존재한다면 당장 내가……."

"제발…… 욥이 되려 하지 마."

멱살을 조이는 미래인의 손에서 악력이 멈췄다.

"욥?"

"……신에게 왜 이런 고통을 주는지 묻는 자."

미래인이 멱살을 놓았다. "설명해봐."

"뭘?"

"설명하는 거 좋아하잖아. 방금 한 말을 설명해보

라고."

중위는 혀를 내보이며 숨을 몰아쉬더니 욥에 관해 말했다. 구약에서 사탄이 욥에게 재앙을 주어서 욥이 하나님을 욕하는지 아닌지 시험해보자고 부추겼다는 것을. 하나님이 사탄에게 그럼 네 뜻대로 욥을 괴롭히라고 허락했다는 것을. 그래서 허락받은 사탄이 아무런 잘못도 없는 그에게 여러 시련을 내렸다는 것을. 욥은 아무리 생각해도 신이 자기에게 고통을 주는 이유를 알 길이 없었다는 것을. 자신이 왜 속수무책으로 당해야 하는지를 묻고 싶었다는 것을.

중위가 말했다. "……뜻을 거스르지 마. 법칙에 의문을 갖지 말라고! 그건 인간이 해야 할 일이 아니야."

미래인이 머리를 흔들었다. "으아아아, 그래선 안 되는 거라고! 우린 신과 아무런 관계가 없어!"

"네가 큰 진리를 어찌 알겠나. 넌 고작 죽음을 두려워하는 거잖아!"

"쌔끼가!"

미래인이 중위의 멱살을 잡았다. 로브 그림자 속 표정이 무섭게 흐려졌다.

미래인은 한 손에는 자신이 들고 온 삽을, 다른 한

파츠

손에는 중위를 끌고 십자가 쪽으로 걸어갔다. 그러곤 십자가 앞에서 중위를 내던졌다. 중위는 영문 모른 채 돌아보았다. 삽이 중위 앞에 던져졌다.

미래인의 차가운 입술이 반쯤 열렸다.

"그 삽으로 시신 머리를 잘라."

"무슨 소리야! 시신을 건드리면 나는 죽는다고."

"시키는 대로 해."

중위는 그렇게 할 의지가 없었다.

싹—.

미래인의 힘줄 불거진 손이 길고 날카로운 날로 변했다.

몇천 년 후 지구의 미래 인류는 자유자재로 몸을 변형할 수 있는 것 같았다.

날이 중위의 코앞으로 다가왔다.

"내 손에 죽을래, 저걸 건드릴래? 저걸 만져라. 대가리를 비틀던지 목을 자르든가 해서 어서 나의 운명을 바꾸라고."

중위는 삽을 잡고 엉거주춤 일어섰다. 죽은 해병을 등지고 삽을 내밀며 미래인과 대적하듯 섰다.

미래인은 코웃음을 쳤다. "쓸데없는 짓 하지 말고."

중위가 말했다. "다, 다른 방법을 알아. 다른 방법을 안다고."

미래인은 고개를 저으며 말했다. "이제 대화는 그만. 어서 해."

날이 된 미래인의 팔은 바닥을 향해 내리고 있었지만 언제든지 마음만 먹으면 직각으로 세워서 중위의 배를 쑤실 수 있었다.

중위는 바닥에 놓인 캠코더를 가리켰다. "저거야! 너는 저걸 가지고 돌아가기만 하면 돼!"

미래인은 돌아보았다. 겉면 플라스틱이 부서진 소니 카메라였다.

"저 안에 모든 게 찍혀 있어. 해병이 자신의 행위를 전부 녹화했고, 나도 필요하다고 생각하는 것을 찍어 저장했어. 내 논문 자료로 쓸 생각이었는데 너한테 줄게."

"저딴 걸 가져가서 뭘 하라고?"

"오호, 몰랐구나. 저기 저장된 내용물을 전부 지우면, 파츠 순열이 바뀌어."

"뭔 개소리야. 수 쓸 생각 말아."

"아, 아니야. 수 쓰려는 게 아니야. 진짜야. 파츠는 자신의 행위를 반드시 기록으로 남겨야 해. 보통 일기나 설계도를 남기지. 목격자가 없어야 하기에 스스로 남겨야 해. 그게 규칙이야. 모든 파츠가 자신의 행위를 기록으로 남겼어. 인류가 그것을 무시했기 때문에 알려지지 않은 거야. 이 해병도 그랬어. 설계도와 영상을 남겼는데 설계도는 내가 태웠어. 해병의 행위를 알 수 있는 건 저 카메라뿐이야. 저 안의 기록을 지우면, 33번째 파츠의 행위는 소각되는 거고, 그렇게 되면 파츠 순열이 바뀌어."

미래인은 듣기만 했다.

"시신을 건드리는 것과 똑같은 효과를 낸다고."

"너를 죽이면 끝나는 건데 굳이 그딴 말의 진위를 또 판단할 기력이 없다."

"시신을 훼손하면 너는 운명이 바뀌겠지. 하지만 나는 죽게 되고, 내년에 죄 없는 사람이 또 파츠로 정해져. 죄 없이 죽는 파츠들이 더는 생겨선 안 된다고 말한 건 너야."

미래인은 듣고만 있었다.

"날 믿어줘. 나는 저 시신을 만지느니 이 삽으로 너에게 대항하는 게 나아. 물론 네가 이기겠지. 어쩌면 나는 너한테 죽을지도 몰라. 그럴지라도 나는 저 시신을 만지지 않을 거야. 애꿎은 사람을 내년에 또 죽이고 싶지 않거든. 넌 말했지. 나같이 세상을 학문적으로만 보는 이론가들은 인간성이 없다고. 인류의 재앙은 전부 우리 같은 놈들에게서 나왔다고. 일부는 맞지만 틀린 것도 있어. 이론가들이 공부하는 이유는 세상을 나아지게 하기 위해서야. 그 바탕은 인간을 사랑해서라고. 비겁해. 너야말로 네 목숨을 위해 타인의 생명은 안중에도 없는 이기자利己者야."

미래인이 차갑게 물었다. "저 카메라만 없애면 나는 살 수 있나?"

"내가 알기론 그래."

"확실하게 말해라. 난 확실해야 한다."

중위는 입을 닫았다. 미래인의 분노와 처절함이 되레 고지식해 보였다.

미래인이 다시 물었다. "나는 확실한 방법을 선택할 수밖에 없다. 아니면 넌 저 시신을 만져야 한다. 보장하나?"

"보장해."

미래인은 날을 감추고 오른쪽 팔을 원래대로 바꾸

파츠

었다.

"좋아. 카메라를 가지고 와."

중위가 카메라를 가지고 와 건넸다. 미래인은 카메라를 이리저리 살피더니 전원을 넣었다. 해병이 나무 기둥을 어깨에 메고 다가오는 영상부터 찍혀 있었다.

"여기서 지우지 마. 네 세상으로 가서 삭제해야 해. 그래야 타임 순열이 적용될 거야."

"그건 알아."

"너의 시대로 가면 저 카메라, 충전할 수 있겠나?"

"충전지를 찾아보지."

"배터리는 아직 충분하니까 가자마자 삭제해."

미래인은 카메라를 끄고 중위를 바라보았다.

중위는 고개를 끄덕였다. "믿어줘. 난 거짓말하지 않아. 난 그저 학자이고 관찰자일 뿐, 당신이나 저 해병의 죽음에 아무런 사심이 없어."

둘은 꼭 돈 받은 사람과 갚은 사람처럼 서로의 얼굴을 만족하듯 바라보았다. 미래인은 몸을 돌려 저쪽, 픽업트럭이 있는 쪽으로 걸어갔다.

그는 트럭에 올랐다. 트럭은 시끄러운 소리를 내며 떨었고, 바퀴를 앞뒤로 여러 번 돌리더니 좁은 전술도로를 따라서 왔던 길로 돌아갔다. 긴 먼지가 풍겼고 사방은 조용해졌다.

트럭이 점처럼 사라지자 중위는 한숨을 내쉬며 자리에 풀썩, 주저앉았다.

6

미래인은 자신이 세워놓은 세 개의 십자가 중 가장 큰 십자가에 등을 댄 채 쪼그리고 앉아 있었다. 그곳은 안개가 한 치 앞도 보이지 않은 해안 절벽 아래 둔턱이었다.

그는 원래 과거로 돌아가서 33번째 파츠가 죽지 못하게 말릴 생각이었다. 그 해병이 죽지 않으면 자신도 죽지 않을 터였다. 아니마의 순열은 여기서도 정설로 받아들여지고 있었다. 해병을 설득하면 순열은 바뀌게 되리라 생각했다.

그는 과거로 돌아가서 새로운 것을 알았다. 죽은 파츠는 48시간 동안 보존해야 효력이 발생한다는 것, 파츠를 건드리면 새로운 파츠가 설정되고 순열이 바뀐다는 것, 파츠의 몸을 만지는 자는 사망하며 오직 그 몸을 건드릴 수 있는 건 아니마뿐이라는 것, 그리고 파츠의 기록물을 제거하면 파츠의 순열이 역시 바뀐다는 것.

뭐가 됐든 이젠 상관없었다. 그따위 빌어먹을 이치는 기억하고 싶지 않았다.

미래인은 소니 카메라에 전원을 넣었다.

영상을 재생했다.

높은 곳에서 고정되어 바라보는 화각에는 해병의 행위가 고스란히 찍혀 있었다.

카메라를 바로 파기하지 않고 이렇게 영상을 살피는 이유는 분명했다. 지구의 33번째 파츠, 한 젊은 군인이 남긴 흔적을 볼 사람이 아무도 없다. 미래인은 자기라도 그의 행적을 살피며 추모해야 한다고 생각했다.

미래인이 차고 있는 팔찌에는 광자 칩이 들어 있었다. 중위가 말한 대로 이건 파츠의 본능이었다. 자신의 죽는 과정을 입력하고 남기는 것. 그것이 파츠가 세상에 유일하게 남기는 흔적이었다. 하나, 오늘 이 카메라를 파기하면 자신은 파츠에서 벗어날 것이며 이 칩도 필요 없어질 것이다. 살아남는다면 스스로 칩을 파기할 생각이었다.

영상 속 해병의 고개가 서서히 떨궈지는 장면에서 미래인은 '일시 정지' 버튼을 누르고 하늘을 한 번 쳐다보았다. 벅차오르는 가슴을 진정시키고 재생 버튼을 눌러 해병이 죽는 것을 끝까지 시청했다.

중위가 다가와 높은 곳에 있는 카메라를 거둘 때 영상은 비약적으로 흔들렸다. 이후 중위는 카메라를 들고 이런저런 장면들을 촬영했다.

중위가 보는 시각은 독특했다. 수로의 구석, 죽은 해병의 군화, 해병이 남긴 물품들, 상처의 길이, 십자가의 형태 등 과연 중위는 학자라 할 만했다. 그리고 중위는 죽은 해병의 얼굴도 꼼꼼히 촬영했다.

마지막 영상까지 다 본 미래인은 영상을 삭제하기보다 하드 자체를 포맷하기로 했다. 그렇게 하는 것이 확실하다고 생각했다. 혹 쿠키 영상이나 쓰레기 파일들이 남아서 자신의 운명에 차질을 주면 안 되었기 때문이다.

포맷 버튼을 누르기 위해 카메라 옵션 모드로 빠져나갔다.

그때였다.

이상함을 느꼈다.

미래인은 고개를 갸웃하며 중위가 촬영한 카메라의 마지막 영상을 다시 플레이했다. 영상은 중위가 고개를 떨군 해병의 턱을 올려 촬영하기 편하게 각도를 잡고 아래에서 위로 촬영한 장면에서 끝나 있었다.

미래인은 영상을 더 뒤로 돌리기 시작했다.

찌룩찌룩, 필름 갈리는 소리와 함께 중위가 거꾸로 움직이는 역재생 화면이 빠르게 흘러갔다.

미래인의 이마에서 땀이 물처럼 흘렀다. 자신이 잘못 보았기를 바랐다. 미래인은 의심나는 구간에 멈췄다. 그리고 재생했다.

"맙소사."

미래인은 탄성을 질렀다.

흐르는 영상을 지켜보는 미래인은 심장이 터질 것만 같았다.

자신이 누구를 본 것인지 분명히 깨달은 미래인은 마른침을 삼키며 가슴을 움켜쥐었다. 손에서 힘이 빠지자 소니 카메라가 굴러 미래인의 허벅지 아래 돌바닥에 떨어졌다.

"미, 믿을 수 없어."

미래인은 커다란 손으로 자신의 머리를 감싸며 고통스럽게 입술을 씹어댔다.

다리를 쭉 펴고 널브러지듯 앉아 있는 미래인 옆, 바닥에 놓인 소니 카메라의 넓은 사각 액정에는 한창 중위의 행위가 재생되고 있었다.

중위는 해병의 옆구리 상처에 자신의 손가락을 넣고 피를 확인하고 있었다. 시신의 벌어진 살에 자신의 손가락을 깊숙이 넣은 채.

파츠

작가
후
기

차
무
진

과연 인간은 선한가? 그렇다면 자연은 어떤가? 선한가, 악한가? 천지불인 天地不仁이란 말이 있다. 자연은 절대 인자하지 않는다는 뜻이다. 자연에 선악 구분은 없다. 용암은 늙은이도 막 태어난 아기도, 정직한 사람도 연쇄살인마도 가차 없이 죽인다. 인간은 건방지게끔 자신들이 특별하다고 여긴다. 만물의 영장이라니. 어처구니가 없다. 나는 인간이 벌이는 범죄와 전쟁터의 야만을 보며 이들이 결코 선한 존재라고 인식하지 못하겠다. 살기 위해 양수 속 임팔라 새끼를 우적우적 씹는 하이에나와 몇년을 서로 죽이고 찢다가 그날이 성인이 태어난 날이라고 하루 저녁 총 쏘기를 멈추고 춤추자는 인간 중, 나는 하이에나가 더 진실되다고 믿는다.

과연 인간은 존재적 가치가 있을까? 괴테는 인간은 노력하는 한 방황한다는 말로 존재 가치를 증명해 보이려 했고, 동시대를 살았던 베토벤은 자신이 인간임을 스스로 증명하려 음악에 기댔다. 그들 작품을 좋아하는 나로서는 위 물음에 또 혼란스러워지며 생각하기를 멈춘다. 우리는 과연 선할까? 아, 아. 모르겠다. 이 단편을 만들면서 인간은 하찮다고 말하고 싶었고 종교, 믿음, 철학, 과학, 정치, 신념 따위가 죽이는 것만큼 중요한가를 계속 생각했다.

　　작가 후기가 몹시 그럴듯해서 나도 놀란다. 허술한 이야기를 내놓고 지각 있는 척하고 싶어서 괴테와 베토벤까지 들먹였다. 이 단편은 국내의 한 사건을 모티프로 만들어졌다. 로마 제국의 팔레스티나 지역에 살았던 어느 성인聖人의 죽음을 본뜬 사망자의 모습은 자살인지 타살인지 말이 많았는데 국과수는 자살로 결론을 내렸다. 그 사망자는 죽기 직전, 자신을 어떻게 생각했을까? 하찮은 자연 존재로 여겼을까, 선택된 특별자로 여겼을까?

　　참고로 단편에 나오는 배경과 특정 부대와 인물들이 주고받는 몇몇 대사들이 2024년을 떠들썩하게 한 시국 사건과 교묘하게 맞아떨어지는 부분이 있는데, 단편은 그 사건과는 일절 관련이 없다. 편집본을 받고 보니 나도 좀 놀랐다. 소설은 그

안타까운 사건이 있기 훨씬 전에 쓰였다. 지면을 빌려 2023년 여름, 경상북도 예천군 내성천 일대에서 상급자의 지시가 아닌, 지도 사항(?)을 수행하다가 목숨을 잃은 내 후임의 명복을 빈다.

십자가의 괴이

1판 1쇄 인쇄 2024년 10월 10일
1판 1쇄 발행 2024년 10월 16일

지은이 조영주 박상민 전건우 주원규 김세화 차무진
펴낸이 박강휘
편집 정혜경 박규민 **디자인** 유상현
마케팅 이헌영 박유진 **홍보** 반재서

발행처 김영사
주소 경기도 파주시 문발로 197(문발동) 우편번호10881
등록 1979년 5월 17일(제406-2003-036호)
주문 및 문의 전화 031)955-3100 **팩스** 031)955-3111
편집부 전화 02)3668-3290 **팩스** 02)745-4827
전자우편 literature@gimmyoung.com
비채 블로그 blog.naver.com/viche_books
인스타그램 @drviche @viche_editors **트위터** @vichebook
ISBN 978-89-349-1160-9 03810 책값은 뒤표지에 있습니다.

비채는 김영사의 문학 브랜드입니다.